台灣の讀者の皆さんへのコメント

海を越えて旅したことのない私の書いた小説が、
海を越えて多くの讀者の皆様のもとに届いていることを、
心から嬉しく思っています。
この作品も、どうぞお樂しみいただけますように!

致親愛的台灣讀者

從未出國旅行的我，
這次很高興自己寫的小說能跨海與許多讀者見面，
希望這部作品能帶給您無上的閱讀樂趣。

宮部みゆき

哭泣童子

三島屋奇異百物語參

宮部美幸 Miyabe Miyuki

高詹燦 譯

宮部美幸

作品集／55

MIYABE MIYUKI

哭泣童子

Contents

總導讀——傅博

宮部美幸的推理文學世界「增補版」

日本當代國民作家宮部美幸

近年來在日本的雜誌上，偶爾會看到尊稱宮部美幸爲國民作家。怎樣才能榮獲這個名譽呢？好像沒有確切的答案，然而綜觀過去被尊稱爲國民作家的作家生涯便不難看出國民作家的共同特徵。

明治維新（一八六八年）一百多年以來，被尊稱爲國民作家的爲數不多，夏目漱石和吉川英治是最早期的國民作家。夏目漱石是純文學大師，其作品具大眾性，一九一六年逝世至今，已歷九十年，其作品在書店仍然可見，代表作有《我是貓》、《少爺》等等。吉川英治是大眾文學大師，其作品有濃厚的思想性，對二次大戰戰敗的日本國民發揮了鼓舞的作用，其著作等身，代表作有《宮本武藏》、《新·平家物語》等等。

屬於戰後世代的國民作家有松本清張和司馬遼太郎。松本清張是社會派推理文學大師，其寫作範圍十分廣泛，除了推理小說之外，對日本古代史研究、挖掘昭和史等，留下不可磨滅的貢獻。司馬遼太郎是歷史文學大師，早期創作時代小說，之後撰寫歷史小說和文化論。這兩位作家的共同特徵是，著作豐富、作品領域廣泛、質與量兼俱。他們的思想對一九六〇年代後的日本文化發揮了影響力。

上述四位之外，日本推理小說之父江戶川亂步、時代小說大師山本周五郎，以及文學史上創作量最多、男女老少人人喜愛的赤川次郎也榮獲國民作家的尊稱。

綜觀以上的國民作家，其必備條件似乎是著作豐富、多傑作；作品具藝術性、思想性、社會性、娛樂性、普遍性；讀者不分男女，長期受到廣泛的老、中、青、少、勞動者以及知識分子的閱讀。

宮部美幸出道至今未滿二十年，共出版了四十三部作品，包括四十萬字以上的巨篇八部、長篇二十四部、中篇集四部、短篇集十三部，非小說類有繪本兩冊、隨筆一冊、對談集一冊。以平均每年出版兩冊的數量來說，在日本並非多產作家，但是令人佩服的是，其寫作題材廣泛、多樣，品質又高，幾乎沒有失敗之作。所獲得的文學獎與同世代作家相較，名列第一，該得的獎都拿光了。質的成功與量成比例，是宮部美幸文學的最大武器，也是獲得國民作家之稱的最大因素。

宮部美幸，本名矢部美幸，一九六〇年十二月二十三日生於東京都江東區深川。東京都立墨田川高中畢業之後，到速記學校學習速記，並在法律事務所上班，負責速記，吸收了很多法律知識。一九八四年四月起在講談社主辦的娛樂小說教室學習創作。

一九八七年，〈吾家鄰人的犯罪〉獲第二十六屆《ALL讀物》推理小說新人獎，〈鎌鼬〉獲第十二屆歷史文學獎佳作。一位新人，同年以不同領域的作品獲得兩種徵文比賽獎項實爲罕見。

前者是透過一名少年的觀點，以幽默輕鬆的筆調記述和舅舅、妹妹三人綁架小狗的計畫所引發的意外事件，是一篇以意外收場取勝的青春推理佳作，文風具有赤川次郎的味道。後者是以德川幕府時代的江戶（今東京）爲時空背景的時代推理小說。故事記述一名少女追查試刀殺人的凶手之經過，全篇洋溢懸疑、冒險的氣氛。

要認識一位作家的本質，最好的方法就是閱讀其全部的作品。當其著作豐厚，無暇全部閱讀時，則是先閱讀其處女作，因爲作家的原點就在處女作。以宮部美幸爲例，其作品裡的偵探，不管是系列偵探或個案偵探，很少是職業偵探，大多是基於好奇心，欲知發生在自己周遭的事件眞相，而做起偵探的業餘偵探，這些主角在推理小說是少年，在時代小說則是少女。其文體幽默輕鬆，故事收場不陰冷而十分溫馨，這些特徵在其雙線處女作之中已明顯呈現。

繼處女作之後的作品路線，即須視該作家的思惟了；有的一生堅持一條主線，不改作風，只追求同一主題，日本的推理小說家大多屬於這種單線作家——解謎、冷硬、懸疑、冒險、犯罪等各有專職作家。

另一種作家就不單純了，嘗試各種領域的小說，屬於這種複線型的推理作家不多，宮部美幸即是罕見的複線型全方位推理作家。她發表不同領域的處女作——推理小說和時代小說——同時獲得肯定，登龍推理文壇之後，此雙線成爲宮部美幸的創作主軸。

一九八九年，宮部美幸以《魔術的耳語》獲得第二屆日本推理懸疑小說大獎，拓寬了創作路線，由此確立推理作家的地位，並成爲暢銷作家。

宮部美幸作品的三大系統

這次宮部美幸授權獨步文化出版社，發行台灣版《宮部美幸作品集》二十七部（二十三部中有四部分爲上下兩冊），筆者以這二十三部爲主，按其類型分別簡介如下。

要完整歸類全方位作家宮部美幸的作品實非易事，然其作品主題是推理則毋庸置疑。筆者綜合故事的時空背景以及現實與非現實的題材，將它分爲三大系統。第一類爲推理小說，第二類時代小說，第三類奇幻小說，而每系統可再依其內容細分爲幾種系列。

一、推理小說系統的作品

宮部美幸的出道與新本格派崛起（一九八七年）是同一時期，早期作品除可能受此影響之外，文體、人物設定、作品架構等，可就是受到赤川次郎的影響了。所以她早期的推理小說大多屬於青春解謎的推理小說；許多短篇沒有陰險的殺人事件登場，大多是以日常生活中的家庭糾紛爲主題，屬於日常之謎系列的推理小說不少。屬於本系列的有：

1.《吾家鄰人的犯罪》（短篇集，一九九〇年一月出版）收錄處女作以及之後發表的青春推理短篇四篇。早期推理短篇的代表作。

2.《完美的藍——阿正事件簿之一》（長篇，一九八九年二月出版／獨步文化版．宮部美幸作品集01——以下只記集號）「元警犬系列」第一集。透過一隻退休警犬「阿正」的觀點，描述牠與現在的主人——蓮見偵探事務所調查員加代子——的辦案過程。故事是阿正和加代子找到離家出走的少年，在將少年帶回家的途中，目睹高中棒球明星球員（少年的哥哥）被潑汽油燒死的過程。在搜查過程中浮現的製藥公司的陰謀是什麼？「完美的藍」是藥品名。具社會派氣氛。

3.《阿正當家——阿正事件簿之二》（連作短篇集，一九九七年十一月出版／16）「元警犬系列」第二集。收錄〈動人心弦〉等五個短篇，在第五篇〈阿正的辯白〉裡，宮部美幸以事件委託人登場。

4.《這一夜，誰能安睡？》（長篇，一九九二年二月出版／06）「島崎俊彥系列」第一集。透過中學一年級生緒方雅男的觀點，記述與同學島崎俊彥一同調查一名股市投機商贈與雅男的母親五億圓後，接獲恐嚇電話、父親離家出走等事件的眞相，事件意外展開、溫馨收場。

5.《少年島崎不思議事件簿》（長篇，一九九五年五月出版／13）「島崎俊彥系列」第二集。在秋天的某個晚上，雅男和俊男兩人參加白河公園的蟲鳴會，主要是因爲雅男想看所喜歡的工藤小姐一眼，但是到了公園門口，卻碰到殺人事件，被害人是工藤的表姊，於是兩人開始調查眞相，發現事件背後的賣春組織。具社會派氣氛。

6.《無止境的殺人》（長篇，一九九二年九月出版／08）將錢包擬人化，由十個錢包輪流講自己所見的主人行爲而構成一部解謎的推理小說。人的最大欲望是金錢，作者功力非凡，藉由放錢的錢包揭開十個不同的人格，而構成解謎之作，是一部由連作構成的異色作品。

7.《繼父》（連作短篇集，一九九三年三月出版／09）「繼父系列」第一集。一個行竊失風的小偷，摔落至一對十三歲雙胞胎兄弟家裡，這對兄弟的父母失和，留下孩子各自離家出走，於是兄弟倆要求小偷當他們的爸爸，否則就報警，將他送進監獄，小偷不得已，承諾兄弟倆當繼父。不久，在這奇妙的家庭裡，發生七件奇妙的事件，他們全力以赴解決這七件案件。典型的幽默推理小說集。

8.《寂寞獵人》（連作短篇集，一九九三年十月出版／11）「田邊書店系列」第一集。以第三人稱多觀點記述在田邊舊書店周遭所發生的與書有關的謎團六篇。各篇主題迥異，有命案、有日常之謎、有異常心理、有懸疑。解謎者是田邊舊書店店主岩永幸吉和孫子稔。文體幽默輕鬆，但是收場不一定明朗，有的很嚴肅。

9.《誰？》（長篇，二〇〇三年十一月出版／30）「杉村三郎系列」第一集。今多企業集團會長今多嘉親之司機梶田信夫被自行車撞死，信夫有兩個未出嫁的女兒，聰美與梨子。梨子向今多會長提議，要出版父親的傳記，以找出嫌犯。於是，今多要求在集團廣報室上班的女婿杉村三郎協助姊妹倆出書事務。聰美卻反對出書，杉村認爲兩姊妹不睦，藏有玄機，他深入調查，果然……

10.《無名毒》（長篇，二〇〇六年八月出版／31）「杉村三郎系列」第二集。今多企業集團廣報室臨時僱用的女職員原田泉與總編吵架，寄出一封黑函後，即告失蹤。原田的性格原來就稍有異常，今多會長要求杉村三郎調查眞相。杉村到處尋找原田的過程中，認識曾經調查過原田的私家偵探北見一郎，之後杉村在北見家裡遇到「隨機連環毒殺案」第四名犧牲者的孫女古屋美知香，於是捲入毒殺事件的漩渦中。杉村探案的特徵是，在今多會長叫他處理公務上的糾紛過程中，因其正義感使他去解決另外的事件。

以上十部可歸類爲解謎推理小說，而從文體和重要登場人物等來歸類則是屬於幽默推理、青春推理爲多。屬於這個系列的另有以下兩部。

11.《地下街之雨》（短篇集，一九九四年四月出版）。

12.《人質卡濃》（短篇集，一九九六年一月出版）。

以下九部的題材、內容比較嚴肅，犯罪規模大，呈現作者的社會意識。有懸疑推理、有社會派推理、有報導文體的犯罪小說。

13.《魔術的耳語》（長篇，一九八九年十二月出版／02）獲第二屆日本推理懸疑小說大獎的社會派推理傑作。三起看似互不相干的年輕女性的死亡案件，和正在進行的第四起案件如何演變成連續殺人案。十六歲的少年日下守，爲了證實被逮捕的叔叔無罪，挑戰事件背後的魔術師的陰謀。宮部美幸早期代表作。

14.《Level 7》（長篇，一九九〇年九月出版／03）一對年輕男女在醒來之後失去記憶，手臂上被印上「Level 7」；一名高中女生在日記留下「到了 Level 7 會不會回不來」之後離奇失蹤。尋找自我的男女，和尋找失蹤女高中生的眞行寺悅子醫師相遇，一起追查 Level 7 的陰謀。兩個事件錯綜複雜，發展爲殺人事件。宮部後期的奇幻推理小說的先驅之作、早期代表作。

15.《獵捕史奈克》（長篇，一九九二年六月出版／07）持散彈槍闖入大飯店婚宴的年輕女子關沼惠子、欲利用惠子所持的槍犯案的中年男子織口邦雄、欲阻止邦雄陰謀的青年佐倉修治、欲去探望臥病妻子的優柔寡斷的神谷尚之、承辦本案的黑澤洋次刑警，這群各有不同目的的人相互交錯，故事向金澤之地收束。是一部上乘的懸疑推理小說。

16.《火車》（長篇，一九九二年七月出版）榮獲第六屆山本周五郎獎。停職中的刑警本間俊介受親戚栗坂和也之託，尋找失蹤的未婚妻關根彰子，在尋人的過程中，發現信用卡破產猶如地獄般的現實社會，是一部揭發社會黑暗的社會派推理傑作，宮部第二期的代表作。

17.《理由》（長篇，一九九八年六月出版）二〇〇一年榮獲第一百二十屆直木獎和第十七屆日本冒險小說協會大獎。東京荒川區的超高大樓的四十樓發生全家四人被殺害的事件。然而這被殺的四人並非此宅的住戶，而這四人也不是同一家族，沒有任何血緣關係。他們爲何僞裝成家人一起生活？他們到底是什麼人？又想做什麼？重重的謎團讓事件複雜化，事件的眞相是什麼？一部報導文學形式的社會派推理傑作。宮部第二期的代表作。

18.《模仿犯》（百萬字長篇，二〇〇一年四月出版）同時榮獲第五十五屆每日出版文化獎特別獎，二〇〇二年同時榮獲第五屆司馬遼太郎獎和二〇〇一年度藝術選獎文部科學大臣獎文學部門獎。在公園的垃圾堆裡，同時發現女性的右手腕與一名失蹤女性的皮包，不久凶手打電話到電視公司和失主家中，果然在凶手所指示的地點發現已經化爲白骨的女性屍體，是利用電視新聞的劇場型犯罪。不久，表面上連續殺人案一起終結，之後卻意外展開新局面。是一部揭發現代社會問題的犯罪小說，宮部文學截至目前爲止的最高傑作，推理文學史上的不朽名著。

19.《R·P·G》（長篇，二〇〇一年八月出版／22）在食品公司上班的所田良介於杉並區的建築工地被刺死，在他的屍體上找到三天前在澀谷區被絞殺的大學女生今井直子身上所發現的同樣纖維，於是兩個轄區的警察組成共同搜查總部，而曾經在《模仿犯》登場的武上悅郎則與在《十字火焰》登場的石津知佳子連袂登場。是一部現今在網路上流行的虛擬家族遊戲爲主題的社會派推理小說。

宮部美幸的社會派推理作品尚有：

20.《東京下町殺人暮色》（原題《東京殺人暮色》，長篇，一九九〇年四月出版）。

21.《不需要回答》（短篇集，一九九一年十月出版／37）。

二、時代小說系統的作品

時代小說是與現代小說和推理小說鼎足而立的三大大眾文學。凡是以明治維新之前為時代背景的小說，總稱為時代小說或歷史．時代小說。

時代小說視其題材、登場人物、主題等再細分為市井、人情、股旅（以浪子的流浪為主題）、劍豪、歷史（以歷史上的實際人物為主題）、忍法（以特殊工夫的武鬥為主題）、捕物等小說。

捕物小說又稱捕物帳、捕物帖、捕者帳等，近年推理小說的範疇不斷擴大，將捕物小說稱為時代推理小說，歸為推理小說的子領域之一。捕物小說的創作形式是日本獨有，其起源比日本推理小說早六年。一九一七年，岡本綺堂（劇作家、劇評家、小說家）發表《半七捕物帳》的首篇作〈阿文的魂魄〉，是公認的捕物小說原點。

據作者回憶，執筆《半七捕物帳》的動機是要塑造日本的福爾摩斯——半七，同時欲將故事背景的江戶的人情和風物以小說形式留給後世。之後，很多作家模仿《半七捕物帳》的形式，創作了很多捕物小說。

由此可知，捕物小說與推理小說的不同之處是以江戶的人情、風物為經，謎團、推理為緯而構成的小說。因此，捕物小說分為以人情、風物為主，與謎團、推理取勝的兩個系統。前者的代表作是野村胡堂的《錢形平次捕物帳》，後者即以《半七捕物帳》為代表。

宮部美幸的時代小說有十一部，大多屬於以人情、風物取勝的捕物小說。

22.《本所深川詭怪傳說》（連作短篇集，一九九一年四月出版／05）「茂七系列」第一集。榮獲第十三屆吉川英治文學新人獎。江戶的平民住宅區本所深川，有七件不可思議的事象，作者以此七事象為題材，結合犯罪，構成七篇捕物小說。破案的是回向院捕吏茂七，但是他不是主角，每篇另有主角，大多是未滿二十歲的少女。以人情、風物取勝的時代推理佳作。

23.《幻色江戶曆》（連作短篇集，一九九四年八月出版／12）以江戶十二個月的風物詩為題，結合犯罪、怪異構成十二篇故事。以人情、風物取勝的時代推理小說。

24.《最初物語》（連作短篇集，一九九五年七月出版，二〇〇一年六月出版珍藏版，增補一篇作品／21）「茂七系列」第二集。以茂七為主角，記述七篇茂七與部下系吉和權三辦案的經過，作者在每篇另有記述與故事沒有直接關係的季節食物掌故，介紹江戶風物詩。人情、風物、謎團、推理並重的時代推理小說。

25.《顫動岩——通靈阿初捕物帳1》（長篇，一九九三年九月出版／10）「阿初系列」第一集。破案的主角是一名具有通靈能力的十六歲少女阿初，她看得見普通人看不見的東西，而且一般人聽不到的聲音也聽得到。某日，深川發生死人附身事件，幾乎與此同時，武士住宅裡的岩石開始顫動。這兩件靈異事件是否有關聯？背後有什麼陰謀？一部以怪異取勝的時代推理小說。

26.《天狗風——通靈阿初捕物帳2》（長篇，一九九七年十一月出版／15）「阿初系列」第二集。天亮颳起大風時，少女一個一個地消失，十七歲的阿初在追查少女連續失蹤案的過程中遇到邪惡的天狗。天狗的眞相是什麼？其陰謀是什麼？也是以怪異取勝的時代推理小說。

27.《糊塗蟲》（長篇，二〇〇〇年四月出版／19・20）「糊塗蟲系列」第一集。深川北町的鐵瓶大雜院發生殺人事件後，住民相繼失蹤，是連續殺人案？抑或另有陰謀？負責辦案的是怕麻煩的小宮井筒平四郎，協助他破案的是聰明的美少年弓之助。本故事架構很特別，作者先在冒頭分別記述五則故事，然後以一篇長篇與之結合，構成完整的長篇小說。以人情、推理並重的時代推理傑作。

28.《終日》（長篇，二〇〇五年一月出版／26．27）「糊塗蟲系列」第二集。故事架構與第一集一樣，在冒頭先記述四則故事，然後與長篇結合。負責辦案的是糊塗蟲井筒平四郎，協助破案的除了弓之助之外，回向院茂七的部下政五郎也登場，作者企圖把本系列複雜化，或許將來作者會將幾個系列納爲一大系列。也是人情、推理並重的時代推理小說。

以上三系列都是屬於時代推理小說。案發地點都在深川，但是每系列各具特色，有以風情詩取勝，也有以人際關係取勝，也有怪異現象取勝，作者實爲用心良苦。宮部美幸另有四部不同風格的時代小說。

29.《扮鬼臉》（長篇，二〇〇二年三月出版／23）深川的料理店「舟屋」主人的獨生女阿鈴發燒病倒，某日一個小女孩來到其病榻旁，對她扮鬼臉，之後在阿鈴的病榻旁連續發生可怕又可笑的不可思議的事，於是阿鈴與他人看不見的靈異交流。一部令人感動的時代奇幻小說佳作。

30.《怪》（奇幻短篇集，二〇〇〇年七月出版）。

31.《鎌鼬》（人情短篇集，一九九二年一月出版）。

32.《忍耐箱》（人情短篇集，一九九六年十一月出版／41）。

33.《孤宿之人》（長篇，二〇〇五年出版／28．29）。

三、奇幻小說系統的作品

史蒂芬．金的恐怖小說和奇幻小說《哈利波特》成為世界暢銷書後，原處於日本大眾文學邊緣的奇幻小說獲得成長發展的機會，漸漸確立其獨立地位，而宮部美幸的奇幻小說就在這欣欣向榮的機運中誕生。她的奇幻作品特徵是超越領域與推理小說結合。

34.《龍眠》（長篇，一九九一年二月出版／04）榮獲第四十五屆日本推理作家協會獎的長篇獎。週刊記者高坂昭吾在颱風夜駕車回東京的途中遇到十五歲的少年稻村愼司，少年告訴記者：「我具有超能力。」他能夠透視他人心理，愼司為了證明自己的超能力，談起幾個鐘頭前發生的事件眞相，從此兩人被捲入陰謀。是一部以超能力為題材的奇幻推理傑作，宮部早期代表作。

35.《十字火焰》（長篇，一九九八年十一月出版／17．18）青木淳子具有「念力放火」的超能力。有一天她撞見了四名年輕人欲殺害人，淳子手腕交叉從掌中噴出火焰殺害了其中的三個人，另一個逃走了。勘查現場的石津知佳子刑警，發現焚燒屍體的情況與去年的燒殺案十分類似。也是一部以超能力為題材的奇幻推理大作。

36.《蒲生邸事件》（長篇，一九九六年十月出版／14）榮獲第十八屆日本ＳＦ大獎。尾崎高史為了應考升學補習班上京，其投宿的飯店發生火災，因而被一名具有「時間旅行」的超能力者平田次郎搭救到一九三六年二月二十六日的二．二六事件（近衛軍叛亂事件）現場，兩名來自未來的訪客能否阻止起義而改變歷史？也是一部以超能力為題材的奇幻推理大作。

37.《勇者物語—Brave Story》（八十萬字長篇，二〇〇三年三月出版／24．25）念小學五年級的三谷亘的父母不和，正在鬧離婚，有一天他幻聽到少女的聲音，決心改變不幸的雙親命運，打開幽靈大廈的門，進入「幻界」到「命運之塔」。全書是記述三谷亘的冒險歷程。一部異界冒險小說大作。

除了以上四部大作之外，屬於奇幻小說的作品尚有以下四部：

38.《鴿笛草》（中篇集，一九九五年九月出版）。
39.《僞夢1》（中篇集，二〇〇一年十一月出版）。
40.《僞夢2》（中篇集，二〇〇三年三月出版）。
41.《ＩＣＯ——霧之城》（長篇，二〇〇四年六月出版）。

以上三十九部是小說。另有四部非小說類從略。

如此將宮部美幸自一九八六年出道以來，一直到二〇〇五年底所出版的作品，歸類爲三系統後，再按時序排列，便很容易看出作者二十年來的創作軌跡，也可預見今後的創作方向。請讀者欣賞現代，期待未來。

二〇〇七・十二・十二

本文作者簡介

傅博

文藝評論家。另有筆名島崎博、黃淮。一九三三年出生，台南市人。於早稻田大學研究所專攻金融經濟。在日二十五年以島崎博之名撰寫作家書誌、文化時評等。曾任推理雜誌《幻影城》總編輯。一九七九年底回台定居。主編「日本十大推理名著全集」、「日本推理名著大展」、「日本名探推理系列」以及「日本文學選集」（合計四十冊，希代出版）。二〇〇九年出版《謎詭．偵探．推理——日本推理作家與作品》（獨步文化），是台灣最具權威的日本推理小說評論文集。

勾魂池

每到神無月（十月）亥日，江戶市內便會舉行「開暖桌」儀式。

阿近從位於川崎驛站的老家「丸千」旅館來到江戶，在神田三島町的提袋店三島屋住下，至今已是第二次迎接開暖桌。一早，家人和伙計全聚在店面後方的一個房間，祭拜過防火的愛宕神，便打開儲藏室，取出暖桌。

「大小姐來到這裡，轉眼已一年，時間過得眞快。」

三島屋有三名女侍。扳著手指不知該怎麼數，喃喃感慨的，是資深女侍阿島。接著，是今年夏天才來到店裡的新人阿勝。兩名年歲相仿，輩分相當的中年婦人像這樣湊在一起，往往會看對方不順眼，形同水火。但她們之間毫無心結，個性意外契合。魯莽的阿島搭配沉穩的阿勝，不論是勞心或勞力的工作，兩人都能相輔相成，辦妥一切。

然後，第三名女侍是阿近。這個芳齡十七的姑娘，是三島屋店主伊兵衛的姪女。以學習禮儀爲由，老家將她託付給三島屋伊兵衛照料。因此，她大可仗著此一藉口，過著養尊處優的生活，沒人會說話。但阿島幽默風趣、阿勝溫柔體貼，一起工作比較開心，於是阿近加入兩人，束起衣帶幹活。眞要說哪裡感到困擾，頂多就是明明一起工作，兩人仍喚她「大小姐」，她有點不自在。

三島屋當初是靠伊兵衛從挑擔叫賣一手建立，妻子阿民也功不可沒。如今阿民依舊親自握剪刀、拿針線，白天都待在工房，跟工匠與裁縫女工一同工作。

「妳嬸嬸的小腿長著厚厚的裁縫繭，不妨要她讓妳見識一下。」

在叔叔伊兵衛的慫恿下，阿近向嬸嬸央求過，但至今尚未如願。

「這個嘛……哪天妳改變心意，展現出提袋店大小姐應有的架勢後，再開口邀我一塊去巡禮箱根七湯（註一）吧。要是辦不到，我就不給妳看。」

於是，阿近一直沒能看上一眼。對可愛的姪女寵愛有加的夫婦倆，不僅是生意人，還是工作狂。而他們底下的伙計，自然也是性格相似的人才待得久。

「阿勝，在我們店裡啊，就算煞有其事地取出暖桌，大夥也不會好好坐在暖桌前。」

一早便開始忙碌，等到夜氣冷冽時，便覺得睡意濃重。與其窩在暖桌前，不如直接鑽進被窩睡覺。店內全是這樣的伙計。

「眞沒意思。」

難怪阿島會如此感嘆。

「這是應景的擺設。放在這裡，光看就覺得身子都暖和起來。」阿勝微笑道。

三島屋有三處會放暖桌，分別是店主夫婦的起居室，親戚或生意夥伴等不需顧慮的客人用的小廂房，以及工房裡工匠和裁縫女工聚在一起的地方。全屬於地上型暖桌，沒有地下型暖桌（註二）。三島屋是向人租屋，十一年前租借時，裡頭的房間原本設有地下型暖桌，但伊兵衛嫌維護麻煩，索性直接填平。

這天，用來取暖而非燒開水的火盆，和暖桌一起搬出來。火盆數量不少，而且是收在倉庫，不是儲藏室，得先清洗擦拭一番，再仔細確認擺在店面和供客人用的火盆會不會顯得寒磣，連童工新太也來幫忙。

「啊，這個有金魚圖案的烤手盆是我的。」

「不是你的，是店裡的。」

「阿島姊，請看一下。這是裂痕嗎？」

「噢，那個古伊萬里燒（註三）去年就有裂痕了，但老闆娘情有獨鍾。」

「我喜歡這個畫有手毬圖案的。」

「很美吧。」

「小新，在客人面前，你有沒有遵守規矩，自稱『小的』？待了這段時日，你該注意講話的用辭了。」

阿近等人嘰嘰喳喳講個不停，一旁的阿勝數著大大小小的火盆，一副若有所思的神情。

「阿勝姊，怎麼啦？」

「大小姐，我可能有點多管閒事，不過，火盆能多買一、兩個嗎？只要小火盆就行。」

「應該沒關係，妳打算放哪邊？」

註一：指位於箱根的湯本、塔之澤、堂島、宮之下、底倉、木賀、蘆之湯七座溫泉。

註二：日本的暖桌可分兩種，直接擺在地面的地上型暖桌，與掘坑可供放腳的地下型暖桌。

註三：江戶時代，於現今佐賀縣有田周圍的窯場生產，並透過伊萬里港口運送的瓷器。

我想放在茅廁旁，阿勝回答。

「當然，用火我會特別小心。」

阿近與阿島互望一眼，阿島開口問：「為什麼要替茅廁保暖？」

「那種地方要是太冷，對身體有害。」

一般住家的茅廁都位於北側。正值準備過冬的時節，總感覺寒意從腳底往上竄，每去一趟茅廁，就會猛打噴嚏。

「對了，八十助先生提過，自從腰受過傷，進出茅廁變得十分不方便。」阿近附和，「尤其是天氣寒冷時，似乎更難受。」

八十助是三島屋的掌櫃，稱得上是伊兵衛的心腹，長得又瘦又小，有一對如算盤珠子般頻頻轉動的瞳眸。去年臘月他傷了腰，之後才來三島屋的阿勝不清楚事情始末。

「傷得嚴重嗎？」

「有點嚴重。他在很有趣的情況下跌了一跤。」

想起當時的情景，阿近仍忍不住嘴角輕揚。但在八十助眼中，那是一場災難，阿近實在不好意思笑。

「我娘常說，風寒都是從後頸或膝窩潛入體內。在茅廁這種陰冷的地方，要是能保持腳底的溫暖，就能百病不侵。」

阿島抽動肉鼻子，「膝窩在哪裡？」

「就是膝蓋背面。」

阿勝眞是博學——阿島與新太不約而同讚嘆。阿勝的出身及到三島屋當女侍之前的生活，相當與眾不同，所以見多識廣，不足爲奇，但聽她親口提起母親的事還是第一次。

「既然這樣，小新，請你跑一趟工房，詢問老闆娘的意見。如果老闆娘同意……」

「我就直接去今井屋買。」

那是附近一家二手家具店。

「不可以完全按對方開的價錢買，要好好殺價！」

「是，包在『小的』身上！」

在捎來凜冬將至訊息的寒風中，新太飛奔而去。

吃完午飯，伊兵衛將阿近喚至起居室。他似乎剛從外頭返家，已換好衣服，短外罩（註）掛在衣架上。

「眞是的，叔叔怎麼不早點叫我來幫忙……」

說到提袋店，江戶市內有兩家名店。分別是池之端仲町的「越川」，及本町二丁目的「丸角」。如今的三島屋，緊跟在兩家店之後，排行第三，但伊兵衛仍保有昔日挑擔叫賣時的悠哉性情，像更衣和一些雜務，他都不會叫人來幫忙，而是自行打理。

「這沒什麼。對了，阿近，接下來有事要忙嘍。」

註：原文爲「羽織」，算是禮服的一種。

剛剛伊兵衛外出與人見面，對方突然提起百物語的事。

「這種事原本不急，只是對方似乎一直在等待機會，今天和我不期而遇，實在再巧不過，我馬上邀來說故事。和先前一樣，對方會在未時（下午兩點）造訪，妳去『黑白之間』準備一下。」

阿近爲叔叔朝長火盆裡添木炭，並在上頭架鐵壺。一旁的伊兵衛像是要趕她走，口吻相當急促。

「是您的朋友嗎？」

「嗯，人品沒問題。這次又是跳過燈庵自己找人來，那位蛤蟆仙人應該會不太高興，但也顧不了那麼多。」

「我明白了，這就去準備。」

到頭來，叔叔依然瞧也沒瞧暖桌一眼。阿近聳聳肩，趕往「黑白之間」。

「黑白之間」是待客用的廂房。愛下圍棋的伊兵衛常邀棋友前來對弈，因而得名。成爲三島屋奇異百物語（現今在一小部分人之間頗有名氣）的舞台，是在阿近到來後的事。

去年春天發生一場悲劇，導致阿近不得不離開老家。婚禮在即，未婚夫卻遭形同阿近青梅竹馬的男子殺害。不論是凶手或受害者，都是與她從小友好的年輕人，所以她一直沒發現存在於兩人心中的疙瘩和誤會。除了悲傷，阿近更是自責，失魂落魄。雙親實在不忍，想著換個環境，接觸不同的人，或許阿近能重新振作。於是，他們將阿近託付給住在江戶的叔叔嬸嬸照料。

起初，伊兵衛與阿民不曉得怎麼對待傷心的阿近。阿近魂不守舍，不管白天還是黑夜，眼前都是無盡黑暗。然而，看到每天在三島屋辛勤工作的伙計，及充滿活力的做生意態度，她覺得不能只有自己像人偶般坐著不動，便像女侍一樣幹起活。

當時，在一個曼珠沙華（註）盛開的日子，伊兵衛有急事非外出不可，偏偏他剛好邀請棋友到家中對弈，只得吩咐阿近代替他招呼客人，便匆匆離去，留下不知所措的阿近。然而，那名來訪的棋友，或許自阿近那遠比現在陰鬱的眼神中，察覺她的失魂落魄，或感受到些什麼，突然將長年積壓在心底、不曾向任何人提及的過往，娓娓道出。

那不可思議的故事，深深吸引阿近。說故事的客人，由於吐露塵封多年的心事，彷彿卸下看不見的重擔，獲得慰藉。那份慰藉的溫熱，也為阿近的心靈點亮一盞燈。

伊兵衛從中窺見一絲光明。

面對心碎的年輕姪女，普通的安慰和鼓勵不管用，不如藉著這種方式，讓她聽聞街坊的奇談、人們行為的業果、形形色色的生活百態，從而理出思緒，修補受傷的靈魂。這樣或許反倒是個好方法。

於是，聆聽者只有阿近一人，一次只邀一位客人來說不可思議的故事，奇異百物語從此展開。

奇異百物語的成立，沒有嚴格的規定。說故事的人依照自身的意願講述，想隱瞞部分細節無妨，要更改登場的人名與地點也沒問題。說完，離開三島屋即可。負責聆聽的阿近會告訴叔叔嬸嬸「這是今天聽到的故事」，原原本本向他們轉述，之後不再重提。故事的真偽一概不問。

說完就忘。

註：中文正式名稱為紅花石蒜。

聽過就忘。
這是他們的約定。
一開始擬定這項方案時，伊兵衛委託熟識的人力仲介商代爲介紹。對方在神田明神下擁有店面，名爲燈庵。他是個頂著光頭，滿面油光的老翁，完全符合伊兵衛取的綽號「蛤蟆仙人」。人脈廣闊的燈庵老闆四處宣傳：「三島屋店主的新嗜好十分古怪，要蒐集一百個不可思議的故事。」拜此所賜，奇異百物語愈來愈受到好評，如今甚至不必透過燈庵老人介紹，便有人直接找上門。事後得知，燈庵老人頗有微詞，而且將來歷不明的訪客請進三島屋內，是很危險的做法，但阿近不以爲意。畢竟燈庵老人在篩選說故事者上也出過差錯，害得一個月前三島屋差點遭到洗劫。
幸好眞的是「差點」，有驚無險。這都得感謝在蒐集奇異百物語的過程中，與三島屋和阿近結緣的人們出手相助。機緣巧合下，還結識可靠的捕快。連老練的人力仲介商都會受騙，本身就是耐人尋味的怪談。
阿近將這些故事全收藏在心底。講奇聞軼事，就是在講人世的黑暗；聆聽怪談，便是透過故事接觸世間的黑暗。黑暗中究竟潛藏著什麼，無法弄清。但面對無法弄清的事物，若不仔細聆聽，做好收藏在心底的準備，無法擔任聆聽者的工作。
說過就忘，聽過就忘。阿近打算當一名聆聽者，不斷自我磨練，直到能貫徹這句話的眞意爲止。
由於訪客突然上門，來不及在「黑白之間」的壁龕擺花裝飾。正當阿近不知如何是好，阿島帶來徒手折下的兩根栗樹枝，開心得鼻翼翕張。

「這是調皮三人組送來的禮物，聽說在仙台堀發現的。」

正逢盛產栗子的時節，蔬果店店頭的竹簍裡栗子堆積如山，進出江戶的木門關口處也有人叫賣炒栗子。換句話說，現下是栗子迸出殼，從樹枝掉落的時節。但這兩根樹枝顏色偏黃，上頭有三個開口的殼，像是以肉眼看不見的細絲線縫著，隨時會掉落。

「那些孩子覺得有趣，想送給大小姐。爲了不讓樹枝上的殼掉落、栗子迸出來，他們一路上都踮著腳走。」

阿島提到的「調皮三人組」，也是阿近在蒐集奇異百物語過程中結識的小同伴。他們住在大川對面的本所和菊川町，來神田得走很長一段路。不過，三島屋附近的蔬果店領養的孩子，與他們成爲朋友，所以他們不時會來玩，順便探望阿近。這群調皮小鬼稱呼嚴厲的阿島「女妖怪」，裝作非常畏懼，其實與她處得十分融洽。

「收到這樣的禮物，眞高興。」

「他們要我『向阿近姊姊問聲好』，我大發雷霆，罵了他們一頓，叮囑他們稱呼您『大小姐』。」

阿島講得若無其事，但根本很怕打雷。可能是換成自己大發雷霆就沒關係吧。

阿近馬上學起孩子們的動作，輕手輕腳插好栗樹枝，以免殼掉落。此時，阿勝和新太合力搬來暖桌。阿近驚訝地問：

「怎麼把暖桌放在這裡？」

「今天的訪客是和大小姐年紀相仿的姑娘，老爺覺得讓妳們坐在暖桌前聊天，別有一番意趣。」

「黑白之間」第一次迎來年輕姑娘，阿近感到十分新鮮。

「即使對方是年輕姑娘，突然和陌生人圍坐在暖桌前，未免太尷尬了。」

「那就稍微靠向一邊吧。」

阿勝俐落地將棉被覆上暖桌的外框架。這是阿民親手以剩布縫製的棉被，看起來相當美觀。

「這是叔叔嬸嬸用的暖桌吧。好不容易搬出來，他們瞧也不瞧一眼，甚至不留著自己用。」

「有什麼關係呢。」

阿勝將火盆中的木炭移到紅銅火罐裡，微微一笑。

「我把炒栗子連同火罐放進暖桌，這樣就會持續保溫。如果兩位談得來，請一起剝栗子吃。」

炒栗子是新太跑到隔兩個木門關口遠的地方買的。

「小直告訴我，那邊的炒栗子最甜。」

小直是蔬果店領養的孩子。

「我明白了。小新，你也吃吧。」

「我的份已經拿了。」

很期待點心時間的到來。

備妥茶具，輕碰鐵壺，確認過熱水的溫度後，阿勝說道：

「大小姐，我和平常一樣守在隔壁，要是有什麼事，請喊我一聲。」

新太回去工作，阿近在「黑白之間」擔任奇異百物語聆聽者時，阿勝會在旁邊的小房間待命。這是阿勝在三島屋的另一項職務。

阿勝是膚色白皙，擁有一頭濃密黑髮與苗條身材的美女。遺憾的是，臉上和脖子遍布痘疤。有人說，那是「受疱瘡神喜愛的證明」。

自古以來，民間認爲疱瘡神是力量最強大的瘟神。經這位神明的手指碰觸過，留下痘疤印記的人，情況愈嚴重，表示與神力接觸愈深，會獲得部分神威，可令各方妖魔退散。

這就是以前阿勝的工作。在婚禮、七夜（註）、上梁等眾多慶賀場合中坐鎮，防止邪魔入侵，即所謂的「驅魔人」。

阿勝也是在蒐集奇異百物語的過程中認識。阿近請求她發揮以前那份工作的專長，驅除靠近「黑白之間」的邪魔。阿勝接受她的請求來到三島屋，由驅魔人的身分，轉爲奇異百物語的守護者。

「我常想，阿勝姊一個人待著，會不會感到無聊？」

「一點也不會，畢竟有許多針線活要做。」

阿勝正在向阿民學習製作提袋。

「不過，我待在這邊很舒服，再加上大概是上了年紀不中用，常拿著針就打起瞌睡。」

兩人噗哧一笑。

註：嬰兒出生後第七天的慶祝儀式。

「這可不好笑啊。擔任守護者，卻在重要時刻睡著，耽誤大事就糟了。」

「阿勝姊，重要的是妳陪著我。不過，妳會不會很在意我們的談話內容？」

阿近一直很好奇這一點。她甚至心想，乾脆阿勝也一起待在「黑白之間」聽故事吧。

「大小姐……」阿勝像小姑娘般，顯得有些難爲情。「不管是客人或您的話聲，都只會斷斷續續傳進我的耳中，聽起來宛如在唱搖籃曲。」

所以我才會說自己上年紀，不中用了。阿勝往額頭用力一拍。

「阿島姊有時也會蹲在爐灶前睡著。厲害的是，她還握著吹火筒，只睡了大約從一數到十這麼久，又突然醒來。」

「這恐怕已達到專家的境界了。小新有時是撐著掃帚打盹。」

「那是八十助先生傳授的絕招。」

兩人再度相視而笑。

「偶爾大夥一起窩在暖桌裡睡午覺，或許也不錯。」

「那得請大小姐打頭陣。」

「是是是。阿勝姊，請保重身體，別著涼了。」

「謝謝關心。」

阿勝莞爾一笑，關上區隔的拉門。不久，阿島帶著客人進來。

訪客確實是個年輕姑娘，容貌出眾，彷彿一坐下便會綻放出花朵。

「我名叫阿文。」

年輕姑娘雙手各三指伏地，以甜美的嗓音報上名字，低頭行一禮。

「家父是地主岡崎一宇衛門的用人（註一）。父母和我三人，住在岡崎大人的宅邸內。」

阿近恭敬回禮。

「我是三島屋的阿近，擔任這個故事的聆聽者。」

由於準備匆忙，光是換上在客人面前不失禮數的服裝，阿近就差點忙不過來。相對地，阿文打扮得光鮮亮麗。她的和服是花勝見圖樣，原本是描繪茭白的圖案，染上鮮豔的朱紅和胭脂色後，更爲華美。腰帶是深綠色，雪花圖案的銀絲刺繡熠熠生輝。桃割（註二）的髮髻上，纏著與腰帶相同布料的頭繩，並插著一根紅珊瑚的圓玉髮簪。

阿近還年輕，自然會受到美麗的服裝吸引，不禁看得出神。阿文一臉嬌羞地伸手貼在衣襟上，低下頭。

「花勝見是秋天的圖案，但這是我最喜歡的和服……」

阿近莞爾一笑，「您穿起來非常好看。」

「謝謝，阿近小姐也一樣。」

語畢，阿文忽然掩住嘴角，露出纖纖蔥指。

註一：江戶時代的武家職務，在主人身邊管理日常生活雜事。

註二：江戶時代後期到昭和年間，年輕女孩流行的髮髻，像剖開的桃子，因而得名。

「直接稱呼您『阿近小姐』，不知是否恰當？」

「當然可以。」

「傳聞三島屋的大小姐，在神田一帶是數一數二的美女。今日一見，本人比傳聞中描述得還美。」

這次換阿近致謝。年輕姑娘稱讚彼此的容貌和穿著品味，實在挺難爲情。不過阿近心想，或許這也算是一種儀式。

阿文睜著一對杏眼，開心地接著道：「這件和服是日本橋通町一丁目的大野屋縫製，我可以介紹您去。店裡有個幹練的伙計，我還沒開口，他就像變魔術，拿出一匹又一匹我中意的布料。從客人的外貌及穿著，他便看得出客人的喜好。」

「居然讓顧客誇讚像在變魔術，真教人羨慕。我們三島屋也希望有這樣的生意本領。」

阿文不是與阿近同年，就是小一、兩歲。那甜美的嗓音、與人沒有隔閡的開朗性格，雖然有點孩子氣，但感覺是大家閨秀。

阿文說父親是地主的用人，可能並非普通的聘僱伙計，而是在家中擁有舉足輕重地位的人物。以藩國來比喻，就像代代世襲的家老（註）。

不是純正江戶人的阿近，光聽對方提到「岡崎」，無法馬上猜出這位地主是何等來歷的名門、何種身分，宅邸和勢力又在哪一帶。不過，阿文沒提，她便沒必要問。阿文約莫是認爲，提到地主岡崎就夠了。接下來要說的故事，或許與岡崎家有關。既然這樣，阿近不想多問。

只是，有件事得先確認。

「阿文小姐，陪同您前來的人，會一直等到您說完故事嗎？請對方待在這裡也沒關係。」

身分尊貴的大小姐，獨自受邀來到提袋店內的包廂，陪同阿文的人恐怕不太贊成。

然而，當事人馬上搖頭。

「不，沒關係。我不會講太久。」

阿文有些坐立不安，撫著一絲不亂的髮髻，大大深呼吸。她的呼吸微微顫抖。

阿近這才明白，阿文相當緊張。

阿近慢悠悠地在一旁備茶。

「嗯，接下來我要說的……」

阿文再度不安地伸手撫摸腦後髮髻。

「其實不能告訴別人。有人曾經嚴格叮囑我。」

這是個古怪的故事——阿文的口吻，彷彿嘴裡嚼著什麼古怪的東西。

「可是，藏在心裡很痛苦，痛苦得不得了。我忍不住向父親訴苦。」

既然這樣，妳就跟爹說吧。阿文的父親勸道。

「我不能說。」

阿文噘起嘴，模樣十分可愛。

「這是女人家的事。況且，如果向父親坦白，感覺像在洩漏母親的祕密。」

註：大名（諸侯）的家臣中最高的職位。

這是父母視為掌上明珠、備受疼愛的女兒才會講的話。

「您顧慮得沒錯。」阿近溫柔地點點頭，阿文不禁鬆一口氣。

「於是，爹建議我，不如說給三島屋聽吧。三島屋專門蒐集古怪的……不，是奇聞軼事。他和三島屋老闆是棋友。」

原來有這一層關係。

阿文改稱「父親」為「爹」。雖然阿近與她年紀相仿，但未免太快打成一片了。看來，阿文有活潑多話的一面。

——放在暖桌裡的炒栗子該怎麼辦？

原以為阿文出身良好，可能沒興致弄髒手，邊剝栗子邊聊，但現在看來，她或許會十分樂意，阿近反倒不曉得挑什麼時機端出炒栗子。

「我叔叔和令尊，是在圍棋會所熟識的嗎？」

「啊，不是。他們是在愛宕下的眼疾不動明王附近初次見面。」

那是兩年前的事。

「阿近小姐，您知道眼疾不動明王吧？」

阿近聽伊兵衛提過。

「那是能治療各種眼疾的不動明王吧？」

「是的。爹常長針眼，所以不時去膜拜。」

「我叔叔是太常盯著棋盤，視力變差，才前往膜拜。」

伊兵衛對圍棋的熱情略微降溫，但在阿近來三島屋前，他愛好圍棋的程度簡直可用「病入膏肓」形容。由於白天忙於生意，他緊盯棋盤、在燈火下鑽研棋書，都是在晚上。平常做的是精細物品的買賣，日落西山後，理應讓眼睛好好休息，卻又借助燭火或月光看書、擺棋譜，眼睛不累壞才怪。聽阿民說，伊兵衛熱中起來，甚至徹夜不眠，更是加速視力惡化。

「喜歡下圍棋、將棋的人，常會去參拜眼疾不動明王。一些愛書成痴的人也一樣。」

不動明王好辛苦，阿文笑道。不久，笑容逐漸從臉上消失，她又微微顫抖著嘆一口氣。阿文果然很緊張。藏在阿文心中的，似乎是個壓得她喘不過氣的沉重故事。

阿近拿定主意，開口提議：「阿文小姐，要是不嫌棄，不如換到暖桌那邊坐？」

見阿文一頓，阿近內心暗叫不妙。

忽然，一股笑意自阿文眼中蔓延，彷彿解開了束縛。

「太好了！眞的不要緊嗎？我最喜歡暖桌。天冷的日子我都離不開暖桌，老挨娘罵。」

於是，兩個姑娘圍著暖桌，迎面而坐。

「啊，眞暖和。」

阿文似乎相當開心，深深吁一口氣。

「一進來我就想著，這裡有暖桌呢。不過，我怕會顯得沒規矩，一直忍耐。」

「抱歉，要是早點開口邀您就好了。」

仔細一瞧，阿文已卸去肩膀的力氣。直到剛才爲止，她都全身緊繃。

「祕密還是適合坐在暖桌旁講。」

阿近微微一笑，故意神祕兮兮地悄聲道。阿文手抵在嘴邊，點著頭附和。兩人的距離縮短不少。

「阿近小姐。」

阿文的視線突然停在某處。

要開始說故事了。

「什麼事？」

「我快要出嫁了。等過完年，就會舉行婚禮。」

「那眞是可喜可賀。」

阿近急忙離開暖桌，低頭恭敬行一禮。阿文不禁跟著慌起來。

「不用這麼客氣，我會很難爲情。」

阿文臉泛紅霞，雙眸晶亮。

「方便問您對方是怎樣的人嗎？」

「他是我的青梅竹馬，是岡崎大人分家的人。他母親早逝，所以在岡崎大人家住過一段時日，從小就和我相處融洽。」

阿近心中那座牢牢緊閉的倉庫，傳來微微刺痛。

——和我一樣。

不過，這座倉庫的門不易開啓。當初整理好情緒，加以封閉時，阿近已打定主意。

「那就不必擔心了，畢竟夫君是您熟知性情的人。」

阿文頷首，接著彷彿刻意收起笑容，轉爲正經的表情。

「我原本也這麼認爲，卻挨娘一頓罵。她說，即使是青梅竹馬，一旦結爲夫妻，情況就不一樣了。不能太得意忘形，毫無顧忌。」

不無道理，但對於喜上眉梢的女兒，這番教誨根本不管用。

「他名叫一郎太……不過我從沒這樣喊過他，總喚他『小一』。岡崎家有許多分家，繼承家位的兒子全叫『一郎太』，所以他們都以綽號互稱。」

當中綽號「小一」的應該不少，但阿近挺識趣，沒在這時候追究無聊的細節。

「眾分家中，小一家算是排在末座，連身爲本家用人女兒的我，都能與他平起平坐。不過，一旦論及婚事，畢竟是奴僕的女兒嫁入與本家有血緣關係的分家，非同小可，心裡得有清楚的分際。娘總把這些話掛在嘴邊，囉嗦極了。」

其實一點都不囉嗦。倘若岡崎家是規矩嚴明的名門世家，即使一郎太是地位最低的分家長男，也不會允許本家用人的女兒與他「平起平坐」。阿文的母親深知這個道理。

「娘幾乎天天告誡我，這樁婚事是天上掉下來的福分，妳要謹記在心。」

阿文的語氣終於不再矜持。圍在暖桌前聊天，就是要用這樣的語氣才適合。阿近跟著放鬆，眼神略帶調侃，回道：

「可是，您一定是從小就喜歡一郎太先生，而一郎太先生也喜歡您吧？」

阿文羞紅臉，聲若細蚊地應一聲「是的」。

「該不會從很早以前，你們已私訂終身？」

阿文的臉益發紅潤，點點頭問：「您怎麼知道？」

「全寫在您臉上啊，眞是幸福。」

阿文像是想擦去寫在臉上的字，抹了一把，雙眼清透明亮。

「由於我喜怒哀樂都表現在臉上，娘才會訓誡我一番。」

「訓誡嗎？」

「是的。而且，阿近小姐……」

阿文又往臉上一抹，眨眨眼。

「我非常容易吃醋，嫉妒心強烈。明知這樣不好，我就是管不住自己。」

阿近回以一笑，「可是，一郎太先生沒做出會讓您吃醋的行徑吧？」

「對，的確沒有。他絕不會做那種事。」

阿文語氣篤定，卻撇下嘴角，低著頭。

「我知道他不會，但人心會變。從小我就是和小一感情最好的女孩，但這第一名的位子，難保哪天不會淪爲第二或第三。」

與其說是愛吃醋，不如說是愛瞎操心。

「我想永遠保住第一的位子。」

「阿文小姐，您眞的是第一啊，所以才會成爲一郎太先生的新娘。」

阿文迅速抬眼，直視阿近。「我原本也這麼認爲，可是嫁過去，一直待在小一身邊，他不會膩嗎？喏，人們不是常說：釣到的魚，用不著再施餌；再美的女人，娶回家當老婆，三天就看膩。」

阿近一時聽呆了，這遠遠超出一般杞人憂天的範疇。

在父母的呵護下長大，出落得甜美可人，看起來衣食無缺的阿文，內心竟然住著如此膽小的靈魂。

——這麼一提，阿近忽然想到一件事。

之前閒聊時，阿民曾談及：善妒的人不分男女，都是膽小鬼。

阿文不是笨蛋，不會沒發現阿近的錯愕。她縮著肩膀，羞愧地垂著頭，下巴差點抵到覆蓋暖桌的棉被。

「我明白講這種話有多奇怪。所以，每次腦海浮現類似的想法，我便會連忙甩開或嚥回肚子，提醒自己注意。」

阿文一副無精打采的模樣。

「婚事談妥後，雖然高興，仍會隱隱感到不安，正是此一緣故。等您嫁過去，心就會慢慢定下來。」

「是啊……」

儘管如此回答，阿文依舊垂著頭。

「可是，我就是克制不住自己。最近我不時會說些刺耳的話刁難小一。好比，要悔婚就趁現在！如果你改變心意，希望娶別人，不想和我在一起，在喝交杯酒前都來得及。」

這位小姐實在教人傷腦筋。

「聽到您這麼說，小一是什麼表情？」

阿近以更輕鬆的口吻詢問，阿文一臉泫然欲泣。

「他不知如何是好。」

「倒也難怪，誰教小一對您一往情深呢。」

約莫是眼眶泛淚，阿文以指尖擦拭眼角，好不容易才抬起臉。

「我故意丟出難聽話，企圖測試小一的眞心，卻惹惱娘。『原本想永遠藏在心底，不向任何人透露，但現在我就講給妳聽吧』，娘這麼說著，告訴我一件往事。」

見女兒與女婿兩情相悅，即將締結難得的良緣，女兒卻愛吃醋，又杞人憂天，於是母親吐露一件往事。如今阿近正準備聆聽故事的始末。

「那是娘的母親，也就是我外婆的親身經歷。」

阿近挺直背脊，雙手置於膝上。由於坐在暖桌前，和平常有些不同，但這是身爲聆聽者的阿近慣有的姿勢。

「我娘是江戶人，外婆卻是岩槻人。說到岩槻藩，那裡有偉大的儒學學者，城下町製作人偶蔚爲風氣，遠近馳名。不過，我娘的老家已斷了香火，所以我什麼也不知道。」

阿近頷首，接著提醒：「阿文小姐，在『黑白之間』講百物語時，隱藏地點和人名也沒關係。」

無所謂——阿文回答，「這個故事的發生地點很關鍵，得描述清楚。不過……」

說到一半，阿文忽然打住。她雙唇緊抿，沉思片刻，繼續道：「關於地點的具體細節，請容我留到最後。」

她心中似乎已有決定。

「我明白了。」阿近接受她的請求。

阿文的外婆出生於岩槻藩的一座山村。

「外婆的娘家擁有一座水田，不算是佃農，但在那個年代，又住在深山裡，生活自然一點都不輕鬆。不過……」

阿文的外婆是令人忍不住想多看一眼的大美人。

「外婆從小就心有所屬，對象是堂哥惣一。他們家也擁有水田，稱得上是門當戶對。加上雙方家人早有約定，日後要撮合兩人，於是等到適婚年紀，便談妥婚事。」

那年惣一十七歲，阿文的外婆十六歲。

「我娘是外婆的么女，外婆共生八個孩子。在我出生前，外婆已逝世，我沒見過她。但聽說不論容貌或個性，娘都和外婆如出一轍。所以娘才強調，告訴我這個故事是有意義的。」

阿近緊盯著阿文，靜靜頷首，專注聆聽。

「外婆的老家附近，有一戶姓井上的望族。」

「井上？」

聽聞這陌生的姓氏，阿近納悶地偏著頭，於是阿文寫下漢字。當時，阿文的母親應該也是這麼做的吧。

「漢字爲『井上』，念成『いのかみ』。這姓氏很少見吧？」

「是啊，我從來沒聽過。」

「他們在當地擔任神職，是擁有兩百多年歷史的名門望族。宅邸內建有特殊的樓中樓，而且庭院十分寬廣。」

他們從事神職，同時是山林的地主，地位在村長之上。

「井上家祭祀的土地神，是一隻老得幾乎全身長滿青苔的山豬。山豬竟然能當神，眞是奇怪。」

在阿近聽過的百物語中，不乏與土地神有關的故事，所以她並不驚訝。「井上」可能是源於同音的「亥神」（註）。祭祀亥神的這個家族，將姓氏的漢字改成「井上」。

「雖然不曉得長生不老的山豬有何靈驗之處，不過，爲了養身上的青苔，這位神明一年只洗一次澡。還得用透明乾淨，連魚都待不住的清水。所以，井上家守護著一座蓄有此等清水的池子。」

井上家宅邸的後院，有這麼一座水池。

「那是像圓鏡般的小池子。隔著水池與宅邸相望的對岸，有一座土塚。不論是土塚或池畔，不是井上家的人，一律不得靠近。」

「不必全村的人都去膜拜嗎？」

「那是一位討厭人類的神明，只要恭敬隆重地祭拜就行了。」

一位喜愛清淨，性情古怪的神明。

「祂是會讓山林結果的神明，和一般農家沒什麼關聯。」

「簡單來說，維護土塚和水池的乾淨就好，對吧？」

「是的，水池尤其重要。」

那小池裡的水透明清澈，不見半條魚，連水黽也看不到，終年映著藍天與周圍的山色，於是井上家取名為「鏡池」。

「然而，當地人並不這麼稱呼。因為那池子有另一個更重要的稱呼。」

勾魂池。

阿近微微傾身向前，「要是隨意靠近，觸怒神明，魂魄會遭勾走，是嗎？」

阿文臉上浮現消失許久的笑容，似乎感到十分有趣。

「連擔任百物語聆聽者的阿近小姐也這麼認為嗎？之前我問過娘一樣的問題。」

「哎呀，難道我猜錯了？」

「完全猜錯。」阿文微微挺直背脊。前來「黑白之間」的訪客，在阿近的附和下，往往會愈講愈起勁。像是覺得自身的故事比別人的稀奇，漸漸有些得意。

「山豬神極為善妒。」

「什麼？」

「祂是位女神，本體是一隻母山豬。很久以前，祂的丈夫遭獵人射殺身亡。在憤怒和憎恨下，祂變成妖怪，不再是普通的山豬，接連在當地引發各種災難。之後，經一名路過的偉大高僧感化，祂幡然悔改，承諾會守護當地居民，因而被奉為神明，受人祭祀。」

註：「井上」做為姓氏，通常念成「いのうえ」（Inoue），故事中念成「いのかみ」（Inokami），與「亥神」同音。亥有「豬」的意思。

阿近在一旁頻頻點頭。

「不過，成爲神明後，祂依然思念丈夫，持續守寡，於是養成善妒的性情。」

約莫是焦急於無法順利表達心中所想，阿文不停搖頭。

「所以，這位神明很討厭看人親暱地靠在一起，或是手牽著手。」

每當有這樣的人走近，馬上會鬧不和。

「尤其是夫妻、訂下婚約的男女、相戀的情侶，絕不能靠近。」

不能靠近鏡池。在鏡池上映出自己的身影，更是萬萬不可。

要是破壞這個禁忌，會有什麼後果？

「山豬神會大發雷霆，拆散兩人。」

哦——阿近噘起嘴。

「弁天神也常有類似的傳聞。」

例如不忍池、江之島。

「不過，這位神明更厲害，也更壞心。不僅僅是讓相愛的兩人分手而已。」

男人會愛上其他女人——阿文呼吸有些急促。

「男方一定會愛上別的女人，拋棄原本的伴侶。」

男女失和的原因，大半是移情別戀吧。這樣看來，山豬神不見得多壞心。

阿近說出自己的看法。

「可是，阿近小姐，請仔細想想。」

阿文湊向阿近，皺起眉，話聲略微駭人。

「要是介入雙方的女人，恰恰是另一個為失戀傷透心的女人『最討厭的人』，會是什麼情況？」

阿近不禁瞪大眼。阿文感受到她的驚訝，莞爾一笑。

「一定會是這種結果嗎？」

「一定會是這種結果。」

「請、請等一下。」

阿近抬手阻擋阿文的視線。

「舉個例子……是舉例喔，就拿阿文小姐和我來說吧。」

「好的。」

「假設您很討厭我，我也很討厭您，我們見面都不交談。這樣的我介入即將結婚的阿文小姐與一郎太先生，與一郎太先生情投意合，攜手私奔。會發生類似的事，是嗎？」

阿近一問，阿文的目光突然轉為銳利。

「沒錯，但您不必說得這麼仔細吧。」

「啊，抱歉。」

這位小姐真的很會吃醋。

剛這麼想，阿文旋即噗哧一笑，阿近心裡直呼「好險」。

「不過，這樣真的挺壞心。」

「對吧？丈夫遭人射殺，祂恐怕一直耿耿於懷，怨念極深。」
阿文彷彿在說鄰居壞話，大膽批評起神明。
「所以才會有『勾魂池』的別名。」
「是啊。不光勾走男人的靈魂，還將勾來的靈魂獻給別的女人，您不覺得非常過分嗎？」
阿文嬌嗔的模樣無比可愛，阿近有些忍俊不禁。毫不顧忌地笑不太妥當，於是她重新沏茶，轉移注意力。
「外婆……」阿文望著阿近的手上的動作，轉爲柔聲細語：「其實和我很像。個性好勝又善妒。要是她懂得收斂就好了，她卻打破了那項禁忌。」
持茶器的阿近手一頓，倒抽一口氣，重新審視阿文。
阿文微微低下頭。
「外婆告訴我娘，當時她突然想測試惣一先生，是不是打心底愛著她。所以娘才會說，外婆這一點和我很像。」
的確，這種心態與現在的阿文如出一轍。
「惣一先生沒反對嗎？」
「聽說他的個性溫和，對我外婆百依百順。」
由於日常生活中不曾感受到這位神明的恩惠，他們在心態上或許有些輕蔑，認爲總歸是傳言，一定不會有問題。
戀愛中的男女都是如此。內心如此期望，才會這麼想。以爲只有他們經得起考驗，不管發生什麼情況，都無法拆散兩人。

「婚事談妥不久，恰恰是這個時節的半圓月之夜，他們潛入井上家的土地，來到勾魂池畔。」

月光下，池面清楚映出兩人的身影。

「據說，池水比鏡子更清晰地映出他倆的模樣。連惣一先生纏在脖子上防寒的手巾，隨夜風吹拂飄動的景象，都能瞧得一清二楚。」

兩人駐足良久，望著彼此相偎的身影，百看不厭。那想必眞的是很美的情景。

「然後發生了什麼事嗎？」

阿文拿起阿近重沏的熱茶喝一口，將茶碗輕輕放回茶盤上。

「接著過不到一個月，惣一先生突然和別的女人私奔，下落不明。」

兩人的婚禮，眼看三天後就要舉行。

「跟他私奔的是誰？」

「是同村一戶農家的……」

「年輕姑娘嗎？」

「不，是個太太。」

阿近頓時無言。

「對方是年長惣一先生十歲的中年婦女，有兩個孩子。由於是鄰居，互有往來。但她與我外婆的雙親關係不睦，而且生性懶惰，又愛道人長短，相當惹人厭。」

「那麼，您外婆自然也……」

「是啊，外婆也很討厭她。」

勾魂池威力驚人。

「外婆每天以淚洗面，整整哭了半年。」

挨雙親一頓訓斥後，講出兩人前往勾魂池的事，又被狠狠罵一頓。井上家也嚴厲譴責，我外婆簡直無地自容。

「此時，外婆的父親提議，不如早點另覓對象嫁人比較好。於是，外婆莫名其妙談妥婚事，匆匆忙忙拜堂成婚。」

然而，惣一失蹤畢竟才短短半年。

「外婆仍無法割捨對惣一先生的情感，滿心淒楚，終日哭泣。」

村民都曉得惣一與其他女人私奔，阿文的外婆又掩蓋不了傷心。這對年輕夫婦的父母聚在一起商量，決定請村長幫忙，讓小倆口到城下去經營蔬果店。幸好外婆的丈夫家境富裕，有能力籌措資金。

「您外婆的丈夫是怎樣的人？」

阿文眼波流轉，似乎在思考。

「我外婆與惣一先生，大夥都說他們像一對日本娃娃。」

「也就是郎才女貌吧。」

「是啊。不過，這位新丈夫嘛……」

阿文再度骨碌碌轉動眼珠，突然問阿近：「不是有一種沒下巴的人嗎？」

「啥？」

阿近不小心做出不得體的回應。

「喏，不是有這種人嗎……不是指眞的沒有下巴、無法吃東西的人。其實也不是胖，但脖頸的肉太鬆弛，看起來宛如沒下巴，一副懦弱又窮酸的模樣。」

阿近忍不住又笑起來。

「確實有這種人。」

「或許可形容爲『其貌不揚』，不過，其貌不揚到這種程度，確實太沒節制了。」

說著說著，阿文也笑了。

「所以，外婆不會就這麼認命。」

跟那沒下巴的丈夫成婚後，阿文的外婆一直忍耐。忍了又忍，終於按捺不住，她心生一計。

「您猜她怎麼做？」

阿文眸中閃動著調皮的光芒，告訴了阿近答案。

「該不會是和她丈夫再度前往勾魂池？」

阿文雙手用力一拍，「聰明！」

成婚三個月後，蔬果店的生意逐漸上軌道，她找一個藉口，表示想再次向娘家的父母道謝。

「我外婆帶著丈夫回到村莊，半夜偷偷溜出住處……」

明知妻子討厭自己，排斥這樁婚姻，那個丈夫是抱持怎樣的心情，隨她回到村莊？阿近頗爲在意。

「那天是月圓之夜。兩人的身影清楚映照在池面，外婆愉快地離去。」

那個丈夫淚流滿面，聽來既悲哀，又好笑。好笑的成分居多。

「然後呢？」

阿近第二次如此詢問。

阿文頻頻眨眼。不過，阿近明白，她是用這種方式來掩飾想笑的衝動。

「回到城下的蔬果店後，第二天晚上發生火災。店面和住家全付諸一炬。」

竟然是這種結果。

「聽說，不知火苗從哪裡竄出。」

年輕夫婦保住一命，但這下什麼都沒了，一切燒成灰。

「爲什麼會這樣？」

阿文眼神含笑，「神明引發不和。破壞禁忌的懲罰，這次降臨在她身上。」

外婆的父母當初要女兒接受這門婚事時，曾苦口婆心地勸她，說這是爲妳好。

——對方其貌不揚，遠遠不及惣一，但家裡有錢。妳還年輕，不懂這個道理，所謂的情愛頂多維持兩、三年。夫妻要走得長久，過得幸福，錢比什麼都重要。

「外婆依戀著惣一先生，對這樁婚事不感興趣，最後會聽從父母的安排，可說是這番教誨發揮效用。」

她帶著受傷的心，嘔氣似地告訴自己。

——我不是嫁給那個沒下巴的男人，而是嫁給金錢。

——我要嫁給金錢，過奢侈的生活，教那個可恨的女人，還有背叛我的惣一先生好看。

「因此，勾魂池偷走外婆的錢財。」

由於阿文的外婆心思全在錢財上，山豬神改爲奪走她的錢財，當成打破禁忌的懲罰。神明在阿文的外婆與她倚賴的財富之間引發不和。

「那場火災，連起火處在哪裡都查不出，好不容易撲滅，竟只有外婆家燒毀。然而，城下的居民並不曉得勾魂池的事。城內官員認爲火勢沒蔓延，是居民滅火有功，特地賜予獎賞。」

這對年輕夫婦被奪走財富，周遭的人們獲得財富。

十分合情合理，山豬神的安排沒錯。

「哎呀，這……」

瞄到阿近驚詫的神情，阿文按捺不住，咯咯嬌笑。她摀著嘴，笑彎了腰。

「外婆的丈夫坐在火災現場，一張臉沾滿煤灰，口齒不清地咕噥……」

——眞奇怪，如果眞像妳說的，應該會有女人愛上我，讓我不惜拋下妳，也想和她私奔才對啊。

——我還很期待，終於有女人會爲我著迷。

原來如此，因爲他這麼想，或是相信阿文外婆的花言巧語，才會跟著她到勾魂池。

「聽著爲這種事叨叨絮絮發牢騷的丈夫，外婆不禁有那麼一點覺得，他既可恨，又可愛。」

——從來沒有女人，爲這個人著迷過。

所以，他撫著那看不見的下巴，一副遭到拋棄的神情。

開店不久便慘遭祝融，這對年輕夫婦難以繼續待在城下。

「他們再度請村長幫忙，取得同意，前往江戶謀生，又向老家要了些錢。然而，江戶物價高，無法完全靠老家接濟過活，於是兩人挑擔賣菜，辛勤工作，自力更生。」

不久，兩人的孩子出世，扶養人口增加。

「後來已沒有喜不喜歡的問題。總之，兩人相互扶持，賣力工作維生。不知不覺間，開起一家小小的蔬果店，成爲一對好夫婦。」

他們就是我的外公外婆——阿文說。

「他們像酒瓶和酒杯一樣，終日形影不離。連離開人世，前後也相隔不到一年。外公比較早逝世。」

原來阿文長得像外婆。要是長得像沒下巴的男人，江戶市內恐怕會少一朵美麗的花。

「娘要嫁給爹前，外婆告訴她這個故事。」

當初相親時，阿文的父母並沒有特別的內心交流。

「終於連么女也順利出嫁，外婆鬆一口氣，才會吐露那段往事。」

——能夠結爲夫妻，全是緣分。

「外婆告誡我娘，不要只爲眼前的事難過落淚，要珍惜擁有的緣分。」

——順便提醒一句，不管妳再怎麼不安，絕不能試探心愛的人。

不，這也許是母親對阿文說的話。

母親的職責，就是告誡女兒，教導各種道理。從如何防範感冒，到人生道路的指引。

娘不知是否一切安好？阿近突然思念起母親。一想到老家的母親，心中彷彿擺進一座暖桌，全身暖和起來。

「我的故事到此結束。」

或許是鬆一口氣，阿文的話聲和眼神都沉穩許多。

「娘叮囑我，這是她父母年輕時，羞於向人啓齒的往事，絕不能向任何人談及。不過，我認爲這是很重要的故事。」

正因如此，阿文無法獨自守住這個祕密，想講給別人聽。

「可是，三島屋百物語的聆聽者若是老闆或老闆娘，我就不會來了。」

阿近明白她的心情。

「這是女人的故事……不，是年輕女孩想著心上人的一切，想窺探心上人眞意的故事。」

阿文定睛注視阿近，點點頭。

「今後不論發生什麼事，我都不會和小一去勾魂池。我絕不會這麼做。」

不過，獨自下的決定，還是不太放心。

「我想找年紀相當，日後也會有意中人、會嫁作人婦的姑娘，聽我說這個故事，和我一起守住心中的祕密。阿近小姐，您願意幫忙嗎？」

既然聽過這個故事，自然沒有拒絕的道理。此時應該拍拍胸脯答應。

「好的，我已藏在心底。我向您保證。」

阿文眼眶泛淚，睫毛上珠光閃動。

「這麼一來，日後要是我愛吃醋的毛病作怪，就能說服自己忍住。」

三島屋的阿近小姐沒去過勾魂池。她的人生中不會發生這種事。她很努力不讓自己過那樣的生活，所以我也不能認輸，要忍住內心的衝動。

眞是好勝。不過，這種好勝的心態，感覺並不壞。

「今後我們的人生還有很長的路要走，絕不能去勾魂池那種地方。」

阿文的右手伸進衣襟，接著指縫間多一封折起打結的信。

「阿近小姐，這送給您。上面寫著我外婆出身的村名，及勾魂池的所在地。」

阿文雙手交疊，覆住那封信，遞向阿近。

阿近注視著阿文，接著目光移向那封信。確認掌心和手指沒有任何髒污後，她接過信，深深收進衣襟內。

「日後，即使我前往岩槻藩，也只是去欣賞著名人偶師的技術，沒其他用意。」阿近微笑道。

「我也一樣。」阿文回應，「很慶幸今天能和阿近小姐聊天。原本我想著，總之先見個面，要是不喜歡再找別人。」

「謝謝您。」

兩個姑娘笑靨如花。

「那我告辭了。」

阿文猛然回神般離開暖桌。阿近拍拍手，喚阿島過來。

此時，阿近才想起栗子。

「阿文小姐，您喜歡炒栗子嗎？」

像初次見面的瞬間，阿文一雙秀目眨呀眨，相當討喜。

「喜歡！」

阿近從暖桌裡取出那袋炒栗子，雙手包裹著遞給阿文。

「世上存在著許多我們無從得知，而且絕不能靠近的場所，今天您告訴我其中一個，這是謝禮。」

阿文伸出手，掌心包覆那袋炒栗子，同時握住阿近的手。

「那我就收下了。」

哇，好暖和——阿文露出孩童般燦爛的笑容。

「阿文小姐……」

阿近端正坐好，目送阿文步出「黑白之間」。

「祝您永遠幸福。」

阿文離去後，阿近獨自望著壁龕裡的栗樹枝。

找個地方收藏這封信吧。

用不著看內容，直接收起來，一輩子都不要打開。

這表示阿近再也不會遇到心儀的對象，興起「想確認這個人是否眞心」的念頭？還是，她已和某人繫起堅定的情緣，沒必要這麼做？

——哪一種是我心中盼望的？

即使試著問自己，阿近也無法回答，只隱約聽見一陣低語。

——如果是以前，我會想打開這封信。

今晚得向叔叔嬸嬸道歉。畢竟已向客人承諾，我也希望如此處理，所以今天的故事不能告訴他們。

伊兵衛應該會深感遺憾，阿民或許會像確認繡花針有沒有彎曲般，瞇起雙眼，想看透阿近的心思。

——眞希望下一位客人能快點來。

阿近暗自微笑，此時，帶殼的栗子從裝飾壁龕的枝葉上掉落。

雞冠山莊

神無月底一個萬里無雲的早晨，人力仲介商燈庵老人造訪三島屋。

雖然陽光露臉，還是能感到寒意從衣襟滲進肌膚。不過，從位於明神下的店面一路走到三島町，燈庵老人仍是滿頭大汗。油光滿面的模樣，加上緊迫盯人的說話態度，三島屋的人替他取了個「蛤蟆仙人」的綽號。搞不好他眞的早已習得超脫寒暑的仙術。

「今日前來，是要向您介紹奇異百物語的新客人。」

在伊兵衛的起居室裡，隔著長火盆與他迎面而坐，蛤蟆仙人瞥一眼坐在一旁的阿近，道出來意。

「對方提出一項要求，希望能瞞著說故事者列席。」

阿近與伊兵衛互望一眼。

「您說『瞞著』是什麼意思？」

「意思是，說故事者在『黑白之間』時，這位客人希望能以見證人的身分悄悄在一旁觀看。」

伊兵衛仍是一臉納悶，阿近早一步開口：「如果是想偷聽我們交談，請恕我拒絕。」

燈庵老人眼白混濁的瞳眸骨碌一轉。

「大小姐，講話直截了當或許是您的風格，不過世人要的可不是這種態度。」

年輕姑娘還是溫順一點比較好——燈庵勸道。
「這點最好謹記在心，世上不是只有您不會變老，小心一眨眼，便成爲嫁不出去的老姑婆。」
這次換伊兵衛比阿近早開口。
「燈庵老闆，您扯遠了吧。」
「我不是在閒扯，是至理名言。」
燈庵老人挺起胸膛，看起來更像蛤蟆了。
「這次的說故事者和見證人，是一對夫妻。」
丈夫是說故事者，希望在一旁見證的，是妻子。
「那位夫人很清楚丈夫的故事。她已聽了不下百回，沒必要現在才偷聽。」
既然如此，一開始明說不就得了？這個壞心的蛤蟆仙人。
「由於那位老爺大病初癒，還不能太大意。站在夫人的立場，擔心素未謀面的三島屋聆聽者會忙不過來。交談到一半，老爺可能會突然身體不適。」
所以，她提出在一旁悄悄觀看的要求。
「這樣可以嗎？」
「若是這樣，也只能答應。」
「那就定在未時。我會安排夫人比老爺早一步到達。對方是我很重要的客人，切勿怠慢。」
燈庵老人交代完便離去，伊兵衛側著頭說道：
「我們也算是他的客人，他卻要我們待客不得怠慢，這是什麼話。」

要反駁就得趁蛤蟆仙人在場時丟出來，放馬後炮明顯氣勢矮了半截。

「『小心一眨眼，便成爲嫁不出去的老姑婆』，瞧瞧這話又是怎麼說的。」

叔姪倆又互望一眼。兩人之間，彷彿有隻苦蟲飛過。

那位夫人名叫阿陸。

「請多指教。」

蒐集奇異百物語時，故事中提到的人名、地名，若說故事者不想讓人知道，大可隱而不表。關於說故事者的身分，也是一樣。不過，阿陸似乎一點都不在意。燈庵奉爲佳賓，她卻沒擺架子，遠比蛤蟆仙人性格溫和，容易相處。

阿陸與丈夫長治郎，是位於橫山町一丁目的白粉（註一）店「大坂屋」的店主。不，是上一代店主。這個月初，改由兒子夫婦繼承家業，已向舊雨新知宣告。

「現在我們是普通的老爺爺和老太太。」

阿陸笑靨如花，談起快要兩歲的可愛孫子，確實像是普通的老太太，但模樣仍十分年輕，白皙的膚色甚至會引人多看一眼。看來，他們賣的商品相當管用。

阿近與阿勝在「黑白之間」隔壁的小房間裡，向阿陸問候。再過不久，大坂屋的長治郎便會到來。他與阿近在「黑白之間」交談時，阿陸會藏身在此。

註：用來塗抹於臉部和脖子，讓膚色顯得白皙的化妝品。

「會不會很拘束？」

這裡原本不是用來待客的場所，阿近和阿勝頗過意不去，阿陸反倒挺開心。

「怎麼說，我好像變成書裡提到的密探。」

一陣歡欣雀躍後，阿陸露出愧疚的神情。

「其實我不該在場，提出這種無理的要求，眞是抱歉。」

有人在一旁見證，阿近還是第一次經歷，卻不覺得勉強。如果一次有十人或二十人參觀，確實會爲難，但眼下只有阿陸一人，而且她有苦衷。

「老爺的身體狀況應該好多了吧？」

阿勝含蓄地問，阿陸答得乾脆：

「今年葉月（八月）初，他差點丟掉性命。一早起來莫名其妙背痛，直喊胸悶，接著臉色發白，昏厥倒地。原來是心臟病發作。」

「那可是件大事啊。」

「一腳都踏進棺材裡了，幸好最後撿回一命。」

當時恰恰是入彼岸日（註一）。

「或許是陰間的各位順便將我家老爺帶回來，並告訴他：別急著走，回陽間去吧。」

陰間的各位。阿陸不是說「列祖列宗」，也不是說「已故的雙親」，而是說「各位」。言談中帶有一絲哀戚，阿近聽得很清楚。

下次再發生相同的情形，恐怕眞的會一去不回——大夫提醒道。

「所以，他想在那之前，說出這個故事。過去只有我一個聆聽者，他大概覺得光是這樣還不夠。雖然是不適合說給別人聽的故事……」

「百物語就是要客人說出這樣的故事，不必有所顧忌，請夫人寬心。」阿近應道。

「有事儘管吩咐，奴家會全力效勞。」阿勝也行一禮。

阿陸突然眼眶泛淚，急忙以衣袖按住眼角。當她低下頭時，髮髻處的白髮變得十分顯眼。那是與摻著銀絲的博多帶（註二）相襯的美麗白髮。

「謝謝。」

阿陸道謝，卻沒多解釋。阿近和阿勝沒細問，稍後長治郎會在「黑白之間」親口吐露吧。

鯉魚旗。

雖然不是這個時節應有的產物，阿近仍不禁如此聯想。大坂屋長治郎的臉像極鯉魚旗。他長著一雙大眼，還有一張大嘴和厚唇，卻不會給人壓迫感，反倒有些可愛。

長治郎身材清瘦，臉色暗沉。儘管驚險逃出那場大病的虎口，但猛虎仍緊貼著他呼氣——即使沒聽阿陸說明，阿近也能從他憔悴的模樣察覺這一點。

可是，長治郎的口吻柔和，話聲透著溫暖，與阿陸是一對氣質相近的夫妻。不管和誰都能很快

註一：春分或秋分的前後三天，合起來共七天，稱爲彼岸節。「入彼岸日」是彼岸節的第一天。

註二：以博多地區的布料製成的腰帶。

打成一片，並且能開朗地交談。所謂「天生的商人」，指的不是有沒有生意人的氣勢，而是如他這般。

「當初聽燈庵老闆提起三島屋在蒐集奇異百物語，我心想，在他編的故事中，就屬這個最有趣。」

看來，蛤蟆仙人會跟客人編故事。不過，三島屋沒人聽過他編故事。

「大小姐，您有一位懂得享受樂趣的叔叔呢。」

「叔叔是否真懂得享受樂趣，這還說不準，不過確實十分風趣。」

長治郎沒隱瞞自己的名字和店名，也聊到病情。事先聽說的事，要佯裝初次耳聞，專注聆聽，比想像中困難，阿近頗感歉疚。

「由於此一緣故，我隨時可能向地府報到。」

所以想說出那段往事——長治郎解釋。從肩膀和腹部一帶衣服皺褶的情況來看，病倒前他似乎相當肥胖。這張猶如鯉魚旗的臉蛋，要是放在圓滾滾的身軀上，應該會更平易近人。

「之前我只告訴內人。說過不下數百遍，她恐怕聽得耳朵都長繭了。」

此刻，阿陸就在拉門對面靜靜聆聽。

「一想到那件事，就忍不住想說。明明已過四十年，卻像昨天的夢境，歷歷在目。」

長治郎不是說「像昨天發生的事」，而是「像昨天的夢境」。

「不過，提到夢境，或許大多如此。不管有何遭遇，最後都會平安落幕，稱不上精采刺激。由於夢的內容往往不太合理，即使當事人覺得有趣，聽著卻十分乏味，我一向只說給內人聽。」

「今天由我來聆聽。」阿近露出笑容，「不論是夢裡的故事，或是像夢一般的故事，對奇異百物語來說，都是值得一聽的好故事。」

大坂屋老闆——阿近故意裝傻問道：

「長年聽您說故事的夫人，今天沒一同前來，不要緊嗎？要是她在場有助您開口，我可以配合。」

長治郎緩緩眨了眨厚厚的眼皮，輕輕搖頭。

「不，今天內人不在場比較好，也該讓她耳朵的繭休息一下。」

我就是這麼想，於是特地前來——長治郎繼續道。

「內人早聽得耳熟能詳，她體諒我的心情，總會溫柔安慰我。她就這麼聽我叨絮數十年，我實在太依賴她了。」

那張鯉魚旗似的臉，蒙上一層暗影。

「大小姐，這或許不是什麼美好的故事。『或許』是一種模稜兩可的說法，但我是真的這麼認爲。」

因此，我才想找機會說給別人聽——長治郎解釋。

「我早有這個打算，只是苦無機會。其實，我曾多次混進百物語會。」

眞正的百物語會，是聚集一群人，依序分享怪談。現場會點亮一百根蠟燭，每講完一個故事，便吹熄一根蠟燭。當講完一百個故事，黑暗籠罩四周時，據說會引發不可思議的現象。

「一旦站在眾人面前，我又心生膽怯，講不出口。因爲我的故事聽起來很不眞實。」

講述怪談的人，往往會先聲明自己的故事十分光怪陸離，一切發生得過於巧合，或是太不湊巧。只是，長治郎臉上的暗影愈來愈濃，令人不得不在意。

阿近刻意展現調皮的一面，「不管是什麼故事，都嚇不倒我。別看我這樣，說受過千錘百煉是誇張了點，但我好歹聽過不少奇妙的故事。大坂屋老闆，不如讓我猜猜吧。」

「猜？」

「是的。要是我順利猜出您的故事主軸，您能稱讚我幾句嗎？」

「好，這是當然。」

那鯉魚旗般的大眼珠轉動著。

「那容我發問，故事裡會出現妖魔嗎？」

「妖魔……是指妖怪之類嗎？」

「是的。」

「不會。」

「那麼，是不是離奇失蹤的故事？」

「不，完全不一樣。」

「是和遺失物品有關的故事嗎？」

「不對。」

長治郎擺動厚實的手掌連連否認。

「是和年代久遠的器物、樂器、掛軸有關的怪談嗎？」

「不不不，也不是。」

「是鄉野奇談嗎？還是深山裡發生的怪事，或海裡出現海怪？」

「大小姐，您聽過的故事眞多。」

鯉魚旗的笑容又回到臉上。

「沒錯，這個故事的舞台是在山中。」

「哎呀！」

「不過，大小姐指的是山川草木之類的妖怪吧？那就猜錯了。」

「猜錯了嗎？」

見阿近撇下嘴角，長治郎瞇起雙眼。

「還眞棘手。看來，我得全力以赴才行。」

阿近輕捏下巴，思索片刻。

「那麼，是不是鬼屋呢？」

沒有回應。阿近抬起眼，發現長治郎瞪著鯉魚旗般的大眼，但那不是驚訝，而是鬆一口氣的表情。

「大坂屋老闆。」

聽到阿近的呼喚，長治郎沉重的眼皮微微一動。

「沒錯。」長治郎連連點頭，「之前都沒想過，這麼一提，我的故事確實算是和鬼屋有關。」

不過——長治郎補上一句，傾身向前。阿近跟著重新坐正，應一聲「是」。

「不是會鬧鬼，那棟房子本身會變換外貌。」

今天的茶點是金鍔餅（註）。大坂屋的長治郎目光落在漆盤上精緻的金鍔餅，娓娓道出故事。

「我是關西人。老家位在難波港西邊不遠的小漁師町，父母經營一家名為『三目屋』的乾貨店。」

這漁師町背山近海，面向一座形狀如碗的海灣。當地船主家的方格牆映著明亮的日照，美不勝收。

「父親那邊的親戚，至今仍在當地從事乾貨店的生意，所以……」

「那麼，暫且稱為三島藩城下的三島町，您覺得呢？」

面對阿近的提議，長治郎沒點頭，顯得有些為難。

「謝謝您的設想。不過，雖然是替老故事取假名，用『三島屋』為店名，不曉得妥不妥當。」

因為不太吉利——長治郎語帶顧忌。

「我十歲那年春天，恰恰是入彼岸日，發生一起可怕的事。」

接連下了五天的雨，町後方的山多處出現土石流，沖垮民宅，奪去無數人命。

「由於背山臨海、少有平地，每戶都是屋簷相連而建，一旦土石流爆發，下場自然慘不忍睹。」

春雨不斷，在任何地方都不是新鮮事。只是，那年的雨下得特別頻繁，終日烏雲低垂，不管雨下再久，都絲毫沒有減弱的跡象。

「老漁夫們從未見過，也沒聽過這樣的豪雨，正在擔心，想加以提防時，便發生土石流。」

土石流發生於黎明前，當時天色依然昏暗。町上的屋舍有三成被沖垮，一路拖向大海，相當駭人。那是與百物語中的怪談截然不同的恐怖，阿近不禁縮起身體。

「當時我還只是個孩子，後來才聽說發生這場災禍的兩年前，藩國曾著手開墾山林。我的故鄉……」

「您可說是三島町，沒關係。」

與其在意吉不吉利，阿近認為，長治郎能順利說完故事更重要。

「三島町同樣接獲官府下令施工的公告，召集壯丁，接連砍伐林木，改闢農田，於是引來災難。」

以往不管下再大的雨，森林都會擋住水流。進行開墾後童山濯濯，形同失去堡壘，無法抵抗大水。

「因為當初是為了改善藩內經濟，讓領民過更好的生活才著手開墾，更突顯出這場災難的可悲。」

早知道就乖乖捕魚，腦筋動到山林上，才會觸怒土地神。居民心中惶恐，倖存的人甚至湧進官府，造成不小的騷動。

「他們一定很難過……」

註：以一層薄麵漿裹著厚實的紅豆餡，再煎熟表皮的日式甜點。

「那是四十年前的事了。」長治郎露出安撫的眼神。

「雖然三島町不大，卻有個『批發街』的稱號，聚集不少賣乾貨與海鮮的批發店，我家是其中之一。由於是從港口數過來第三家乾貨店，便取名爲『三目屋』。」

批發街上屋簷相連的店家，不是一般的生意夥伴，家族之間都有好幾代的交情，素有聯姻關係，情誼深厚。土石流簡直像和他們有仇，瞄準他們襲擊，毫不留情奪走一切。

「其實也沒什麼，山林並無善心惡心之分，只是湊巧所在的位置不好吧……」

湊巧，阿近在內心反覆咀嚼這句話。沒錯，是湊巧。山林湊巧向人們殘酷地反撲。

「當時我仍有尿床的毛病。」

長治郎放低音量。

「那天清晨，我覺得被窩冰冷，很早就醒來，家裡的人都還沒起床。」

假如母親和女侍發現尿溼的棉被，肯定會挨一頓罵。光尿床就夠丟臉了，還遭到大聲訓斥……不，即使安慰他「不要緊」，反而會更無地自容。

「小孩子想法天眞，我覺得要先找個地方躲起來，便抱著棉被在走廊上徘徊，猶豫著藏身哪裡好。忽然，我聽到一陣非比尋常的地鳴。」

有人立刻大喊：啊，糟糕，大家快逃，逃到外面去！

「由於天色昏暗看不清楚，不過，那應該是家裡最早起的女侍總管。」

長治郎躍下庭院，頭也不回往外逃，逃向寬廣的地方。原本揣在懷中的棉被，他根本不記得丟在哪裡。猛一回神，他發現自己渾身沾滿雨水和污泥，一個陌生大叔抱著他。那大叔抱著長治郎，跑了將近五十公尺遠。

「只有我撿回小命。因尿床保住一命，年僅十歲的我成爲孤兒。」

長治郎的父母雙亡，被壓在店內的斷垣殘壁下。三目屋的伙計和鄰居同樣在這場災難中喪命。

阿近默默頷首，並未開口。

「雖然我是獨生子，但在批發街上，有從小一起長大的堂兄妹及玩伴。」

其中有特別要好的兩個女孩和一個男孩。不論上私塾或去澡堂，都形影不離，也常到彼此家中遊玩。

「兩個女孩分別是小道和小千，男孩是小初。」

宛如搭配旋律唱歌般，長治郎舉出三個孩童的名字。

「他們都下落不明。」

不同於長治郎的父母和其他大人，與長治郎感情深厚的三名孩童，始終遍尋不著遺體。約莫是身軀嬌小，掩埋在瓦礫堆裡，或被沖往遠方。

不過，也可能還活在世上。搞不好是受傷無法行動，在某處療養，才無法馬上和他見面。

長治郎滿懷期待，在救難小屋裡像小狗般顫抖著。等上一、兩天，熟悉的人或許就會來找他。只要等三天，或許就會有人來呼喚長治郎的名字。他心心念念度過好幾個夜晚。

期望終究是落空了，長治郎一直孤伶伶一人。

「土石流過後，雨終於停了。街道完全走樣，港口和船隻不堪使用。不趕緊想想辦法，倖存者會在飢寒交迫下喪命。尤其是老人和孩童，在官府安排的救難小屋裡的生活十分嚴苛。」

町內開始有眼疾傳染開來，由於用水混濁，愈來愈多人腹瀉。

「因此，船主爲我們開放他位於北方的另一棟宅院。像我這樣的孤兒和老人，共二十多名老弱婦孺，移往那棟宅院。」

這棟山中宅邸，原本是船主家的養老居所，人們稱爲「御門山莊」。「御門」是當地對財主、有錢人的稱呼，而在三島町，指的當然是船主。

「那是頗有年歲的宅邸，雖然座落山中，卻和寺院一樣鋪上磚瓦屋頂。區區一個養老居所都蓋得這麼氣派，江戶人或許會感到不可思議，但在漁師町，船主的權勢就是如此大。」

鯉魚旗的那雙大眼，閃著微光。

「我們的御門果然家財萬貫。當時大夥還引以爲傲，覺得很可靠。」

就在這裡等吧。或許有人會得知消息，前來迎接我。或許我的三個玩伴隨後會過來。

「船主的山莊寬廣，有許多房間，無法一次逛完。主屋與別屋以廊道相連，底下有座湧泉蓄積的圓池。大概是下雨的緣故，池水混濁，一隻約一尺（三十公分）長的鯉魚翻著白肚，浮在池面。」

船主安排長治郎他們住在別屋，准許他們用井水煮飯，洗澡和洗衣則用池水。雖然長治郎年幼，但既沒生病，也沒受傷，幾乎整天都忙著汲水砍柴。

「在幫忙大夥的過程中，我的注意力漸漸轉移。要是一直抱膝坐著不動，總不禁悲從中來，淚流不止，遲早雙眼會融化。」

不過，畢竟只是個十歲的男孩。長治郎在描述時，眼皮不住顫動，說明當下他真的哭到眼睛都快融化。

「從山莊俯瞰町上，每天火葬場都冒著煙，然後那些煙會隨海風流向大海。」

如今年約五十，已是退休生意人的長治郎，說話時眼皮顫動，卻沒湧現淚水。

「和我同房的老婆婆，不知從哪裡弄來一份月曆，貼在牆上。我看著月曆，細數土石流爆發後過了幾天，及我們來到山莊幾天。」

所以，我清楚記得，那是來到「御門山莊」的第五天早上。

「醒來時，我已回到家。」

咦？阿近沒出聲，只是瞪大雙眼。長治郎望著阿近，緩緩點頭。

「我發現自己在批發街上的家裡，一向與父母睡成『川』字的房間。」

父母的棉被已收好，似乎只有長治郎睡過頭。

「我揉著眼起床，不斷重新審視看見的景象，確實是我家。母親的枕頭、父親當棉被用的棉襖，都是我熟悉的物品。」

長治郎不由得趴下嗅聞母親的枕頭，聞到熟悉的髮油香味。

「忘了前因後果，總之我衝出房外。來到走廊，瞥見後方庭院的脫鞋石旁，擺著父親去年在夏日慶典時，在夜市買的土陶蛤蟆。」

走廊的轉角，及前面房間紙門最底下的方格有個破洞，都是他朝思暮想的老家模樣。

可是，空無一人。感覺不到其他人的動靜，只見悠閒和煦的春陽照進屋子。

長治郎在熟悉的屋內來回奔跑，暗暗想著：這是夢。我夢見的是被沖垮的家。

「雖然不見人影，但感覺得到人的氣息，彷彿剛剛還有人。」

長治郎抬起手，指著前方，示意「在那裡」，阿近跟著望去。或許只是湊巧，不過大坂屋老闆恰恰指著阿陸和阿勝藏身的地方。

「在我移動目光前，確實有人。到底在哪裡？我在屋裡東奔西跑，但人影倏然閃動，旋即消失，只在眼角留下殘影。」

廚房裡沒有用火的跡象，卻傳來味噌湯的香氣。長治郎衝向土間（註），伸手搭著爐灶上的鐵鍋蓋。就在這時……

——小長。

「某個地方傳來一道聲音。」

——來玩捉迷藏吧。

長治郎緩緩說出這句簡短的話語，阿近注視著他。

「是您認識的人嗎？」

那張鯉魚旗般的大臉點點頭。

「是小道。」

「跟您感情很好的女孩？」

「對，是我的堂姊小道。她是批發街最靠近港口的『一目屋』老闆的女兒。大我兩歲，十分照顧我，是個活潑的姊姊。」

小道，妳在哪裡？長治郎朗聲應道。他環視四周，不斷呼喚著：小道、小道。

——小長，來玩捉迷藏。

長治郎與三個玩伴感情很好，不分屋外或屋內，經常一起玩耍。他們尤其喜歡在彼此家中玩捉迷藏。

原來又是要玩捉迷藏。跟小道一起玩捉迷藏，是吧。

「我呼吸急促，在夢裡依然感到心臟怦怦跳。」

那麼，小道躲在哪裡？

後方傳來關門聲，長治郎猛然轉身，差點踉蹌倒地。此時，他發現廚房的櫥櫃拉門剛關上。那拉門夾著一條紅腰帶，彷彿在吐舌頭扮鬼臉。

「我一眼就看出是小道的腰帶。」

長治郎衝到拉門前，剛要碰觸腰帶時，忽然有股力量往內扯，腰帶瞬間消失。

接著，有人喊他「小弟」。

「聽到那聲叫喚，我赫然醒來。」

長治郎身軀一震，以左手輕撫右肘。

「我坐在『御門山莊』房內的棉被上。之前拿來月曆的老婆婆，名叫阿清，她一把抓住我的手肘。」

小弟，你在說夢話喔。

「她搖著我，叫我清醒。」

註：日式房子沒鋪木板的黃土地面。

的確，長治郎在起床前，做了個短暫的夢，但又感覺不像夢。母親髮油的香味仍殘留鼻間。還聽得到小道的聲音，感覺到她的存在。儘管只有短暫的瞬間，但那段溫柔、幸福、令人懷念的日子，浮現腦海。

「夢境如此虛幻，卻像在我乾涸的心靈降下甘霖。」

伴隨懷念之情湧上心頭的悲戚，長治郎連同早飯一起嚥進肚腹，投入當天的工作。

「下午，一名從町裡運來米和味噌的船主手下，在山莊找我。」

他蹲下身，注視著我說：

——你是「三目屋」的少爺，也是「一目屋」的親戚吧？

長治郎點頭。於是，男子粗糙的手放在長治郎頭上，輕撫一下，繼續道：

——今天早上，在港口發現「一目屋」的女兒。

「他說著『太好了』，再度輕撫我的頭。他的手勁好大，我暗暗喊疼。」

——之前「一目屋」只有女兒的遺體沒找到。

土石流吞沒阿道，一路沖向海邊。遺體遇上大潮，又沖回港內。

「我頓時覺得自己在作夢。」

長治郎當場蹲了下來，雙手抱頭，久久無法動彈。

「小道是特地來通知我，說她要回來了。」

——抱歉，讓你一個人擔驚受怕。

打從剛才起，長治郎的言語中便摻雜關西腔，約莫是回到兒時的心境吧。

「小道就是愛多管閒事。我態度高傲地吐出這句話，挨了阿清婆婆一頓教訓。」
阿清婆婆邊哭邊罵，長治郎才得以混在她的哭聲中偷偷流淚。
「在別人面前流淚，壓抑許久的心情彷彿會完全瓦解，我一直在忍耐。」
長治郎端著茶碗，阿近靜靜重新沏茶。隔著茶香與淡淡熱氣，長治郎暗暗吸著鼻涕。
「兩天後的早上……」
又發生相同的情況。
「不過，這次換成在別人的家。」
一早醒來後……不，這一樣是夢，算是在夢中醒來，但他不是身處山莊，而是別人的家。
「那不是我家，也不是陌生的屋子。其實是隔壁的『長田屋』，與我同年的初太郎家。」
這應該就是小初，長治郎的第二個朋友。阿近暗暗點頭。
「長田屋」專門批發柴魚片，是獲准直接出入城內的名店。初太郎是未來的繼承人，有個出生不久的妹妹，一家人下落不明。
「由於是第二次經歷，我雖然是個小孩子，卻相當冷靜。」
——這是小初的家。
一樣空無一人，但感覺十分溫暖，彷彿剛剛還有人在。
「我常到小初家玩，而且批發街的店面都建得頗相似，我很清楚屋內的格局。」
前往常和小初一塊玩耍的地方，也許能感覺到小初的氣息，或是聽到他的聲音。在夢裡，長治郎極力壓抑不安，在屋內來回奔跑。

「我找過和小初一起玩泥丸子的井邊，及通往位於二樓的閣樓，之前玩竹蜻蜓的那處階梯。」

長治郎東奔西跑，停下環視四周時，發現迴響在空無一人的「長田屋」裡，那匆促的腳步聲，不光是他一個人發出的。

「還有一個孩童。我邊跑邊找，他在我前頭，只要我一停下，他的腳步聲便跟著停下，似乎在觀察我的動靜……」

原來又是玩捉迷藏。

——今天是和小初玩捉迷藏吧！

長治郎在夢裡朗聲叫喚。接著，某處傳來孩童的笑聲。

——小長當鬼。

「我忘不了小初開心的笑聲。」

長治郎當鬼。好，我一定會找出小初。長治郎努力四處找尋。

「大小姐，和朋友一起玩捉迷藏時，我不太會躲，但當鬼我可是很厲害的。」

總是一轉眼就找到他們，有時他們會覺得這樣沒意思，拌起嘴來。

「唯獨一次例外。那場大雨發生前半個月，我們玩捉迷藏，小初躲得隱密，我怎麼都找不到他。」

當鬼的長治郎，加上先抓到的兩個玩伴，三人一起找尋，依然找不到小初。

「向來可靠的小道，臉色漸漸發白，擔心地說：『小初該不會被妖怪抓走吧？』於是小道的表妹，我們四人中最年幼的小千，哭了起來。」

長治郎也感到不安，差點跟著哭出來，但畢竟是男孩，自覺得振作。他揹起小千，勸阿道別往壞處想，繼續在屋裡梭巡。

「不久，怪事發生了。」

除了背後的小千在哭，長治郎聽見另一個哭聲。

「是從茅廁所在的後院傳來。」

三人急忙趕往後院，只見洗手缽後的山茶花樹底下，有個翻倒的大水缸，正微微晃動。

「那是大小足以伸手環抱的水缸，但有裂痕無法使用，『長田屋』的人便擱置在那裡。」

哭聲從水缸裡傳來，走近才聽出是初太郎的聲音。

「原來小初躲在水缸裡。」

由於孩童身子骨柔軟又纖瘦，所以能鑽進寬口的水缸，可是，當他想出來時，肩膀卻卡住，怎樣也出不來。出來與進去的方法完全不同。

「小初不知如何是好，愈想愈害怕，忍不住哭泣。」

眼前的情況孩子們應付不來，只好找大人來打破水缸。不光是初太郎，四個孩子都被叨唸一頓。

「那是我想忘也忘不了的一段往事。」

儘管是夢裡的「長田屋」，但既然是和小初一起玩捉迷藏，他一定會躲在後院的水缸裡。長治郎暗暗想著，毫不猶豫地衝向後院。

——在山茶花樹底下。

那裡確實有個寬口的水缸，正微微搖晃。

「找到小初了！」

長治郎開朗的聲音，彷彿在「黑白之間」的橫梁與透氣窗之間跳躍。

「我大叫一聲，撲向水缸。」

忽然，夢裡的水缸無聲無息裂成兩半。不見初太郎的身影，但隱約有人的氣息。

「他迅速從我腋下鑽過跑遠，還嘻嘻笑著。」

——小初，你好奸詐。

長治郎握緊拳頭揮舞著，倏然醒來。他在山莊的別屋裡，阿清將他緊緊摟在懷中，一臉擔心地望著他。

「阿清婆婆問：『小弟，你又作夢了吧？』我像從夢裡跑回來，喘息不止。」

長治郎氣喘吁吁地告訴阿清，他夢見初太郎，夢見「長田屋」。

「我跟阿清婆婆說：『所以，今天小初會回來。』」

果然，在「長田屋」不單發現初太郎，也尋獲他的父母和妹妹。遭土石流壓垮的房子底下，他的父母像要護住孩子，緊挨著他們。

「還是流鼻涕小鬼的我，什麼都不懂。阿清婆婆特別叮囑：『小弟，這種事絕不能隨便告訴別人喔。』」

的確，如果說出去，不曉得別人會怎麼想。

「只有阿清婆婆和我守著這個祕密。」

「憋在心裡肯定很難受吧。」

那是長治郎百思不解，僅能暗藏心中的謎團。

「一旦做了那個夢，便會尋獲下落不明的親友。投靠山莊的其他人有類似的遭遇嗎？我非常在意。阿清婆婆似乎有同感，暗中向周遭的人打探，仔細聆聽他們的狀況，但沒人和我一樣。」

長治郎感到十分不可思議。

「爲何只發生在我身上？親人下落不明，心中難過痛苦的，並非只有我。」

說到這裡，長治郎莞爾一笑。「我沒別人可問，便纏著阿清婆婆：『爲什麼我會遇上這種事，婆婆一定知道吧？快告訴我原因。如果妳不告訴我，我就去問別人。』」

阿近跟著笑了，孩童會有這種反應也無可厚非。

「阿清婆婆怎麼說？」

「碰到困難，就請船主幫忙。」長治郎回答，「這是當地居民的習慣，阿清婆婆也不例外。」

——這是拜船主的威儀所賜。

「她並非信口胡謅。傳聞三島町的船主家，代代擁有千里眼。建造那座山莊的前任船主，當家三十多年，總能提早三年預言何時會大豐收、何時會鬧漁荒，從未失準。」

阿近連連點頭附和。

「繼承此種血脈的人物居住的山莊，或許暗藏意想不到的神通力。」

——山莊本身就像神明一樣。

「阿清婆婆認爲，山莊憐憫我這個孤兒，一發現我的同伴，便施展神力通知我。」

所以，長治郎看到的，不全然是「夢境」。可能是預知未來的幻影，這也是千里眼的能力。

「我不懂什麼『千里眼』、『神通力』，只覺得好似神奇的機關。」

——這座山莊該不會設有自動機關吧？

「您小時候看過自動機關嗎？」

阿近一問，長治郎登時飛越四十年的歲月，變成小長的神情，點點頭。

「恰恰在土石流來襲的一年前，一群流浪藝人來到三島町，藉自動機關進行表演，盛大演出約半個月，頗受歡迎。」

長治郎和要好的三個玩伴，都央求父母帶他們去看表演。

「沒有黑子（註一）幫忙卻會動的人偶劇，及四季的花朵和景象依序變化的幻燈片。如今看來，或許會覺得是平凡無奇的機關，但在漁師町的孩童眼中，是非常吸引人的稀奇表演。」

當時最年幼的小千，記錯「機關」一詞。

「她老說成『雞冠』。」

雞冠——光念就覺得可愛。

「我恍然大悟，沒錯，這是一座『雞冠山莊』。」

雖然是一個寂寞孩童的猜想，長治郎精神卻是一振。

「再來就是小千了，我默默等待著。」

這次等待好一段時日。長治郎看見小千家的幻影，五天後才找到小千的遺骸。

「小千家是第六間店，理應叫『六目屋』，但他們取諧音，命名為『和睦屋』（註二）。」

小千的遺骸是漁夫在海上撒網時尋獲。「和睦屋」僅有老闆娘保住一命，身受重傷，躺在救難小屋裡。後來找到小千的遺骸，長治郎才得以見老闆娘一面。

「在夢裡……在雞冠山莊呈現的『和睦屋』幻影裡，您也和小千玩捉迷藏嗎？」

鯉魚旗的目光一陣游移，接著闔上眼。「小千不擅長躲藏，總是一下就被找到。」

在幻影中，小千躲在壁櫥裡，不時輕輕打開門偷看，長治郎馬上得知她的藏身處。不過，這次一樣無法摸到她的手。

——小千，發現妳了。

長治郎說著，打開壁櫥拉門，裡頭空無一人。接著，傳來小女孩的笑聲，幻影消失。

「那一次很特別，我醒來時仍是半夜。」

阿清婆婆不在身旁。睡夢中，長治郎被幻影引出宅邸，來到連接山莊主屋與別屋的廊道上。

「我獨自站在池畔。」

長治郎驚訝地直眨眼，發現自己的臉映在池面。在那之前，似乎還映著其他人的臉。

「小道、小初、小千，他們手牽手望著我。」

一陣夜風吹皺池面，長治郎打了個寒顫。抬頭一看，滿天星斗晶亮閃耀。

「隔天一早起床後，我再度前往那個地方，發現因大雨混濁的池水，變得清澈透明。」

註一：舞台表演時，全身黑衣協助演出的工作人員。

註二：「六目」日文爲むっつめ（mutsumme），而「和睦」的漢字爲「睦み」，讀成むつみ（mutsumi）。

俗話說，孩子的童心能感受到不同的事物。

「於是我想，這是不是代表一切都結束了，災厄已全部過去？」

而失去的事物，再也無法追回。

長治郎突然冒出一句「恕我不客氣」，像孩童般直接拿起金鍔餅，放進嘴裡，咬了一口。

阿近爲他重沏新茶。

「這是小道最愛吃的。」長治郎邊嚼邊說。

「她喜歡金鍔餅嗎？」

「是的。不是糯米糰子和大福，她的口味挺成熟。」

雖然是湊巧選了這款茶點，卻彷彿冥冥中有人在引導，阿近內心頗受震撼。

「眞好吃。」

長治郎微微一笑，抬起眼。

「之後，我繼續在山莊住一個月。」

「和睦屋」的老闆娘痊癒後，十分同情在災難中倖存，無依無靠的長治郎，四處替他奔走。

「老闆娘有個遠房親戚，經營一家雜貨店，還擔任岸和田藩的御用商人，他們收養我。」

商號正是「大坂屋」。

「他們有兩個兒子、三個女兒，家中人丁興旺，其實不需要養子。」

善良的他們同情長治郎的遭遇，接納他爲家中一分子。

「內人是大坂屋的三女。我二十歲、內人十七歲那年，我們結爲連理，分家自立門戶。做一模一樣的生意不是辦法，我們決定販售白粉。」

五年後，本家的主人可能是看中這對年輕夫妻，尤其是長治郎經商的手腕，建議夫妻倆到江戶發展。

「他們認爲，要是在江戶的分店經營得有聲有色，本家的生意也能往外擴展，幫了我們不少忙，實在幸運。」

於是，長治郎在江戶一待就是二十五年。不過，一談起往事，仍不時會夾雜關西方言。果然人一輩子都難以離開故鄉。

故鄉長眠在血液中。

「不管年紀再大，過了幾年、幾十年，我依舊忘不了那個夢，忘不了『雞冠山莊』在我面前呈現的幻影。」

訴說往事的小長已消失，此刻與阿近迎面而坐的，是大坂屋的長治郎。

「每年一到春天的入彼岸日，我便會想起這件事的種種細節，並說給內人聽。除了描述目睹的幻影，還會談起認眞可靠的小道、雙手靈巧的小初、右頰有酒窩的小千、小道羨慕小千的酒窩，我如數家珍，內人也百聽不厭。」

眞懷念，多麼想再見他們一面。

「是夢境也好，幻影也罷，好想再見三人一面。我默默期盼著，始終無法如願。最近，我打算要放棄這個願望，埋藏在心底時……」

願望竟然實現了。

「就在之前我昏倒的時候。」

今年進入葉月後，長治郎在鬼門關前徘徊。

「眼前突然一片漆黑，我莫名其妙飄浮在黑暗中，猛一回神，發現自己置身在老家『三目屋』。」

在往昔他與父母睡成「川」字形的房間。

「當時我並不驚訝。」

「輪到我了。」

不過，出現在那裡，我腦海馬上閃過一個念頭——長治郎說。

這次的捉迷藏換小長躲起來，小道、小初、小千他們當鬼。

「我旋即明白，這次是三個玩伴來找我。」

沒錯，他們終於來接我了。

「等得眞久，足足有四十年。」

長治郎感觸良深，彷彿眼前不僅僅阿近一名聆聽者，三個玩伴也在場。

「我在家裡四處奔跑，希望他們快點找到我。」

我所到之處，都傳來孩童的腳步聲。不只一人，明顯有三人。他們繞路擋在長治郎前方，一靠近就跑開，一停下就靠近。

——你們別再惡作劇，快來抓我啊！

長治郎焦急大喊，背後突然有人推了他一把。

「三目屋」倏然消失，出現一條寬廣平靜的河流。

——小長，還不是時候。

背後傳來這句話。長治郎回頭一看，卻不見人影。霧氣流動，遮蔽風景，唯有河水無聲流淌。

——別急著走，老闆娘未免太可憐了。

——你先回去吧。

阿近胸口一震，背脊一涼，但並不是覺得恐怖。別急著走，先回去吧。阿陸不也說過相同的話？

「我低頭一望，發現河面映著小道、小初和小千的臉。」

三人仍是當年的孩子模樣。小道鮮豔的紅腰帶，小初靦腆的笑容，小千臉頰的酒窩。

——小長，下次見。

「我生氣地大喊『不要』。」

不回去，我不回去。你們帶我一起走。

「我雙手握拳直跺腳，放聲叫喊。我不回去，要跟你們一起走，我要跟你們一起走。」

你們幹嘛這麼調皮。

幹嘛要排擠我。

長治郎雙手掩面，指縫流洩呻吟般的聲音。

無法對阿陸說的話。

長治郎一直藏在心底的想法。

如今就要滿溢而出。

「我心裡非常明白。只有我一個人存活，我深深感到歉疚。」

即使你們怨恨我，我也無話可說。

「我向你們道歉，要我道歉多少次都行，求你們別再惡作劇，帶我一起走吧。」

再怎麼哭喊，都得不到回答。只感覺一隻柔軟的小手輕觸背後，他隨即清醒，發現自己躺在床上，阿陸、兒子和媳婦全圍在身旁。

在阿近眼前，長治郎逃避似地雙手掩面，接著說：「儘管家人連連感嘆『太好了、太好了』，我一點都不開心。」

唉，被送回來了。

在欣喜若狂的妻兒面前，他頻頻眨眼，啞然無語。

「我又活下來了，又被他們拋下了。他們還是不肯原諒我，不讓我加入他們。我一直如此認爲。」

反覆向阿陸講述這段往事，唯獨這些話，長治郎說不出口。只有他一個人倖存。爲何只有他獨活於世？他始終找不到理由。

既寂寞又哀傷，長治郎胸口的空洞難以填平。

大坂屋的長治郎想一吐心中積鬱，壓抑不住衝動，才來到「黑白之間」。

「老爺。」

伴隨一聲叫喚，區隔「黑白之間」與鄰房的拉門霍然打開，阿陸快步走進來。

「妳、妳……」

長治郎大吃一驚，不由得立起膝蓋，像是要逃跑。阿陸筆直走近，緊緊抓住他。

「老爺，你果然是這樣的心思。你一直都這麼想吧？你認爲只有自己活下來，對他們很歉疚，對吧？」

抓著丈夫的衣袖用力搖晃，阿陸流下淚水。

「你以爲我不知道嗎？其實我都明白。每次你談起過往，總是一副有氣無力的模樣。我明白你有多痛苦。」

你眞是個傻瓜。

「如果說出口，我就會告訴你，那是你想錯了。我會一再開導你。」

「可、可是……」

我沒辦法對妳說——長治郎怯懦地辯駁。

「爲什麼？爲什麼不能向我坦白？因爲我不懂什麼是痛苦，什麼是可怕嗎？告訴我，我也不會懂，是嗎？」

阿勝從隔壁小房間膝行過來，與阿近互望一眼，致歉般垂下目光。阿近搖搖頭。

——沒關係，這樣也好。

奇異百物語偶爾上演這樣的戲碼也不錯。

「沒錯，我是不懂。不懂孤兒的不安，不懂失去童年玩伴的悲傷，我都不懂。」

阿陸愈說愈激動，絲毫沒有拭淚的意思。

「可是，你的童年玩伴小道、小初和小千，我很清楚他們的事。」

因為你曾告訴我。

「小道像大姊姊、小初的竹蜻蜓、小千的酒窩，這些我都曉得。因為你活下來，告訴我他們的故事。因為你全都告訴了我。」

那三個人——阿陸一頓。

「怎麼會排擠你？怎麼會對你惡作劇？他們和你感情好，替你擔心，才會把你送回我身邊啊。」

說什麼歉疚，說什麼對不起。

說什麼遭到他們怨恨。

「你不該這麼想！」

阿陸痛苦叫喊，伏地放聲哭泣。大坂屋的長治郎被妻子抓住衣袖，像受到拉扯般，彎著身子，頹然垂首。

不久，夫妻倆重新牽起手，阿近與阿勝悄悄退出「黑白之間」。

「雞冠啊。」

當天晚上，聽阿近說完故事，三島屋的伊兵衛緩緩低語。

「『雞冠山莊』應該不是山莊的神通力造成的。」

它其實存在於長治郎先生的這裡——伊兵衛單手放在胸口。

「大坂屋的老闆夫妻，決定趁退休遷往三島町居住。」

他們離去時，阿陸對阿近說：即使我家老爺不願意，我也要帶他去。我希望能守在他那三個童年玩伴的墓前，度過餘生。

如此一來，長治郎便能心安。

「今晚仔細檢查燭火再睡吧。」

伊兵衛突然叮囑，阿民不禁挑眉。

「哎呀，我一向都很小心呢。」

「我知道。不過，今晚要更謹慎一點。」

伊兵衛有些難爲情，但眼神無比認眞。

「我只是心生感觸，雖然我們無力對抗天災，至少能注意燭火。」

忍不住想向上蒼祈求，今晚圍在桌前一起用飯的眾人，希望明天能平安聚在一起。

「好，我明白了。」

「哦，阿近眞聽話，感覺只有我被排擠在外。」

阿民故意板起臉，接著噗哧一笑。

阿勝似乎有一樣的想法。半夜，阿近在睡衣外罩上短棉襖，巡視店面與屋內時，遇見相同打扮的阿勝。

兩人羞赧一笑。巡視完畢，她們自然而然走到庭院。

這是個星月交輝的夜晚。

「阿勝姊，哪邊是西方？」

「大小姐，是那邊。」

那是三島町所在的方位，批發街所在的方位。當初小長與三個童年玩伴一起捉迷藏，留下快樂回憶的地方。

同時也是忘川流經之處。

在星辰閃爍的夜空下，阿近與阿勝肩並肩，雙手合十。

哭泣童子

吱、吱、吱。

在帳房的神龕前，新太弓著身子，手掌立在頭上當耳朵，模仿老鼠的叫聲。

霜月（十一月）又稱子月（註一）。本月第一個子日會舉行「老鼠祭」，是商家祈求生意興隆的重要儀式。人們會祭祀大黑天，供奉老鼠愛吃的大豆和紅豆飯，希冀神明保佑（註二）。

三島屋在這個風俗中加入自己的一套規矩，店裡不分男女老幼，雙頰都要塗白，鼻頭再點上紅色胭脂，扮成白老鼠，然後和新太一樣，在大黑天神像前模仿老鼠的叫聲。

據說這是伊兵衛挑擔叫賣時，一家與他有生意往來的米行規矩。伊兵衛想效法那位做生意手腕一流，爲人又敦厚的老闆，於是採用相同的規矩，沿續至今。當初伊兵衛和阿民四處叫賣，只有他們夫婦參與，擁有獨立店面後，底下伙計愈來愈多，每年都會舉辦這項儀式。

現在的三島屋，包含每天到店裡的工匠和兼差人員，約莫養了三十名員工。此刻眾人齊聚一堂，臉上塗滿白粉和胭脂，依序學老鼠叫，場面頗爲奇特。隨著三島屋的名聲漸響，這項規矩在

註一：十二地支裡的子，屬生肖裡的鼠。

註二：大黑天是日本七福神之一，曾差點遭素盞嗚尊燒死，多虧老鼠相救，從此老鼠成爲其使者。

附近傳開，近年甚至有人會前來參觀。當中有人會毫不客氣（而且是失禮地指著塗滿白粉的臉）大笑，但三島屋眾人一點都不在意。一是伊兵衛和阿民深受伙計景仰，二是難得全員團聚，夫婦倆會環視在場每一個人，連平常關係不是很密切的兼差人員都會逐一問候，並送紅豆飯盒和酒當禮物給他們帶回家。

至於住在店內工作的伙計，則是另有犒賞。大夥早早完成工作，滿心期待傍晚的到來。伊兵衛會請外燴店送來料理，大夥一起享用。其實，這是在三島屋工作的人們眞正能夠放鬆喘息的機會。不像過年，爲了應付年初客人的採買依然忙碌。

話雖如此，年紀老大不小卻要扮成白老鼠，尤其是男伙計，還是會覺得難爲情，有些沒抹胭脂就滿臉通紅。如果想早點交差了事，沒按規矩喊完「吱吱、吱吱」四聲，只草草喊兩聲「吱吱」，伊兵衛都會叫他們重喊一次。

「白老鼠是大黑天的使者，據說有牠住在米倉裡，就不愁沒飯吃，十分吉祥。你不認眞模仿，便無法得到大黑天的庇佑。」

於是，到處都是「吱吱」、「吱吱」的叫聲。童工新太格外逗趣可愛，店裡的同伴和圍觀群眾都發出溫馨的笑聲。然而，新太不受周遭反應影響，模仿完老鼠叫聲後，雙手合十，低頭專心膜拜。

輪到阿近，她走到大黑天神像前，與阿島、阿勝並排。

「我們會配合大小姐一起叫。」

「吱～吱～」阿勝的叫聲沉穩，阿島的叫聲威儀十足，但三人默契絕佳，頗爲動聽。再來只剩掌櫃八十助和店主夫婦。

八十助的老鼠叫學得入木三分。伊兵衛與阿民像在誦經，帶有節奏。算是新進員工的阿勝在後方看得專注，悄聲低語：

「明年該不會要加上老鼠鬍鬚吧？」

「那就請掌櫃一個人做吧。」

阿島馬上發出抗議，阿近不禁咯咯輕笑。

一年一度的三島屋老鼠叫表演結束，參觀群眾紛紛散去。洗掉白粉和胭脂，恢復原貌的八十助，踏進店鋪後，不知為何皺著眉，又走回屋裡。

「大小姐，借一步說話。」

聽見八十助的呼喚，阿近俐落地從廚房來到走廊。

「外頭有人想見大小姐。」

哦？阿近微微偏頭。

「會不會是今天邀請了說百物語的客人？」

「不可能，今天我也想早點結束工作。」

「您沒委託燈庵老闆找人？」

「沒有。他應該很清楚，今天是我們店裡的老鼠祭。」

八十助骨碌碌轉動如算珠的黑眸，眉頭皺得更緊。

「那麼，對方是自己找上門嘍。」

「有沒有明白告知是來找我說百物語？」

「有。對方表示風聞已久，特地來拜會。」

「多大年紀？」

「這個嘛……應該年近七旬。」

八十助閱人無數，看人眼光精準，此刻語氣卻沒什麼自信。

他似乎察覺這一點，急忙辯解：「對方一頭白髮，而且髮量稀疏。膚色透明，臉上皺紋密布。可是，他的體格又顯得很年輕。」

阿近暗想，此人可能有病在身，或大病初癒，才會面容憔悴，比實際年齡蒼老許多。

「不過，對方談吐高雅，衣著也不寒酸，還穿短外罩。」

阿近深深注視八十助。

「既然如此，掌櫃怎麼露出嫌棄的表情？」

大小姐——八十助壓低話聲。

「那個人喚住我時，我體內突然一陣寒意往上竄。」

定睛一瞧，掌櫃的胳臂冒出雞皮疙瘩。

「對上他的目光，感覺更是糟糕。像望著一隻浮在水面，死了兩、三天，全身腐爛發脹的鯉魚眼珠。」

八十助一向不多話，也不會講好聽的，或是吐出如珠妙語博得敬佩，藉著閃爍其詞轉移焦點。

他就是這般無欲無求的人。

所以，阿近頗爲詫異。腐爛發脹的鯉魚眼珠，這種譬喻是八十助發自內心的吶喊。在八十助眼中，對方眞的是這副樣貌。

「掌櫃，您不希望我和對方見面吧？」

八十助點頭，目光卻游移不定，看得出有些迷惘。

「但隨便打發對方，又過意不去，是不是？」

八十助嘴角垂落，一臉泫然欲泣。

「對方自稱『晚輩』。」

求您了，請聽聽晚輩的話。

「他說：『無論如何我都想見大小姐一面，向她訴說這個故事。拜託，我求您了。』要是沒阻止，他差點就當場跪下。」

我明白了——阿近剛要回答，門口一陣騷動，阿島大喊著：

「不好了、不好了，掌櫃的，有位客人……」

有位客人在店門口昏倒。阿近與八十助互望一眼，明確指示：

「看來，現在拒絕已來不及。請帶客人到『黑白之間』吧。」

接著，阿近揚聲呼喚：「阿勝姊、阿勝姊，請到『黑白之間』鋪床！」

於是，阿近準備與百物語的新說故事者會面。忠心耿耿的八十助提心吊膽地待在一旁。

確實，看不出對方多大年紀。

八十助想必很傷腦筋。要形容這個人的外貌，可用的詞少得可憐。首先，他怎會瘦成這樣？如果孩童看見，恐怕會打趣他是瘦皮猴。他的臉頰到下巴一帶完全不長肉，骨形浮凸。露出袖口的雙手，宛如妖怪繪本中的骷髏。一脫掉衣服，肯定不成人形。氣色也很差。他的臉上沒半點血色，皮膚好似廢屋的拉門框架上懸垂的破門紙。

此刻，他坐在阿勝匆匆鋪好的被墊上。襯衣外披著棉襖，雙腳蓋著棉被。一旁擺著兩個大火盆，一個上頭架著鐵壺，一個架著鐵鍋。鐵鍋裡煮有黏糊的稀粥，還剩下不少。

這位古怪的客人被送進「黑白之間」後，很快從昏迷狀態中醒來，直說「抱歉」，想勉強起身。眾人極力勸他躺著休息。阿勝周到地探向他額頭確認有沒有發燒，並測量脈搏，確認他的心跳和全身有沒有異狀。客人不斷喃喃致歉，阿勝詢問：

「這位客人，今天早上您吃了些什麼？」

客人沉默不語，阿勝又問：

「昨天有可吃些什麼？」

客人依然沒回答，逃避似地闔上眼。見他露出這樣的神情，阿勝柔聲道：

「這裡備有稀粥，請享用。不過是三島屋的一點小意思，希望您切莫推卻。」

經過一番交談，與阿勝的眼神示意，阿近已明白是怎麼回事。此人一直空著肚子，因過度飢餓體力不支。

兩人飛快來到廚房，著急地討論。

「除了稀粥外，吃什麼比較適合？有沒有營養又好嚼的食物，還是該給甜食？」

「他的胃整個糾結在一起，喝熱開水和稀粥就行。」

「他到底餓多久了？」

「依我看，約莫三天沒進食。不過，先不提那憔悴的模樣，他會這麼瘦，並不是禁食兩、三天的緣故，而是早就如此。」

「可是，他不像窮困潦倒……」

銀灰的網紋格子衣和短外罩，都是看不出接縫的高級品。趁他昏倒時脫下的雪屐，也不是破鞋。

「既沒發燒，也沒發抖。看不出哪裡腫脹、疼痛，應該不是生病。他什麼都不吃，把自己餓到昏厥，其中的原因……」

說到這裡，阿勝望向阿近。

「或許這就是他想在『黑白之間』向大小姐傾訴的故事吧。」

那麼，就非聽不可了。

「總之，先讓他吃點熱食墊墊胃，再觀察之後的情況。若有必要，在說故事前找大夫來，您覺得呢？」

「好，就這麼辦。」

此時，阿近注視著坐在床上垂落雙肩的男子。他一雙枯骨般的胳臂，小心翼翼捧著碗，啜飲稀粥。

阿近聽說，有人因極度恐懼或悲傷一夜髮白。但截至目前，她在「黑白之間」聽過許多可怕和哀傷的故事，卻還沒遇過哪個說故事者是爲此髮白。

這位客人或許是首例。

白髮男抬起憔悴的臉，望向阿近，接著陡然一晃，上身斜傾。阿近以爲他又要昏倒，才發現其實是在行禮。

空碗差點從男子手中滑落，阿近馬上挨過去接。碰觸時，她發現男子的手冰冷乾癟，拇指的指甲龜裂。

阿近不禁倒抽一口氣。她和八十助一樣，感到一股寒意。男子的雙眸就在她面前，只要眨眼，或移動視線，一定會看見。

白髮男的眼中浮現淚光，蓄滿淚水。

阿近慢慢收回手，將碗撐在胸前。白髮男從腰間抽出手，併攏放在蓋住下半身的棉被上，再次緩緩行一禮。

「謝謝您的款待。」

他聲若細蚊，不豎耳細聽，幾乎無法聽見。

「我深知自己有多卑鄙。」

淚水在男子眼眶打轉。

「原以爲再也不會讓水和食物通過喉嚨，但一聞到稀粥的氣味，我便口水直流。光吃一口，喉嚨就咕嘟直響。」

眞是太卑劣了——

碗空見底，鐵鍋裡仍煮著稀粥。

「這位客人，您不是來說奇異百物語的嗎？」阿近微笑道，「那麼，您得養足精神，才有力氣講故事。要不要再來一點？」

男子闔上眼，緩緩搖頭，「我吃得夠多了。如同您說的，我已恢復力氣，可以講故事了。謝謝。」

阿近膝行離開男子身邊，收好碗，將鐵鍋移向火盆旁。然後，她往一只大碗注入八分滿的熱開水，遞給男子。

「還很燙，請小心。」

男子沒馬上喝，雙手包覆著碗，像是在感受溫熱，接著吹了幾下，啜飲一口後，將碗遞還給阿近。

「謝謝。」

「這位客人，您是不是固定服用什麼藥物？」

「若是要問有沒有宿疾，我可以回答『沒有』。您眞是敏銳。」

男子微微一笑，瞄向隔壁小房間的拉門。阿勝就守在裡面。

「其實不是我，是剛剛照顧您的女侍想到的。」

「哦，三島屋有個好員工呢。」

阿近重新端坐，低頭行一禮。

「我是三島屋店主伊兵衛的姪女，名叫阿近。在此擔任奇異百物語的聆聽者。」

白髮男輕輕點著枯瘦的下巴，環視四周。

「這裡就是大小姐用來聆聽故事的『黑白之間』吧。」

「是的，您眞清楚。若是方便，能不能透露是在何處聽聞小店的事？」

「我是在報紙上看到的。」

男子瞇起眼，眸中帶著笑意。

「原來您是看到那個啊。」

阿近難爲情地縮起肩膀。

去年秋天，伊兵衛想到蒐集奇異百物語的點子時，曾請燈庵等相關人士幫忙招募願意講述怪談者，其中包括印報業者。不過，連一向對奇聞軼事感興趣的印報業者，也不認爲此事値得特地報導，最後不了了之。

如今第一次主動報導。在江戶府內眾多提袋店中，躍居第三的神田三島町的三島屋，除了商品外，還有兩件事聞名遐邇。一是在老鼠祭中學老鼠叫，二是奇異百物語。尤其是後者，由店主如花似玉的姪女擔任聆聽者。這位深居簡出的小姐，據說只在聆聽奇異百物語時與外頭的男子會面。印報業者甚至提出請求，希望附上阿近的美人畫。阿近一直不肯答應，業者便附上一張來路不明的女子畫像，與阿近倒也有幾分相似。

那是十二天前，即前一個子日發行的報紙。或許是此一緣故，今年老鼠祭圍觀的民眾變多。話雖如此，報紙發放的範圍僅限神田一帶，並未遠至淺草御門。由於數量不多，阿近（還有阿民）雖然不太情願，仍睜一隻眼、閉一隻眼。

「您本人看起來比報紙上的美人畫更年輕。」

應該說更純真才對——一頭白髮的男子修正道。

「要您肩負百物語聆聽者這般辛苦的工作，實在有些過意不去。」

「我寄宿在三島屋，不過是個到江戶投靠叔叔嬸嬸，不懂世面的鄉下小姑娘。」

「不，您千萬別這麼說。」

男子的話聲依舊柔弱，但口吻中帶有些許說教的味道。他自己似乎沒發現。

「看到那張報紙時，該怎麼講，像是籠罩眼前的迷霧突然散去，也像是胸口的鬱悶突然消失。」

當時他心想，總有一天要拜訪三島屋，說出自己的故事。

「等時候到了，我一定要付諸行動。冒出這種想法，我自己也感到不可思議。其實，之前我……」

白髮男突然一陣狂咳，阿近想上前關切，他卻抬起枯瘦的手制止。

「之前我認爲必須極力隱瞞，不能告訴任何人。那麼，將來我會以爲沒發生過那種事，忘得一乾二淨。」

但現在不同了。男子重新端坐，語氣虛弱，卻毫不迷惘。

「我拖著病人般的身軀上門，添了不少麻煩，但請容我說出這個故事吧。不，我懇求您，以三島屋奇異百物語聆聽者的身分，聽聽我的故事。」

見白髮男勉強撐住搖搖欲墜的軀體，拜倒在地，阿近大受震撼。

「明白了，我洗耳恭聽。」

聽到阿近的回答，男子骨瘦嶙峋的雙肩一陣搖晃，噙在眼中的淚水滑落。

「不過，一旦您的身體出現異狀，我將停止擔任聆聽者的角色。」

「嗯，無妨。」

男子淚光隱然，看得出決心。他彷彿在表示：我絕不會讓這種情況發生，即使將要死去，我也會說完。

「還有一點，等您說完，我們會請大夫來看診，希望您保證會配合。」

「好，我保證。」

男子頷首，嘴角浮現笑意。阿近直視著他。

死後腐爛發脹的鯉魚眼珠，寒意從體內上竄——八十助曾發出這樣的感想。不過，目前阿近仍看不出，也感受不到，只覺得對方的淚水令人不忍。

「大小姐，我另外有個要求。」

「請講。」

「等我說完故事，希望您幫我找個人過來。抱歉，又要給您添麻煩，但不這麼做，我的故事無法結束。」

只是——白髮男垂下目光。

「我要找的並非大夫。箇中原因，您很快就會明瞭。」

男子的雙眸忽然失焦，停下動作，神情呆滯，宛如瞬間變成一具屍體。阿近的背後，彷彿有條細如絲線的冰冷之物滑過。

「我……」

剛開口，男子又忽然語塞。

阿近已猜出幾分，「在『黑白之間』隱瞞姓名和住處是常有的事，不必在意。」

不不不——男子搖頭。

「我並不想隱瞞，只是現在還不希望您知道。」

「明白了。」

大概是不知從何說起，男子緊抿雙唇。那呆滯的眸中瞬間發出微光，看得出他陷入沉思。

阿近伸出援手，「方便請教您從事什麼工作嗎？」

「啊……」男子一副獲救的神情，「我的工作是擔任『家守』，又稱爲『大家』，但房客都叫我『管理人』。」

阿近大大點頭。

在阿近生長的川崎驛站，各旅館主人組成的工會，是町內自治的樞紐。然而，在江戶掌管町內自治的，是町年寄或町名主，統稱町役人。他們幾乎都是地方上的老地主。

至於家守、大家、管理人，則受僱於地主，實際管理他們的土地和出租的房屋，從收取店租到調解紛爭，所有雜務一手包辦。出租的房屋各種等級皆有，無論是附庭院的大宅邸，或九尺二間

（註一）的裡長屋（註二），只要有住戶、有租金往來之處，便需要設置管理人一職。

「這工作十分忙碌吧。」

「我已退休。我繼承父親的管理人資格，從事這行多年。」

很不巧——男子話一頓，彷彿喉嚨鯁住。

「很不巧，沒人繼承我的衣缽。於是，我將管理人的資格還給地主，領到一筆退休金。」

當管理人需要什麼資格？阿近掩不住訝異。男子瞇著眼望向阿近。

「管理人資格和武家的步兵資格一樣，不是有錢就能買賣，因為不能隨便交給素行不良的人。即使是父子或親戚，在轉讓前，也得徵求地主的同意。」

他的話語活潑了些，流露驕傲的神色。這名男子和他的父親，應該都是腳踏實地的管理人吧。那些住在長屋裡，日夜忙碌的房客，有時會在背地裡說「真是囉嗦透頂」，但其中有人十分景仰他們，認為「管理人就像父親，而房客就像孩子」。不這麼做，彼此之間無法保有穩固的關係。

這麼一提，不難理解剛剛男子為何微微流露說教的口吻。

「那麼，您現在過著悠哉的退休生活嘍？」

男子頷首，突然望向地面。

「我快五十五歲了。」

男子移開目光的理由，阿近已猜出幾分。他早料到阿近會大為驚訝，才不願目睹阿近的反應。

那一頭白髮果然不尋常。儘管有人天生頭髮白得早，但配上老邁的外貌，又另當別論。

「十七年前，也就是我三十八歲那年，父親病逝，我繼承他的衣缽。過去我常在父親身邊幫忙，自認很清楚管理人的職責。可是，一旦接手才深切體會，這份工作雖然有成就感，卻勞心勞力，一點都不輕鬆。」

男子侍奉的，是江戶一位頗有來歷的地主，即名門世家。

「地主擁有眾多土地和宅邸，當初我和父親合力處理，每天忙得不可開交。現下變成獨力掌管，自然更忙碌。」

他像是凝望遠方，眼神不似剛剛那般空洞，回憶著過往。

「三十八歲，以管理人來說相當年輕，無法對付老練的房客，尤其是那些賴在裡長屋不走的傢伙……」

阿近莞爾一笑，男子抬起臉。

「想必您吃了不少苦吧，全寫在臉上了。」

「慚愧。」

男子抬起骨瘦嶙峋的手，往臉上一抹。

「不過，您的眼神十分慈祥，想必與房客之間有過許多歡樂和趣事吧。」

是的，男子頷首應道。阿近形容他「眼神慈祥」，並非恭維。

「小店也是租屋，平常承蒙管理人關照。我只在拜年時見過管理人一面，但他和您一樣慈眉善

註一：寬二．七公尺，深三．六公尺的小房子。泛指狹小的屋子。

註二：位於巷弄裡的長屋稱做「裡長屋」。相對的，位於大路上的長屋稱做「表長屋」。

目。」

「那位管理人今年貴庚？」

「頗有年紀了。偶爾叔叔一樣會挨他罵，事後還笑著說給我們聽。」

——眞是的，像我死去的爹回來了。

「三島屋老闆挨罵？」

「是的。管理人告誡他，不能只顧店裡生意興隆，要爲世人賣力工作。」

男子微微一笑，阿近也笑了。

「在叔叔心中，管理人同時是他的圍棋敵手，互相禮讓三分。不過，似乎是管理人的棋藝更高一籌。」

三島屋老闆喜歡下圍棋嗎？男子低喃，抬頭仰望壁龕的掛軸。

「我明白了，那幅掛軸是特別訂製的吧？」

今天原本沒打算使用「黑白之間」，所以沒插花。不過，因應老鼠祭，掛上一幅白老鼠的畫，十分別出心裁。一般與白老鼠有關的畫，都是搭配米袋或金幣等吉祥物，這幅畫裡的白老鼠卻是在棋盤上遊玩。

「畫匠是叔叔的棋友。這裡稱爲『黑白之間』，其實是叔叔常邀客人來對弈的緣故。」

男子「哦」一聲，頗爲驚訝。

「報紙上沒提到這層緣由。我以爲取名『黑白之間』，是要看清事物的善惡，判別是非黑白。」

「我們的奇異百物語有個規定，客人的故事可說完就忘，我也會聽過就忘。不會傲慢地斷定善惡。況且，像我這樣的小姑娘，根本沒此等能耐。」

阿近平靜回應，言語間暗示「請儘管放心」。

幸好，她的心意似乎成功傳達。男子不時抽搐的眼角，終於不再緊繃。

他的眸中仍隱含淚光。男子積鬱胸口，在腦海盤旋不去的事——他接下來要說的故事，想必就是他嘆息的緣由。

阿近暗自做好心理準備。

「我二十歲成家，隔年得女。」

男子回歸正題。

「父親勸告將繼承他衣缽的我『既然要從事家守一職，就該早點成家』，並替我談妥婚事。諷刺的是，內人在生產時喪命，留下我和女兒相依爲命。」

留下二十一歲的年輕父親和嬰兒。

「之後您一直獨力撫養令嫒嗎？」

「我無意續絃。」

男子眨了眨眼，似乎自己也察覺，伸指拭淚。

「雖然只有短暫的相處，但內人個性隨和，且勤奮認眞。她長我兩歲，當眞如俗語所說，是穿金草鞋才能覓得的好老婆。」

他並非炫耀，而是充滿懷念與不捨。

「她留下孩子，年紀輕輕就離開人世，實在遺憾。每次想到都爲她難過。」

阿近暗想，僅僅相處一年，他們卻是一對心意相通的夫妻。

「當時母親仍健在，於是我請她代爲照顧嬰孩。從父親擔任管理人的店家和長屋，也能輕鬆取得母奶。」

管理人的媳婦在生產過程中喪命，眞教人同情。如果要母奶，阿勝剛生完孩子。對面阿島的孩子斷奶不久，正爲脹奶發愁，這樣倒好——

「我繼承父親的衣缽時，獨生女十八歲，已長大成人。」

和此時的阿近年紀一樣。

「我打算替女兒招贅，日後讓女婿繼承管理人的資格。與地主商量後，地主決定幫忙撮合親事，實在令人感激。」

站在地主的立場，想讓中意的人選成爲倚賴的管理人女婿，是理所當然的事。

「可是，女兒百般不願，打一開始就堅持拒絕，完全不聽勸。」

男子的雙肩又垂落幾分。剛剛他一時語塞，接著說出「沒人繼承衣缽」，原來問題出在這裡。

「她說有喜歡的人，要將未來託付給他，不可能和其他男人結婚，所以得拒絕這門婚事。」

阿近默默頷首。

「我一直沒發現女兒有心上人，簡直是晴天霹靂。我深深體會到，這種時候沒有母親是多麼頭疼，光靠父親根本沒用。」

幸好深諳人情世故的地主寬宏大量。

「地主還安慰我，年輕姑娘爲男女情事沖昏頭，並不稀奇。這門親事不急，先等個一、兩年吧，到時她應該會冷靜下來。」

這時，男子歇了口氣。那不像在歇息，而是要振奮精神，繼續往下說。

「小女名叫文。」

「阿文，是吧。」阿近應道。她以爲這樣可以拉近距離，但男子的臉一僵。

「人們常說，祖父母帶大的孩子便宜三文錢。您聽過嗎？」

阿近是初次耳聞。

「祖父母往往會溺愛孫子。在任性縱容的環境下長大的孩子，比一般人的行情少三文錢。我家的阿文就是這種孩子。」

男子如此直接，阿近一時不知怎麼回應。

「女兒連母親的臉都沒見過，我十分憐惜，便對她少了一分嚴厲。」

就是這樣鑄下大錯——男子低語。

「阿文非常蠻橫，話一出口，誰勸都沒用，我很瞭解她的個性。然而，在這樁婚事上格外嚴重。不像僅僅爲了男女情愛，她像遭什麼附身般狂熱，絲毫不肯讓步。」

「對方是怎樣的人？」

阿近一問，男子疲憊地搖搖頭。

「阿文不肯說。」

私訂終身的男子是何方人士、姓甚名誰、家世如何，阿文一概不透露。

「那麼，帶對方來見我，身爲父親，我想知道他的爲人，這是人之常情吧？儘管我費盡唇舌，阿文依然不答應。她說，我不能讓他和爹見面，因爲你一定不會中意。」

眞的很狂熱呢——阿近聽得直眨眼。

「我不恨女兒。如果這就是阿文的幸福，我也只能撮合他們，但她實在頑固。」

男子長嘆一口氣。

「後來我才知道，她爲何會這般堅持。不過，請容我暫且不提。總之，只得擱置阿文的婚事。我沒再追問對方的事，聽從地主的建議，先靜觀其變。」

「我明白。」

阿近附和一聲，手伸向火盆，拿起鐵壺往茶碗裡倒熱開水。開水已沒那麼燙，正適合飲用。

男子潤完喉，抬起眼繼續道：

「就在這時，一名房客來找我商量。」

市內一家看板店的店主夫婦，滿面愁容地上門。

「那家店規模頗大，光是工匠就有五人。身兼工匠統領的店主，年紀約四十出頭。」

這對夫婦育有多名子女，天生就喜歡孩子。

「父親關照過他們，所以我記得很清楚。兩年前的初春，夫婦倆收養在店門前撿到的棄嬰。」

那是剛出生的嬰孩，還連著臍帶，包在襁褓中。可能尚未滿月，是個身軀嬌小，哭聲柔弱的男嬰。

在江戶市街，照顧棄兒、迷路的孩童，也是町役人的工作，所以管理人會四處奔走。大部分都是找到養父母，由他們收養。如果始終找不到好人家，就會送入寺院，或管理人自己收留。

這嬰兒十分幸運。

「那家看板店生意興隆，生活優渥。孩子的母親約莫是看準這一點，刻意丟在店門口。老闆娘說，這孩子不是遭到遺棄，而是要交給我們照顧，我們就收養他吧。」

「老闆娘心地眞好。」

「是啊，他們確實是一對善心夫婦。」

男子彷彿嘴裡嚼著什麼似的，應了一句。只是，他嚼的似乎是苦澀之物。明明是在談論一對善心夫妻啊。

「店主夫婦上門，不爲別的，就是那名孩童。對了，當時他三歲，已不是嬰兒。」

在養父母的悉心照料下，長了不少肉，手腳也很健壯。

——管理人，事情是這樣的。

店主夫婦臉上籠罩不安的愁雲，道出來意。

「那孩子完全不說話。」

阿近杏眼圓睜，「一句話也不說？」

「是的，一句話也不說。」

還是嬰兒時，他常會哭鬧。逗他時，他會笑，也會發出「叭噗叭噗」聲。

「可是，長到兩、三歲，卻沒說過半句話，好像是學不會。過了牙牙學語的年紀後，他根本不出聲，甚至不哭不鬧。不，是從不哭不鬧。」

男子修正用詞後，皺起眉。

「直到一個月前，那孩子都沒哭過。」

然而，就在一個月前的某個早上，眾人一起吃早飯時，他忽然像著火般放聲大哭。

「不管怎麼哄罵，他都號啕不休。老闆娘一陣心慌，猜測他或許是哪裡不舒服，便抱起他跑向隔壁房間。」

那孩子頓時停止哭鬧。

「老闆娘鬆一口氣，回到飯桌上，那孩子又哭了。」

他扭動身軀，脹紅臉，哭得上氣不接下氣，差點沒震破周遭人的耳膜。

「老闆娘不得已，丟下當天的工作，陪在孩子身旁，於是孩子無比乖巧。不過，雖然沒再哭泣，也只是變回原本那個不說話的孩子。」

「之前孩子不說話，店主夫婦不擔心嗎？」

「我也提出相同的疑問。」男子微微傾身向前，「男孩通常較晚學會說話，但都三歲了，連『媽媽』也不會叫，實在不太對勁。」

面對剛繼承職位，年紀比自己小的管理人的質問，店主夫婦縮著肩膀，神情歉疚。

「他很聽話乖巧，而且嬰兒時期會發出『叭噗叭噗』聲，我們覺得應該不是聾子，也不是啞巴。天生不愛講話並不奇怪，比起只會耍嘴皮、個性輕浮，這樣溫順、可愛許多，日後想必會和普通人一樣開口說話。所以，我們沒特別放在心上。」

男子訓了那對夫婦一頓，指責他們太過疏忽。

「我對他們說，既然養育過孩子，一看就曉得這是異常狀況吧，怎麼能放著不管。」

白髮男說到激動處，依稀可見昔日的威嚴和氣勢。

「總之，那一個月，相同的情形反覆上演。」

原本乖巧、不說話的孩子，動不動就突然放聲大哭。一哭就沒完沒了，不論是誰、再怎麼安撫都無法讓他停止哭泣。

「有時甚至哭得太厲害，導致無法呼吸，全身癱軟。」

這種情況實在太怪異，阿近啞口無言。

「忘了提，這孩子名叫末吉。店主夫婦兒女成群，早就沒打算再生育，老天卻送來一個可喜可賀的乖孩子，於是取名爲末吉。」

雖然是常見的名字，但隱含著一份情感。

「除了末吉外，店主夫婦還有七個子女。上面三個女兒皆已出嫁，長男留在家中，次男和三男到其他店家學做生意。」

堪稱一家和樂。

「排行最小的四女阿七，當時十二歲，頗疼愛末吉，並且盡力照顧他。末吉也很黏阿七。」

自從末吉開始莫名哭鬧，阿七根本拿他沒辦法。面對末吉詭異的哭鬧，阿七不禁感到害怕，甚至和他一起哭了起來。

——爹、娘，小吉一定是哪裡出問題。

請大夫來診治吧。找祈禱師來吧。請人來除靈淨化吧。阿七拚命勸告父母，夫婦倆卻遲遲不肯點頭。

「末吉如此哭鬧確實不尋常，但冷靜想想，不過是三歲孩童在哭鬧。」

況且，那怪異的號啕，並非毫不停歇。只要像一開始那樣，將末吉帶離原地，或是人們覺得太吵，紛紛離開他身邊，他就會安靜下來。

「有一次，店主夫婦實在火大，將末吉關進壁櫥。一關上門，他便不再哭泣。」

末吉哭過後，照常吃飯，十分守規矩，夜晚睡得很沉。雖然末吉早就沒包尿布，卻不曾尿床。只是，他不時會像著火般號啕大哭，莫名其妙哭個不停，又戛然而止，如此一再反覆。

「遇上這種情況，父母多半會認爲孩子腹內生疳蟲。」

店主夫婦也是其中之一。他們決定餵末吉驅蟲藥，觀察一陣子。

「請等一下。」阿近出聲，「抱歉，打斷您的話。可是，您剛剛不是提到，小吉晚上睡得很沉嗎？」

「是的，沒錯。」

「這表示他從未夜哭吧？」

阿近也經歷過駭人的遭遇。她親眼目睹無法挽救的可怕事件，當時的景象深深烙印在腦海，每次闔眼便會浮現眼前，幾乎夜不能眠。她害怕闔眼，無法入睡，然後迷迷糊糊地做夢，又哭著醒來。

如果末吉是害怕得大哭，一定會有夜哭的情況，這樣才合理。即使是悲傷落淚也一樣，畢竟他是個不懂事的三歲小娃，不像阿近懂得以道理安慰自己，也不懂得忍耐。漆黑的夜晚比什麼都恐怖，容易引發不安。

「就算是肚裡生疳蟲，也會夜哭吧。」阿近繼續道。「若他是對什麼感到害怕，更是會夜哭。」

憔悴的白髮男望著阿近，深深頷首。

「其實，阿七說過和您一模一樣的話。」

——娘，那不是疳蟲引起的。小吉會哭鬧，是有原因的。沒有哪個孩子像他這種哭法。

「眞是聰明……」

年僅十二的阿七，擁有不遜於大人的智慧與善良，阿近十分佩服。

「如今她想必成爲出色的老闆娘或母親了吧。」

阿近不禁低喃。男子眸中頓時蒙上陰影，再度以嚼著苦澀之物般的口吻回答：

「看板店的孩子個個認眞可靠，尤其是阿七……」

話沒說完，他又低下頭。

阿近湧現不祥的預感，微微顫抖。

「於是阿七告訴雙親……」男子低著頭繼續道：「末吉究竟爲什麼哭泣，我會查個明白。」

之後，不論白天或晚上，阿七形影不離地陪在末吉身邊。

「連上私塾都帶著末吉一起去。幸好末吉乖巧，私塾的師傅特別通融。」

阿七學習識字算術時，末吉靜靜跟在一旁。他依然不開口，也沒與大夥打成一片，但不會給周遭的人添麻煩。

「不論去廁所或澡堂，阿七和末吉都同進同出。兩人還睡同一張床，手牽著手入睡。」

阿七便是如此留意觀察。在什麼情況下，小吉會號啕大哭？當他哭泣時，怎樣才會停止？停止後，突然又接著哭泣，與不再哭泣的情況，其中有何差異？

她眞是個冰雪聰明的女孩，緊盯末吉的一舉一動，試圖找出線索。

「後來才知道，阿七鉅細靡遺記錄下來。」

記下日期、末吉大哭的地點、在場的人名，以及早上或晚上。

「光用平假名記下還不夠，她甚至花時間刻印章。」

實在令人欽佩。

「多虧阿七的努力，逐漸瞧出端倪。」

末吉不會在看板店外頭哭鬧，在私塾、澡堂也不哭鬧。與阿七獨處時，不會哭鬧。和爹獨處時不哭鬧，和娘獨處時也不哭鬧。

見陌生人不哭鬧。說來意外，末吉不曾因怕生哭鬧。

——於是，阿七昨晚吃完飯後，來到我們面前。

「阿七臉色凝重地告訴店主夫婦，終於查出原由。」

五名工匠的其中一人在場時，末吉才會哭。

「看板店的工匠中，三人是通勤，兩人住在店內。住在店內的兩名工匠都沒有親人。」

阿七指出的工匠，是十八歲的蓑助，年紀尚輕，還是學徒。他住進店裡剛滿半年。

「雖然其他人在場，但蓑助一來，末吉就會放聲大哭；蓑助一走，末吉馬上停止哭泣。阿七深信是如此。」

——有一次我和小吉在後院玩，小吉原本心情很好，但蓑助上完茅廁路過，和我們打招呼時，小吉突然放聲大哭。

更令人吃驚的是，阿七運用智慧驗證此一推測。

「阿七一會兒抱著末吉，一會兒牽著末吉，若無其事地在家中走動。她耐心十足地讓末吉分別見每一個人。」

於是，事態益發明朗。末吉眞的一見蓑助就哭。只有蓑助，再沒別人。

——爹，就是蓑助。

不曉得是什麼緣故，小吉非常怕他。

——我也不太喜歡蓑助，早就對他沒有好感。

「後面那句話，應該是事後加上的吧。得知末吉是怕蓑助才哭泣，阿七不禁討厭起蓑助。」

語畢，白髮男像要揮除自己的話，頻頻搖頭。他爲何要這麼搖頭？阿近一陣不安。

——管理人，這到底是怎麼回事？

店主夫婦不知所措。

——我們實在沒辦法把十二歲孩子說的話，及三歲小娃哭鬧的事當眞，來責備店裡的學徒啊。

蓑助一向寡言少語，個性不開朗，但工作認眞。或許這種個性不討孩童喜歡，可是他不會欺負或嘲笑孩童。

——他待人冷漠，卻很能吃苦。自從末吉會無緣無故哭鬧，我們都快被他哭聾了，但蓑助完全不以爲意，沒半點不悅的表情。

即使如同阿七的推測，末吉是害怕蓑助才哭，也不是蓑助的錯，是末吉太任性。

——總不能因爲蓑助氣質陰沉，又是店裡的新人，就虧待他。用人和教人的方法，管理人應該也知道。

就是知道，才傷腦筋。

「大概過於緊張，前一晚告訴店主夫婦後，阿七便病倒，發起燒來。」

你們丟下臥病在床的女兒來找我嗎——管理人又罵起那對夫婦。

「然後呢？」

見男子呼吸不順，額頭直冒汗珠，阿近出聲問道。

「您如何回應？」

男子按著汗水涔涔的額頭，「我告訴他們，末吉暫時交給我照顧，馬上把孩子帶來。」

——你們陪在阿七身旁吧。等阿七痊癒，再思考該怎麼做。

「我家中有一名女侍，雖然是彎腰駝背的老太太，但十分能幹，多一個孩子應該應付得來。」

不久，老闆娘獨自帶著末吉過來。三歲小娃背著小小的包袱，天眞無邪地含著手指。儘管老闆娘留下他離開，他也沒追上去。

「末吉不會在看板店以外的地方哭鬧，阿七的判斷果然沒錯。」

在管理人家中，末吉不哭不鬧，無比乖巧，如幽靈般安靜。

「他還是不開口，一句話也沒說。不過，我說的他都聽得懂，不必費心照顧。」

只是，阿文一臉不悅。

「因爲她明明不是什麼名門千金，卻從小備受呵護，沒幫忙帶過孩子。整天愛往外跑，出門不是學才藝，就是逛街採買，遊山玩水。」

當天晚上，女侍與末吉同睡，平安度過一夜。

然而……

「隔天一早，傳來驚人的噩耗。」

看板店遭強盜洗劫。

「那不是普通盜匪，是一群訓練有素的賊人精心策畫，襲擊瞄準的目標。」

目標是生意興隆、家財萬貫的看板店。

阿近不禁愕然。她背脊發冷，和男子一樣額頭冒汗。

「那麼，看板店的人……」

她問到一半，說不下去。

白髮男聲若細蚊。

「全部慘遭殺害。」

男子唇齒間斷續傳出嗚咽聲。

「大半的人是在睡夢中遇襲，只有老闆娘徹夜照顧發燒的阿七。她察覺有異，原本想逃走。」

可惜沒能順利逃脫。

「連阿七也……？」

男子點點頭，不發一言。

「沒人逃過一劫嗎？」

男子無力垂落雙手，應道：「那天晚上，看板屋裡的人無一倖免。」

巡捕在調查時，身爲管理人的男子陪同在側。

「店內到處殘留大批人馬踐踏肆虐的腳印。」

不光是鞋印，還有血跡斑斑的腳印。紙門遭到砍破，柱子上留有刀痕。

阿近捂著胸口，大大深呼吸。她感覺到臉頰變得冰冷。

「抱歉，告訴您這麼駭人的故事。」

男子的話聲幾不可聞，阿近調整氣息，重新面向他。

「不，不是故事駭人，而是今年我們也遭遇強盜，幸運躲過劫難。」

男子一驚，緊盯阿近，不停眨眼。「沒想到三島屋遇過這種事。」

「是的，幸好有驚無險。」

事後得知，多虧一群留意到凶兆的可靠夥伴協助，三島屋才得以躲過一劫。

「那一夥人不是臨時起意，一定會事先勘察，在鎖定的店家安插內應。」

「或是拉攏店裡的人。」男子接過話。

慘遭滅門的看板店，只有學徒蓑助消失無蹤。

「內應就是蓑助。」

他與強盜暗地勾結，成爲他們的手下。

「蓑助個性陰沉，自稱無依無靠，眾人都相信他的說詞。之後經過調查，蓑助的姊姊落入青樓。」

爲了籌錢替姊姊贖身，蓑助走偏了路。不是一般的歪路，而是完全呑沒他，導致他變成惡鬼的無底泥沼。否則，他絕不忍心眼睜睜任主人一家遇害，連年僅十二歲的阿七都不放過。

「末吉一見面就怕得狂哭不止、幾乎無法喘息的蓑助，是個披著人皮的惡鬼。」

末吉看透他的眞面目，才會哭泣。

至此，故事已講完七成——

聽到白髮男的話，阿近赫然回神，似乎一時沉浸在思緒裡。男子流露體恤的眼神。

「對於擔任百物語聆聽者的您，這個故事可能沉重了些。如今我逐漸明白自己抱持的黑暗多麼深沉。」

這份黑暗剩下三成，其中到底還藏著什麼？

「我決定收養末吉。」

不過，我不打算一直將他留在身邊——男子繼續道。

「我不曉得該怎麼說明這孩子的力量。他能看出人們隱藏的不軌意圖，卻無法以言語拆穿，只好一味哭泣。當成神通力，似乎又差遠了。」

阿近頷首應道：「可能稱不上神通力……」

也算不上千里眼。若眞要說，算是幼童的直覺。

「一個三歲孩童，在某件事上比大人更敏銳。工匠蓑助暗地密謀替強盜做內應，或許深深苦惱，猶豫許久。末吉約莫是憑著孩童的直覺，感應出蓑助內心的糾葛吧。」

白髮男雙眼再度失焦，力氣從他嘴角洩去。

「我也這麼想過。」

只要將末吉養育成人，這詭異的能力可能就會消失。

「不過，江戶恐怕是太過喧擾，不適合他居住的地方。加上我擔任管理人，一定會接觸各式各樣的人。和這麼多人往來，遇到災難和凶險的機會將隨之大增。」

確實如此。

「所以，我打算送這孩子到鄉下，找一處農家收他當養子，至少比待在江戶的生活安穩。」

面對非親非故、完全不會說話，又不討喜的男孩，阿文明顯流露嫌棄的臉色，於是管理人解釋：只會暫時留他在身邊，一找到適合的養父母，馬上送他走。

「雖然努力奔走，但畢竟這孩子經歷過滅門慘案，而且看板店是在領養末吉後發生慘事，難免令人排斥，遲遲找不到合適的養父母。」

「唯獨這孩子逃過一劫，沒人認爲是他運勢過人，願意接受他嗎？」

「大小姐，一般世人的想法就是如此。」

於是，末吉在男子家一待就是兩個月。他依然不說話，但乖巧又守規矩，有時還會笑，男子和女侍漸漸對他產生感情。

「事發當天也是霜月，一個冷徹肌骨、烏雲密布的新月之夜。」

下午出門後遲遲未歸的阿文，直到附近店家紛紛關門，仍未返家。男子近來注意力都擺在末吉身上，益發縱容阿文，此時他忍不住擔心起來。

「我點亮燈籠，準備到她可能會去的地方尋找時，她從外頭返回。」

但阿文的模樣透著古怪。她從後門進屋，像小偷般躡手躡腳，避人耳目，想深入屋內。男子像抓住偷吃魚的貓般，逮住女兒怒斥：這麼晚了，妳到底跑去哪裡鬼混！

男子罵到一半，忽然打住。

「阿文面無血色，像染上瘧疾般不住顫抖。她抖得太厲害，連抓住她的我都跟著抖起來。」

每次挨父親責罵，阿文總會露出頑固的冷漠表情。但那天晚上，她那尖銳、陰沉的眼神，比「平常」強上百倍。昏暗的瞳眸深處，好似遙遠的燭火，有某種東西在燃燒，火勢熾盛。

約莫是聽到男子的責罵及兩人發出的聲響，老女侍探頭窺望。睡在一起的末吉似乎已醒，抱在老女侍懷裡。就在這時……

「末吉像著火般放聲大哭。」

那正是看板店主夫婦提過的哭法。扭動身軀、揮手蹬腳、臉皺成一團，哭到快無法喘氣。

——哭什麼，吵死人啦！

阿文一陣火大，叫喊著走近末吉，抬起手要賞他耳光。男子制止她。於是，阿文發現握住她手的父親臉色驟變。

——爹，怎麼了？

妳做了什麼？

男子面無表情地望向屏息聆聽的阿近。

「我不是一開始就直接質問，而是將女兒拉進屋內，命她坐下，和她面對面後才提出。我問阿文，妳是不是打算幹壞事？末吉感應出大人的不軌意圖，便會放聲大哭。」

男子向阿文解釋時，發現末吉一離開阿文身邊，立刻停止哭鬧。

「末吉不是在看板店凶案發生當天才哭。」

「沒錯，是從一個月前……」

「換句話說，應該是在蓑助決定加入強盜集團的時候。強盜們擬好計畫，決定下手日期，及闖進屋內洗劫的方式，就在那時候。」

所以，白髮男逼問阿文，是不是**打算**幹什麼壞事。

阿文放聲大笑。笑得兩眼翻白，口沫飛濺。

——爹，幹嘛說這種蠢話？這小鬼懂什麼啊。

阿文的大笑，旋即轉爲悲鳴般的哭聲。

——不管怎樣，都太遲了！

男子默默說出當天晚上女兒的話，接著一度閉口不語。像要極力壓抑內心的哀號，將該說的話完全咬碎，他緊抿的嘴唇歪斜。

「我剛剛提過，阿文有心上人。」

是的——阿近應道。

「他們並非兩情相悅。只是阿文一廂情願，單戀人家。對方是賣紙老店的小老闆。」

說到一半，男子略顯怯縮。

「那家店已不在，告訴您也無妨。其實，之前就位在這三島町。」

這也算是奇緣——男子低語，凌亂的白髮垂落前額。

阿近馬上應道：「若是這樣，我就不清楚了。叔叔嬸嬸在三島町定居不過十多年，約莫不曉得此事。」

男子呼吸困難般，喘息半晌。

「依阿文所說，那年春天她與小老闆在墨田堤的賞花會上一見鍾情。然而，這只是她的粉飾之詞。簡單地說，阿文被慣於尋芳問柳的小老闆玩弄了。」

正因如此，阿文無法光明正大地介紹對方。阿文說「爹一定不會中意」，也是隱隱明白小老闆是花心的薄情漢的緣故。

爲愛沖昏頭的女兒，突然迎面被潑了桶冷水，錯愕萬分。

——他到現在才告訴我，有個父母指定的未婚妻。

暫且不論眞假，總之，小老闆要與阿文分手。

「阿文說，那是今天傍晚的事。」

在兩人常去幽會的池之端茶屋的包廂。

（我和妳就走到這裡。）

男子冷淡地轉身背對她。

——爲什麼我得遭受這樣的對待？

之前你不是口口聲聲說愛我嗎？不是說你心中只有我一人嗎？愛愈濃，恨愈深，阿文霎時怒血沸騰。

「然後，妳做了什麼？」

男子逼問女兒，當場癱坐在地。

「妳怎麼報復小老闆？」

阿文回答，原以為會流更多血，其實沒有。

白髮男的臉色，變得和昏倒送進「黑白之間」時一樣。他的話聲沙啞，顫抖的手懸在空中。

「當時是霜月，茶屋的包廂裡備有火盆。」

火盆中附有火筷。

——我一把握住火筷，刺進小老闆的後頸。

冷不防被紮實刺中的花心漢，直挺挺倒地。不知該說是阿文發揮遭遇火災時的蠻力，還是憤怒的力量，火筷牢牢插在小老闆後頸上，想拔也拔不出。

「於是，阿文逃離現場。」

阿文不敢直接回家。另一方面，她想確認小老闆是不是真的死亡，又不敢返回茶屋，只好在街上四處徘徊打發時間，最後才回到父親所在的家中。

——爹，我覺得頭昏眼花。

鬆一口氣後，阿文發現自己精神和體力都耗盡，吐出這句話，隨即暈厥。

「我抱住阿文，注意到她和服的袖口沾染著血漬。」

白髮男重重喘息著，眸中的淚水已乾，雙手不再顫抖。

「那件案子的凶手，始終沒找著。」

玩弄阿文的小老闆確實死了，但死因成謎。

「阿文躲過官府的追查。」

「那種茶屋常有躲避世俗耳目的男女出入，店家不會逐一打探客人的身分。只要付了錢，店家便不會多加干涉。況且，那個小老闆……」

見男子欲言又止，阿近接過話：

「常帶女人光顧。雖然在茶屋遭逢意外令人同情，但對於他的死亡並不驚訝……」

白髮男緩緩頷首，「算是阿文走運。」

但阿文動手殺人，終究是犯了罪。

「從那天起，末吉天天哭個不停。」

一見阿文就哭。末吉看得出阿文雙手染血。

這裡存在著罪惡。罪惡化成人形，有了生命，潛息其中。看得到，我看得到。末吉害怕得號啕大哭。

原本末吉只是個不討喜的沉默孩童，但在得知他哭泣理由的阿文眼中，形同向她問罪究責的獄卒。

「當然，阿文不可能默默任末吉哭泣。」

她一下向末吉威脅咆哮，一下逗他開心，用盡各種方法，全部徒勞無功。最後她明白，不出現在末吉面前是唯一的選擇，只得躲起來。

「不像紀文先生的豪宅（註二），我們家只是一般民房，同住一個屋簷下。不可能完全避不見面，所以末吉一天總會哭上幾回。」

我十分煩惱——男子說。

「面對不知緣由的老女侍，我實在無地自容。」

短短幾天就教人吃不消。十天下來，簡直折騰得不成人形。

「我冒出自暴自棄的念頭，想著乾脆明天就把末吉送出去，讓他遠離女兒身邊。找不到養父母也無所謂，隨便扔在某處，或放進河裡沖走吧。奇怪的是……」

另一方面，我又覺得這是最適合阿文的懲罰——白髮男說。

「乖乖接受懲罰，今後認眞當個好人吧。不能總是放縱欲望，妳的任性到此爲止。」

或許連我也變得不太正常——白髮男繼續道。

「可能我也被末吉的哭聲附身了。」

此舉引來下一樁慘事。

「小老闆死後，經過半個月，某天我外出返家，發現鄰居全聚在屋裡，喧鬧不已。」

男子不知發生什麼情況，十分恐慌，以爲是阿文死了。

「該不會是受不了末吉的哭聲，懊悔犯下的罪行，上吊或投井自盡？」

不，阿文平安無恙。死的是末吉。

「聽說是從樓梯摔落。」

老女侍抱著冰冷的末吉哭泣。末吉圓睜的雙眸中，仍殘留淚光。兩頰淚痕未乾，顯然不久前他仍在哭泣。活著時一直在哭泣。

在哭泣中死去。

他的頭扭成奇怪的角度，大概是摔落時撞到牙齒，嘴角微微滲血。

「我忍不住以目光尋找女兒。」

阿文低頭望著父親，擺出能面（註二）般的表情。她站在末吉摔落的樓梯上方。

「視線交會時，我馬上猜出是怎麼回事。」

阿文推落末吉。末吉一見阿文就哭，要讓他不哭只有這個辦法。是我害的。是我錯了。崩毀過的河堤，很容易再度崩毀。一旦犯下惡行，逃過制裁，便很容易再犯第二次。

「阿文的雙眼，如同死魚。」

阿近注視男子皺紋密布的臉，暗暗想著：怎麼用相同的比喻？她盯著男子那不是歲月摧殘，而是受恐懼折磨的蒼老臉龐。

「不帶半點生氣的雙眼，與死去的末吉一模一樣。」

接著，阿文只對父親簡短說一句。

註一：紀國屋文左衛門的簡稱。他是江户中期的富商，以買賣木材致富，但晚年落魄。

註二：日本能劇中，演員戴的面具。

——眞是可憐。

「之後六年過去，阿文二十四歲。」

姻緣到來，阿文嫁為人婦。

白髮男一臉疲憊，凝聚剩餘的力氣，繼續傾訴。

「大小姐，難怪您會驚訝。沒錯，女兒連殺兩人，我卻依舊和她一同生活。若無其事地繼續管理人的工作，像一般父親對待女兒一樣，希望阿文嫁個好人家。」

阿近目光垂落膝蓋，「原來我流露出那樣的表情，眞是失禮了。」

確實很驚訝。話說回來，如果要隱瞞殺人罪，默默度日，也只能這麼做。就像男子所說，只能佯裝若無其事，照常吃飯、睡覺，隨季節更迭度日，此外別無他法。

「若您決定保護獨生女，也是合情合理。」

這句話似乎沒傳進男子耳中，他一心一意要講完剩下的故事。

「我這麼說，感覺是在替自己找藉口，不過這六年來，阿文變得正經許多，從懶惰轉為勤奮。她幫忙做家事，停止學習花稍的才藝，不再出外玩樂。外頭甚至傳聞，原本輕浮的阿文，彷彿換了個人。」

男子重複類似的話，像是極力替阿文辯護，但阿近仍仔細聆聽。

「阿文並非沒心沒肺。犯下的罪行、非隱瞞不可的祕密揮之不去，每天晚上她都做噩夢。」

六年後的那樁婚事，她原本想拒絕。

「之前也曾有人上門提親，但她都立刻回絕。約莫是當初遭到心儀的小老闆背叛，她對男人心存恐懼。」

白髮男垂落雙肩。

「我不禁同情起女兒。這六年來她洗心革面，腳踏實地過日子，應該能和普通人一樣，擁有幸福了吧？我眞是個膚淺的父親，請您儘管嘲笑。」

在父親的勸說下，阿文終於點頭答應，順利談成婚事。

「她嫁入市內的一戶商家。」

男子的話卡在喉中，喉頭上下游移。

「想必是天賜良緣。」

阿近忍不住暗自祈禱。一切到此爲止就好，我不想再聽後續，這種情形還是第一次遇到。嗯，這是天賜良緣。阿文獲得幸福，故事結束，不是很好嗎？

「謝謝。」

故事尚未完結，阿近只能繼續聆聽。

阿文成爲小老闆娘，與丈夫感情和睦，接連生兒育女。

驀地，阿近想起一件事。他們和看板店主夫婦一樣，兒女眾多。腦海掠過這個念頭，她急忙揮除。

「商家的媳婦二十四歲算是有點年紀，而男方也希望早日添丁，所以實在慶幸。」

阿文接連懷孕，生下的全是女兒。對於希望有子繼承家業的商家，著實苦惱。

「直到阿文三十歲那年，終於產下一名男嬰。」

之前生的女兒紛紛夭折，阿文與丈夫只有這個兒子。不用提，自然是舉家歡欣。

「末吉。」

男子低喃著，阿近不禁一震。

「是您外孫的名字嗎？」

不，男子搖頭。不，不是。阿文的兒子不是這個名字。我外孫不是取這名字。

「大小姐，您相信人會有不祥的預感嗎？」

阿近默默頷首，男子點點頭。

「望著好不容易產下的男嬰天眞無邪的睡臉，我有一種不祥的預感。不光是我，阿文也有同感，只是沒說出口。」

——爹，我好害怕。

「我也非常害怕。」

男子將管理人資格還給地主，告老退休，恰恰是那一年。是男孩誕生後不久的事。

「大小姐，坦白告訴您吧。」

我很想逃避，很想找地方躲起來。逃離那令內心震顫的可怕預感。逃離浮現在女兒眼中，那雖然微弱，但絕不會有錯的恐懼。

「當時我覺得，日後如果再發生什麼，我恐怕會發瘋。於是我捨棄工作，遷居他處。」

那名老女侍已過世。男子獨自搬離江戶府內，遷往四周民家稀少的鄉間。

「您覺得有事會發生嗎？」

阿近鼓起勇氣問。有什麼不祥預感在折磨您嗎？

男子並未正面回答，接著說：「阿文生下的男嬰，健康長大。只要逗他就會笑，還會發出『曼媽』、『噗噗』的聲音。」

男嬰很快學會翻身，開始學爬，及扶著東西站立，也長出乳牙。既沒生病更沒受傷，平安長到兩歲、三歲。

雖然成長順利，孩子卻都不說話。

不祥的預感果然成眞，一切不僅僅是預兆。

「他會發出聲音，耳朵也聽得見。但這孩子——我的外孫，始終不說話。阿文的丈夫和公婆卻都笑著安慰她，男孩一向較晚才會說話，不必在意。」

但白髮男和阿文心知肚明，這孩子不會說話。一直都不會說話。在時候到來前——

究竟會是怎樣的「時候」？

「這位客人！」

阿近大叫一聲，連她也不曉得自己爲何要大叫。不管阿近有何想法，白髮男都不理會，只急著擺脫她的攔阻。男子身軀搖晃，下巴挺出，眼神游移。他提高音量，想蓋過阿近的話聲，卻嚴重破音。

「大前天，也就是霜月的那一天，正是十七年前阿文刺死拋棄她的紙店小老闆的那天！」

那天早上男孩醒來，看著母親。看著阿文。

霎時，他像著火般放聲大哭，差點快喘不過氣。只見他臉色脹紅，痛苦地揮手蹬腳，放聲號啕。

「阿文頓時發狂。」

聽到孩子的哭聲，阿文馬上明白是誰，心碎成片片。

啊，果然不出所料，這不是我的孩子，是我的罪惡化成的凝塊。

「周遭的人來不及阻止，阿文衝上樓梯，從二樓破窗而出。」

阿文墜落地面，跌斷頸骨，死時唇角流出一道血痕。

白髮男說著，忍不住雙手掩面。他繼續道出故事的結局，聲音從指縫流瀉而出。

「接獲通報後，不必追問詳情，我也曉得阿文爲何死亡。」

小老闆娘突然自盡，店裡上下亂成一團，男子去帶走停止哭泣，天眞無邪地含著手指的三歲男童。

「我直接回家，關上全部的防雨板，大門架上頂門棍。」

傍晚，阿文夫家的人前來，頻頻敲門叫喚男子與男童的名字。

「我屛氣斂息，緊緊抱著孩子。」

不久，對方可能以爲他不在，放棄離去，四周歸於平靜。

「接著，我和末吉迎面而坐。」

他不是末吉。剛剛不是說名字不同嗎？

「這位客人，那孩子不是末吉，是您的外孫啊！」

「大小姐，他們根本就是同一個人。」

男子的話聲平板，臉上沒一絲血色，幽暗之物沉積在他眸底。

「末吉不哭不鬧，也沒露出害怕的神情。」

黑夜來訪，夜幕漸深。這對祖孫待在黑暗中，待在連彼此的鼻頭都看不到的黑暗中，相對無語。天眞孩童的細微呼吸聲，刺激著男子的耳朵。

失去女兒的五十五歲男子，與失去母親的三歲男童，兩人都沒睡。

「我不時會覺得意識遠去，感覺像死了。」

他感受不出時間的流逝，也分不出上下左右。在深不見底的幽暗中，與一個有著孩童的呼吸，卻又不是孩童的東西，不斷下沉……

不久，淡淡的黎明晨光，從防雨板的縫隙透進屋內。

「我看著末吉，那孩子也望向我。他天眞地伸直渾圓的小腳，含著手指，坐在我身旁。」

清晨到來，我又要和這孩子頂著太陽度過一天嗎？和這個孩子，這個披著人皮的可怕東西。

「或許這孩子是超越尋常人的存在。」

還要繼續活下去嗎？繼續活下去，是對我的一種懲罰嗎？男子思索著，那孩子突然從口中移開手指，注視著他，問道：

——老爺爺，你怕我嗎？

那聽起來不像人的聲音。

「大小姐，我……」

男子放下雙手，像要握住看不見的東西。

「聽到這句話，我頓時失去理智。不，連我的心靈也喪失。我變成惡鬼，掐住那孩子的脖頸。」

用力按緊，直到他斷氣為止。那孩子很快斷氣，手腳無力地垂落，皮膚失去溫熱。

「接下來的兩天，一直到今天早上，我都待在他的屍體旁。」

原以為我會就這麼死去。只要靜靜待著，就會死去吧。這孩子會帶我到另一個世界。

但我死不了。白髮男重複著「我死不了」，彷彿要握住空氣般指頭彎曲，雙手打顫，啜泣起來。

「所以，我來到這裡。」

我一定要向人訴說這個故事。如實說出一切，讓人相信我的話。

「三島屋的大小姐。」

男子頂著一頭凌亂的白髮，呼喚道。阿近縮著身子，像遭對方的話聲束縛，無法動彈。她暗想，光是經過兩晚，男子竟變成老翁。短短兩晚，就能讓一個人變成這副模樣……

「您都聽清楚了嗎？」

死後露出白色魚肚浮在水面，逐漸腐爛的鯉魚雙眼注視著阿近，彷彿飄來一股腐臭。

八十助沒說錯。

「在下名叫甚兵衛，曾擔任地主橘大人的管理人，退休後住在千駄谷的洞森。」

男子突然頹倒，雙手撐在榻榻米上。

「我親手殺害外孫。我會乖乖束手就擒，勞煩您遣人通報官府，請他們派巡捕前來。」

男子伏倒在地的同時，阿勝衝進「黑白之間」，抱住阿近。阿近扯開嗓門，高喊：來人！快來人啊！

阿島和八十助踩著慌亂的腳步趕到。伴隨著阿島的驚叫，那幅白老鼠在棋盤上嬉戲的掛軸，如顫抖般微微搖晃。

細雪飄降之日的怪談

一

「初雪至，到江戶，謀飯吃。」

每當小寒將至，附近農村的人們便會到江戶工作。割完稻，進入農閒期後，他們四處尋求冬天的工作機會，以貼補家用。

逢此時節，位於神田三島町的提袋店三島屋，會僱用一名冬季的幫傭。她有個罕見的名字，叫做阿鰤。她和丈夫源吉從位於常陸與下野邊界的山村來到江戶。源吉擔任替貨船上下貨的苦力，阿鰤則住在三島屋的工房，一面幫傭，一面學習縫製提袋。

「阿近，從今年起，阿鰤的女兒也會跟她一起來。」

三島屋老闆娘阿民這麼一提，阿近應道：

「哎呀，母女倆感情眞好，一起來店裡工作。」

阿近是三島屋店主伊兵衛的姪女，老家是川崎驛站的旅館「丸千」。去年夏天起，她到三島屋學習禮儀，如今已完全融入江戶的風土民情，成爲人們口中的「神祕的三島屋西施」。之所以冠上

「神祕」二字，而不單以「三島屋西施」稱呼，是因阿近不喜歡在店裡露面，只做內勤。儘管如此，這個芳齡十七、擁有閉月羞花之貌的佳人，名聲依然不脛而走。

「實在是乖巧的孩子。阿鏑姊的女兒年紀還很小吧？」

「今年十一歲，是八個兄弟姊妹中的老大。」

阿鏑的女兒名叫阿榮。

「阿鏑原想早點帶阿榮來，但擔心底下的弟弟妹妹會寂寞。」

想必阿榮是個好姊姊。

「如果表現不錯，不光是冬天，阿榮一直住在三島屋裡當女侍也行。」阿民說出心中的打算，「只要能徵得村長同意，源吉和阿鏑都求之不得。」

身為佃農的源吉與阿鏑，養八個孩子一定很辛苦。阿鏑想趁幫傭的空檔學習縫製提袋，也是希望返回山村後，能靠這項本事多少掙點錢。

「嬸嬸，您早決定留下阿榮吧。」

阿近微笑道。裁縫女工和工匠聚集的工房，一切事物全由阿民定奪。而在工房方面，住在店裡的工匠和裁縫女工還得打理日常三餐等雜務，多一、兩名學徒，可幫上不少忙。

「若阿榮沒想像中手巧，不適合當裁縫女工，就改做內勤吧。」

「到時，我會以女侍總管的身分，負責帶領她。」

語畢，阿近想到一個好主意。

「假使阿榮要從頭學習當一名裁縫女工，我也一起學吧。」

阿近對縫製提袋產生興趣。

「不是不能教妳……」

阿民嘆口氣，一副若有所思的神情。

「既然這樣，阿近，百物語的蒐集要不要暫停一陣子？那原本就是妳叔叔個人的癖好，如果不喜歡，妳隨時都能不做。」

阿近來到三島屋不久，便開始蒐集百物語，也就是各式怪談。不同於一般的百物語會，他們一次只邀請一名說故事者上門，聆聽者只有阿近一人，作風與眾不同。

阿民說這是伊兵衛的個人癖好，但伊兵衛如此安排，全是為了阿近。阿民應該十分明白，重提此事的原因，可能是先前那名說故事者的內容過於沉重，聽完還得將對方送交官府。

的確，從那之後，阿近鬱鬱寡歡，遲遲無法迎接下一名說故事者。連她自己都覺得不能再這樣下去。

去年冬天，阿近第一次與來幫傭的阿鱌見面。阿鱌身材厚實，似乎不管再怎麼忙碌也不成問題。這位大嬸的女兒阿榮，應該一樣勤奮認真。跟她一起學針線，或許自己會變得開朗，到時又能繼續聆聽奇異百物語。

「嬸嬸，只要情況能有些改變就行了。」

阿近再度微笑道。她口中的「情況改變」，在不久後，以意想不到的方式發生。

阿榮是個好女孩。在山村裡長大的孩子突然來到江戶，不習慣與人相處、聽不慣江戶的用語，無可厚非。不過，阿榮承襲母親的勤奮，眼神沉穩。從她身上看得出山村裡的生活多麼嚴峻，尤其是滿布裂痕的紅通通雙頰，三島屋的人更是大為吃驚。

每到寒冬時節，童工新太的柔嫩臉頰便會乾裂，連周遭大人看了都不忍，想好好憐惜。但阿榮的裂痕似乎是長年累積，不論是深度或寬度，都遠遠超過新太。儘管如此，她一點都不以為苦，實在教人心疼。

「阿榮這孩子，總說什麼太浪費，一直不敢吃白飯。」

女侍阿島解釋阿榮在工房裡的情況。

「在他們老家，恐怕一年只能看見一次白米。」

另一名女侍，即阿近擔任百物語聆聽者時，在隔壁房間擔任守護者的阿勝，也十分喜歡阿榮。

「她工作認眞，問話都會回答，相當不錯。」阿勝誇讚道，「大小姐，如果要和阿榮一起學針線，您可得好好努力，別輸給她。」

「從什麼時候開始？」

「在臘月到來前，光要學會這些雜役，她就忙不過來了。」

「那就是從年後開始？」

無論如何，店裡要一直忙碌到年底。在過年期間學習新技藝，倒是挺合適，阿近充滿期待。

此時，一名客人上門。對方來訪時，堅稱自己不算客人。的確，世人遇到他，不是戒愼恐懼地接待，就是表面恭敬相迎，暗中皺眉。

「最近愈來愈忙，所以趁空來拜會。大夥一切安好吧？」

男子一臉笑咪咪，鼻旁一顆大黑痣特別顯眼。三島屋的人都稱呼他「黑痣老大」，一般人稱呼他「紅半纏半吉」，是一名捕快。眼前年約四旬，個頭矮小的男子，露出親切和善的微笑，但阿近深知，若是奉官府之命辦差，他馬上會變成辛辣的山椒，目光轉爲犀利。託這名捕快的福，先前三島屋才免於遭受強盜洗劫。

「見大小姐氣色不錯，我就安心了。」

前一個說故事者送交官府時，也是勞煩這名捕快。之後，他一直很替阿近擔心。

「讓您操心了……非常感謝您的幫忙。」

「沒什麼，職責所在。」

黑痣老大側身坐向冬陽照射的緣廊，微微舉起手。

「對了，今天我是來邀大小姐出去排憂解悶的。」

「排憂解悶？」

「是的。當然，不光是您一個人，如果三島屋的老闆和老闆娘方便，也可一起來。」

「不曉得是去哪裡？」

阿近打一開始就想推辭，故意客氣反問。

「去參加您最拿手的怪談物語會。」半吉開心地回答。

這倒是出人意表。

「在這種時節參加怪談物語會？」

話一出口，阿近不禁笑了。她沒道理這樣說別人。三島屋的奇異百物語，從去年秋天曼珠沙華綻放的季節起，只要能配合說故事者，不管是節分、晦日，還是藪入（註一），一概不挑時間，延續至今。

「抱歉，原以爲熱中此道的只有我們三島屋。」

「這世界可是非常大的。」半吉也以笑臉回應，「這是一年一次，在臘月舉辦的怪談物語會。身爲主辦人的那位老爺說，是歲末的心靈大掃除。」

「心靈大掃除……」

「講完怪談，心靈便得以平靜。」

身心皆得到淨化。

「這句話很妙吧？」

不，不僅僅是一句妙語，而且深深打動阿近的心。

在訴說怪談、聆聽怪談的過程中，有個靜靜蟄伏於日常生活，悄悄在心底深處蠢動的東西，會突然喧鬧不已。通過怪談，有時會心情沉重，但另一方面，又會像得到淨化般，有種從大夢中覺醒的暢快感。

主辦人稱爲「心靈大掃除」，看來，他舉辦怪談物語會不僅僅是感到有趣。

「那是持續多年的物語會嗎？」

「聽說已邁入第十五個年頭。」

那可是歷史悠久。黑痣老大望著一臉欽佩的阿近，悄聲道：

「擔任主辦人的老爺，是一位大通，身分是札差。」

阿近困惑得頻頻眨眼，「老大，不好意思，我不是江戶人，所以……」

半吉暗叫糟糕，哈哈大笑。「抱歉，您是哪裡不懂？」

「我知道札差是向侍奉主君的武士收購奉祿米的生意，順便兼營金錢借貸，倒不如說，主要是靠此一方法營利。」

「嗯，沒錯、沒錯。不妨直接說他們是放高利貸。」

「那麼，大通所指爲何？」

「淺草藏前的札差，目前約莫有一百零八人，其中最有財力的一群人，就是大通。」

意指在各種玩樂、遊藝上揮金如土，當然包括逛妓院，是一群視揮霍散財爲一種美德的人。

「雖說俠客札差乃江戶之華，但他們重門面，出手闊綽，有輿論批評他們標新立異、惹人嫌棄。但主辦的老爺是貨眞價實的通人，不同於一般的標新立異之輩。他愛好俳諧（註二），精通書畫，是個文人。若非如此，這怪談物語會也無法一辦就是十五年。」

藉此心靈大掃除。

「每次都是等一切安排妥當，才邀請聆聽故事的客人前去。說故事者早已決定，大小姐只需空手參加，放鬆心情聆聽。那位老爺有他的立場，不會邀請不入流的人，還請放心。」

註一：「節分」是各季節開始的前一天，即立春、立夏、立秋、立冬的前一天。「晦日」是每月的最後一天。「藪入」是住在店裡的伙計、童工、女侍等回鄉探親的假日，通常爲一月十六日和七月十六日。

註二：日本的一種古典短詩。

最多聚集二十人左右。

「不會像一般的百物語會，一大堆人擠在一個廂房。」

「我一向在此聆聽奇異百物語，不曾參加一般的百物語會。」阿近輕輕笑道。

半吉一臉驚訝。

「那麼，這是個好機會啊。偶爾不妨改當客人，看看別人如何主持物語會。不知您意下如何？」

黑痣老大不斷慫恿。

「三島屋裡似乎飛來椋鳥，即使您告假一天，出外散心，應該也無妨吧？」

「椋鳥？」

「冬季到江戶來的幫傭，江戶人都稱為椋鳥。」

這種說法有點貶損人的味道——黑痣老大補充道。

「所以，大小姐不能用這個說法。我從事這種工作，往往不知不覺學會粗鄙的用語，請不要見怪。」

黑痣老大早就識得阿鰯。

——這該如何是好？

其實，阿近不是怕生、內向，總窩在三島屋裡閉門不出，獲得「神祕姑娘」的稱號，背後有一段緣由。只要此一原因未化解，阿近就不想走入人群。

「主辦的老爺，名為井筒屋七郎右衛門，與我素有交情。我多次受邀參加他的怪談物語會。」

所以，半吉十分清楚怪談物語會的詳情。他可能都會幫忙在事前進行調查。

「不過，這次……」

半吉搓著鼻子旁的黑痣，繼續道。

「那位老爺表示，眞希望老大能講講自己的怪談，於是我第一次以說故事者的身分受邀。之前只負責聆聽，心情比較輕鬆，換成自己上場，可就……」

我現在緊張萬分，坐立難安——半吉說。

「畢竟我是個粗人，如果對井筒屋的老爺失禮，實在過意不去。約莫從半個月前起，我請青野小師傅當聆聽者，多次進行練習。」

「是『深考塾』的青野老師嗎？」

阿近馬上反問，頓時有些難爲情。黑痣老大佯裝不知情，但眼角含笑，彷彿在稱讚「很好、很好」，阿近更是羞得無地自容。

「深考塾」是本所菊川町的習字所。在那裡教書的老師，是名叫青野利一郎的浪人，大夥稱他爲「小師傅」。三島屋和阿近跟他頗有緣分。黑痣老大半吉，其實也是透過青野小師傅的牽線結識阿近。

在刀子嘴豆腐心的阿島口中，青野利一郎是個「青葫蘆」（註），不過他深受孩子喜愛，阿近也覺得他容易相處。眞要說，阿近其實對他略有好感。神田與本所兩地雖然不算遠，卻非近在眼前，沒事要見面頗困難。阿近久未聽到青野的名字，才不禁脫口詢問。

註：青葫蘆顏色較白，所以用來形容身材瘦弱、臉色蒼白的人。

「當天小師傅會與我同行。小師傅不是土生土長的江戶人，主動表示想參加這種難得的活動。有他在場，也能替我壯膽。」

半吉說得口沫橫飛，卻又一臉爲難地盤起雙臂，歪著腦袋。

「不過，井筒屋老爺這位天下聞名的大通舉辦的物語會，只有我們兩個男人，頂著這張黑臉去參加，未免太沒情調。此時最需要紅花點綴，所以今日特地來邀請大小姐。不，這是我擅作主張，小師傅根本不知情。如果您肯賞光，小師傅一定會十分開心。」

半吉微微抬眼，偷瞄阿近的神情。

——感覺像被人看透心思，一切都幫我安排好了。

猶如趕鴨子上架。

阿近傷心的緣由，是在兩年前一起令人意外的凶殺案中，失去未婚夫。當時的悲傷和痛苦，至今仍未痊癒。她認爲，往後一切也不可能完全從腦海抹除。

然而，阿近周遭的人不這麼想。他們殷切期盼阿近能重新掌握自身的幸福，爲了讓她跨出那一步，常在一旁鼓勵、催促。青野利一郎的事也是如此，阿民和阿島看出阿近稍稍心動，積極促成。

阿近急忙將悸動的心情往深處藏。

——今後也將一直往深處藏。

這樣好嗎？內心迷惘的低語，在阿近耳畔響起。同時，另一個聲音嚴厲訓斥她：產生這樣的迷惘，實在罪孽深重。

「怪談物語會訂在後天，地點是本所石原町的貸席（註）「三河屋」，自申時（下午四點）開始。對了，依照往例，是在酉時（下午六點）結束。當然，到時我會來迎接您，結束後也會護送您回來。」

地點在大川對面——黑痣老大笑道。

「不妨卸下您在神田這邊背負的包袱，輕鬆走過兩國橋，或許別有一番滋味。」

提出任性的要求，請見諒——半吉補上一句，伸手搔頭。面對這名老練的捕快如此周到親切的邀請，一口回絕未免顯得太頑固。

「可以帶我們店裡的阿勝一起去嗎？」阿近小聲問。

阿勝是擁有一頭豐潤黑髮和纖纖柳腰的美女。她受到疱瘡神喜愛，臉上遍布痘疤，因此獲得瘟神的力量，得以驅魔除妖，是不可思議的女人。

半吉雙手一拍，面露喜色。「噢，阿勝小姐一起來，更能替我壯膽。」

於是，阿近決定參加臘月的怪談物語會。

二

「哇，好美。」

阿勝輕輕在胸前合掌，發出讚嘆。

註：出租廂房收取費用的店家。

冽。

「大小姐，您穿這樣眞好看。」

今天是井筒屋七郎右衛門舉辦怪談物語會的日子，可惜天公不作美，一早便烏雲蔽日，寒氣冷冽。

三島屋裡，阿近正在梳妝打扮。不僅與她同行的阿勝在一旁幫忙，連阿島也將工房的事拋在一旁，阿民更是隨侍在側，彷彿是什麼天大的要事。

「瞧，相信我的眼光準沒錯。」

阿民得意洋洋。原本阿近說穿江戶褄（註一）就行，但阿民不答應，堅持難得出門一趟，要穿長袖和服，最後阿近只好讓步。

阿民認為，這件長袖和服沉穩的深綠色布料，搭配櫻花和楓葉散落的下襬圖案，在寒冬時節格外醒目。襯衣是鹿子絞（註二）的麻葉圖案。從剛才起，阿民便偏著頭思索，調整襯衣露出和服袖口的長短。跟在一旁的阿島也不斷給意見，一會說「老闆娘，這樣露太多」，一會說「這樣看不見」，叨絮不休。阿近多穿一件淡黃綠色襯衣，充分襯托出白皙的肌膚。阿勝讚不絕口。

「果然要這種素色搭在一起才出眾，和京都就是不一樣。」

「哎呀，阿勝，妳待過京都？」

阿島雙目圓睜，阿勝嫣然一笑：「嗯，待過一陣子。」

「那邊一切都講求氣派華麗。」

阿民點點頭。雖然沒去過京都，但她經營提袋店，消息靈通。

「幕府多次要他們節制，根本沒人理會。」

「那裡是在天皇腳下，幕府想管也管不動。」

「不過，正因有這樣的風氣差異，人們的打扮十分有趣。我們的生意也一樣，如果世人都沒有打扮的欲望，我們就得關門大吉了。想穿得和別人不同，想吸引他人的目光，這種欲望過頭固然不好，但完全無求無欲，世間又會變得像枯山水（註三）一般，多麼無趣。」

阿民像在說教，目光卻未曾從阿近的裝扮上移開。

「阿近，垂放的繩結這麼長是別有含意。妳這種綁法不行，半長不短。」

「不，嬸嬸，要是繩結太長，走路時會踩到。」

紅色鹿子絞與黑繻子布料製成的晝夜帶（註四），有著年輕姑娘的華美，妝點阿近已足夠。垂放的繩結象徵自己是不在外拋頭露面的黃花閨女，而且有「我向來不做家事」的含意，阿近十分排斥。

「妳眞固執，難得出門一趟，有什麼關係。」

「如果不習慣，絆倒跌跤多丟人。」

註一：在和服下襬和兩端配置圖案的一種和服式樣。

註二：絞染的一種，像小鹿背後的斑紋而得名。

註三：日式園林的一種，也是日本畫的一種形式。字面上的意思爲「乾枯的景觀」或「乾枯的山與水」。枯山水沒有水景，其中的「水」通常由砂石表現，而「山」通常用石塊表現。

註四：正面用黑色布料，背面用白色布料，以黑白兩色呈現晝夜的腰帶。

望著兩人的妳來我往，阿勝在一旁偷笑。邀阿近參加這場物語會的是黑痣老大，但青野利一郎也會來，此事只有阿勝知道。要是傳進阿民和阿島耳中，肯定會引發不小的騷動，所以阿近特別叮囑她，絕對要嚴守祕密。

「話說回來，我才想妳終於肯出外散心，沒想到是去參加怪談物語會。」

阿民語帶嘆息。

「受邀的一方固然有問題，邀請的一方同樣有問題。黑痣老大眞是怪人。」

「嬸嬸，那是很少見的怪談會。」

「是啊，老闆娘。主辦人是個大人物。」

喜歡湊熱鬧的阿島，一聽到是井筒屋七郎右衛門舉辦的物語會，便相當興奮。

「可不是嗎？對方十分期待聽到半吉老大親自說故事。」

「反正一定和辦案有關。先不談這些，大小姐，在今天與會的來賓中，不曉得會來怎樣的公子。若能巧遇良緣，就能飛上枝頭當鳳凰了。」

「才不會，從沒聽過在怪談會上巧遇良緣的例子。」

「不一定，緣分這種事誰都說不準。」

正當她們鬥嘴時，拉門外傳來一聲「打攪了」，嗓音稚嫩。阿勝笑咪咪地起身打開拉門。

「哦，是阿榮。」

阿榮雙手伏地，彎身行一禮。旁邊擺著一個大盆，覆蓋毛巾。

她抬起紅通通的臉蛋，圓睜著一對大眼望向阿民。

「老闆娘，大小姐的飯菜我端來了。」

她泛紅的臉頰並非全是凍傷的緣故，似乎有點緊張，音調提高許多。

「謝謝，交給我吧。」

阿勝接過大盆，掀開毛巾一看，裝著小得像要給人偶吃的幾個飯糰及茶具。阿榮想必拿得頗吃力。

「阿近，墊個肚子再去吧。對方或許會款待，但空腹去總是失禮。」

阿民對此特別嚴格。

「是，那我不客氣了。阿榮，妳是今天來店裡幫忙的吧？」

阿近朝那名年紀幼小的見習女侍問道。阿榮對房裡華麗的景象看得目瞪口呆，聽聞阿近的叫喚，不禁嚇一跳。

「啊，是！」

「阿榮，大小姐今天美不美？」

阿民一問，阿榮又嚇一跳。

「啊，很美！」

她像發條人偶般不住點頭，一雙圓眼骨碌碌轉個不停，破音般高聲回應。

「像仙女一樣美。」

在場眾人都笑了。阿榮雙手貼著臉頰，縮起身子。

「眞是對不起。」

「阿榮，沒事的。我也覺得大小姐今天美得猶如仙女下凡。」

阿勝在一旁幫腔，阿島發出嘿唷一聲起身。

「阿榮，我們回去工作吧。我們一直看著小姐出神，來不及準備晚飯，小心挨掌櫃罵。」

阿榮像隻動作迅速的白老鼠，緊跟在阿島身後，阿近又向她喚道：

「我出門一下，這段時間有勞妳。」

阿榮彈起般轉過身，立正站好，高聲回答：

「是，大小姐請慢走！」

兩人離去後，阿民望向阿近。「妳好像很關照阿榮。」

「哪裡，我什麼都沒做。」

阿近經常進出工房，每次阿榮到店裡來辦事，她都會與阿榮搭話，觀察她的反應。希望在和她一起學針線前，能先和她混熟。

「雖然她年紀小，卻十分認眞。」

「是啊。不過，當初新太年紀比她小，就來店裡工作，還沒母親陪同呢。」

「是是是，小新也很了不起。」

今年賞梅時，阿近帶新太一同前去。三島屋不光讓伙計工作，還會帶伙計出門見見世面，這是伊兵衛和阿民的教養方式。回程途中，大夥在餐館吃便當。第一次出遊和受到招待，小新相當開心，整個人飄飄然。阿近也十分歡喜。

阿榮來到三島屋後，阿近希望哪天也能讓她換上體面的外出服，帶她到處走走。阿近想著，盛裝打扮雖然有點難爲情，但穿得漂亮，依然會感到開心。

「世上的好孩子，全是寶貝。」

阿勝發出感嘆，爲歡欣雀躍的場面做了完美的結尾。

阿近原打算徒步前往，但黑痣老大叫了兩頂轎子來迎接，說是井筒屋的安排。阿近坐前轎，阿勝坐後轎。半吉仔細交代轎夫後，告訴阿近：

「我先走一步，在三河屋前恭候大駕。」

最重要的說故事者步行到場。來不及喚住半吉，他已一陣風般離去。

「在街道上我們會慢慢走，所以不會劇烈搖晃。坐轎時，下巴請微微往內收。」

轎夫客氣地提醒。半吉似乎知道阿近不習慣坐轎。

「謝謝。」

阿勝小心捲起阿近的長袖和服下襬，垂下轎子的竹簾。由於是冬天，竹簾內會加掛一塊紅布。布料很薄，而且就像暖簾一樣，採雙層縫製，不至於完全沒有縫隙。但今日是陰天，阿近四周一片黑暗。

「那我們要啓程嘍！」

「有勞各位。」

聽到轎夫與送行的聲音後，阿近的身軀騰空而起。

雖然是大白天，但轎內一片黑暗。一行人搖搖晃晃前往怪談物語會。

久違的青野利一郎浮現腦海。人稱江戶俠客的札差——井筒屋七郎右衛門，不知是怎樣的人物？在連續舉辦十五年的怪談會中，不知今天會有什麼故事？阿近不斷胡思亂想，十分雀躍，心情卻又很平靜。

「馬上要過兩國橋。今天風強，橋上會有點冷，請忍耐一下。」

聽到轎夫的提醒，阿近重新抓緊扶手。一向行人如織的兩國橋，今天想必一樣人潮眾多。不曉得是不是前方壅塞，轎子停止行進。就在這時——

「三島屋的大小姐。」傳來細微的叫喚。

阿近大吃一驚，左右張望。她乘坐的是極為普通的四柱轎（註），兩側只掛竹簾，動作太大會跌落，兩旁若有行人，也能清楚感覺得到。

「三島屋的大小姐。」細微的呼喚再度響起。

阿近略略掀起竹簾查看，兩旁不見有人站立，但聲音聽起來在附近。

那聲音接著道：「看來，阿榮已平安加入三島屋。」

阿近抓緊扶手，全身緊繃。

「雖然是個還不懂事的孩子，但她一定會賣力工作，請好好疼惜她。」

阿近瞠目結舌，默不作聲。此時，傳來吆喝聲，轎子再度前行。

剛剛是誰的聲音？

「請問……」阿近緊張地悄聲開口，「您是哪位？」

轎子舒服地搖晃著。可能正走上橋，轎身微微斜傾，竹簾隨風翻動。

沒有回應。

阿近想再次大聲詢問，深吸口氣，又猛然打消念頭。

——這未免太奇怪了。

那聲音幾乎是直接在耳畔響起。聲音的主人似乎在一旁，彷彿就在轎裡，貼著阿近的臉。

走在兩國橋上的轎子，感覺得到兩側人來人往。有的疾行，有的緩步。男人的腳、女人的腳，飛奔而過的是幫忙跑腿的孩童吧。

但剛剛的聲音非比尋常。連人影都沒瞧見，唯獨聲音潛入耳中。

請好好疼惜阿榮。

依常理推測，會對阿近說這種話的，應該是阿榮的親人，但不可能是她母親阿鯆。現下阿鯆在三島屋的工房，若是父親源吉偶然看到阿近，特地來問候，不會這麼說話，應該會先露面，報上姓名，態度更恭敬。況且，果真如此，轎夫不可能渾然未覺。

沒錯，不管聲音的主人是誰，都無法在前後轎夫都沒察覺的情況下靠近阿近，向她搭話。

——那麼，會是誰呢？

對方彷彿一直等到阿近心情平復，轎子停止前進，才靠過來打招呼。

阿近輕輕摀著嘴，莞爾一笑。

這種時候通常會覺得害怕，不巧阿近是擔任百物語聆聽者的怪人。雖然不習慣坐轎，她對不可

註：原文爲「四つ手駕籠」，以四根竹子當轎子四邊的支柱，因而得名。

思議的現象早見怪不怪。

況且，那聲音柔和，言語溫暖。不論此人是誰，一定十分關心阿榮——或許不是人，而是「某種存在」。

還有一點，那並非大人的聲音。或許比阿榮稍稍年長，但嗓音仍有一絲稚嫩，十分可愛。

所以，阿近一點都不害怕。

是，我會悉心照顧阿榮——要是剛剛這麼回答就好了。

抵達怪談物語會場前，便遇上奇妙的現象。阿近浮現笑意，度過大川。

三

兩間八張榻榻米大的包廂打通，坐著約二十名男女。

三河屋是一棟兩層樓的大貸席，造型簡樸沉穩。柱子和橫梁粗大，走廊擦拭得晶亮如鏡，行經還能映出白布襪的顏色。市街上有不少貸席，良莠不齊，三河屋算是在水準之上。

包廂裡的裝飾圓柱，閃著黃褐光澤。通風窗雕有四季花卉，及長著雞冠和長尾的珍禽圖案，色彩鮮豔。阿近從未見過這種鳥，仰頭觀看許久。

「那是生長於南方異國的鳥類，記得叫極樂鳥。」

青野利一郎告訴阿近。他曾在師傅的藏書中見過這樣的圖畫。

阿近這才想起，青野利一郎的師傅是退休的御家人（註）。他熱愛閱讀，是見多識廣的長者。

雖然學者氣息濃厚，但對奇風異俗、民間故事、傳說，都有涉獵。

聚集在此的男女，保持寬鬆的間距而坐。有人和阿近她們一樣攜伴同行，也有人是獨自前來。攜伴同行者悄聲低語，單獨前來的客人環視四周，感受現場的氣氛，靜靜品嘗主人供茶的芳香。

客人之間偶有目光交會，便互相行禮致意，每個人看來都十分和善愉快。不過，沒人會主動靠近寒暄。這場怪談物語會，約莫打一開始，參與者就不會坦白身分，更不會報上姓名。三島屋的奇異百物語也一樣，說故事者無須報上姓名，並可隱瞞或改變故事中出現的地點與人物，如此對雙方都不會造成壓力。

——好像也沒人在意阿勝姊臉上的痘疤。

儘管阿勝泰然自若，但一直被盯著惹得不高興，阿近可就過意不去了，看來似乎是多慮。與會的客人都比阿近年長，看不到年輕面孔。其中男女各半，以町人居多，除了利一郎外，還有兩名穿裙褲的武士。兩人都年事已高，隻身前來，也許同行者在其他房間等候。

房內擺著許多火盆，同時備有和來客人數相當的烤手盆。儘管外頭寒風冷冽，但屋內除了火盆外，還有人們散發的熱氣，感覺十分溫暖。

上座背對壁龕和層架，擺著一個淡褐色的絲綢坐墊。理應坐在上頭的主辦人尚未現身。

阿近等四人在最後一排座位。半吉與青野利一郎坐前面，阿近與阿勝坐後面，在恰恰可從兩人肩膀之間探頭的位置上。

註：指江户初期，直屬於將軍，俸祿一萬石以下的家臣，後來又區分爲旗本與御家人兩種。

阿近與阿勝抵達時，半吉與利一郎已在店門前等候。他們一起接受老闆娘的問候，被帶往二樓落坐。剛抵達時，包廂裡約莫只來一半的客人。

「可挑選喜歡的位子坐。」

半吉如此說道，但阿近仍挑了後方的座位。

青野利一郎在阿近步出轎子、與她目光交會時，頻頻眨眼，彷彿出現什麼炫目的絢爛之物，想必是為她穿長袖和服的模樣驚嘆。半吉一臉讚賞，直誇好美。利一郎卻一句也沒說，只禮貌問候。

至於他的穿著，與平時沒有兩樣。

——那身快磨光的窄袖和服，哪天得幫他縫補一下。

阿近一如往常地暗忖，這念頭令她感到愉快。

半吉一襲銀灰色結城紬（註一），搭上短外罩，插在腰帶間的十手（註二）紅纓繩格外顯眼。阿勝那一身松葉圖案的江戶褄恰巧也是銀灰色，從袖口露出裡頭襯衣的淺蔥色鹿子絞染。兩人一前一後坐著，以年紀來看，像是登對的夫妻。

那麼，另一對男女搭檔利一郎和阿近，又是怎樣的畫面？進包廂前先寄放長短刀的利一郎，顯得更寒酸。

「每個人的坐墊顏色都不一樣呢。」

阿勝仔細觀察周遭，發出感嘆。

「有鳥子色、丁子色、朽葉色、青柳鼠色，及千草色（註三）。火盆的顏色與坐墊搭配得宜，圖案各式各樣皆有。」

阿近身旁的烤手盆，繪有數隻羽毛蓬起的麻雀。

「那邊有個女人吹玻璃的圖案。那髮髻特長的髮型，叫元祿島田，是很久以前流行的樣式。從上頭的圖案看來，應該是年代久遠的火盆。」

「阿勝小姐眞有眼光。」半吉誇讚，「三河屋的老闆娘會很高興。不過，我是個粗人，很在意壁龕的那幅掛軸。雖然是好畫，但十分駭人。」

壁龕裝飾的掛軸，畫的是橫眉豎目的毘沙門天（註四）。以粗獷筆致的水墨畫，呈現出幾乎要踢破掛軸、躍進包廂的驚人氣勢。

掛軸下方擺著一個素燒陶瓶，插有結實纍纍的南天竹，像是直接剪下樹枝插進瓶中。那粗獷的感覺，與毘沙門天霸氣十足的昂然之姿極爲相襯。要是眞如半吉所說，畫中的毘沙門天動了起來，南天竹的果實應該會顫動掉落。那情景浮現在阿近眼前。

三河屋的女侍走進包廂，在客人四周來回走動，替他們更換茶水，詢問有無其他需求。坐在格子窗旁的武士，似乎要求提供憑肘几，旋即有男丁搬來。

註一：產自日本結城市的絹織品。
註二：捕快常用的捕具。
註三：分別是淡黃褐色、帶黃的濃褐色、紅黃色、綠灰色、帶綠的淡青色。
註四：佛教的護法神。

此時，又有新客人前來，是年約四旬的婦人和妙齡女子。年輕女子一身縞紬（註一）布料的長袖和服，罩著黑繻子半襟（註二），別上華麗的髮飾。中年婦人的和服有內裡圖案，風格獨具。看來像是富商家的母女。

向在場眾人點頭示意後，兩人坐在面向前方的空位。那女兒坐下，突然轉向後方，似乎看到阿勝。她敷滿白粉的臉露出驚訝之色，急忙別過頭。坐定後，她馬上輕拉母親的衣袖，湊過去竊竊私語。兩人還偷瞄阿近她們，嘴角輕揚，又竊竊私語。可清楚看見那塗滿濃豔口紅的雙唇（像妖怪一樣）一張一合。她們在嘲笑阿勝。

——什麼嘛，眞沒禮貌。

阿勝與黑痣老大在交談，所以沒發現。好險。

「又多了一個喜歡怪談的年輕姑娘，可當您的同伴。」

青野利一郎在一旁悠哉道。他並無惡意，只是想說來了一個年輕姑娘。

但阿近聽著，有些不悅。

——和那種姑娘當同伴？

見阿近雙唇緊抿，利一郎察覺自己多言了。

「啊，阿近小姐不是因爲喜歡才主持百物語吧？」

「不，我是喜歡才那麼做。」

阿近故意板著臉應道。

「所以，我今天是來學習的。」

沒穿長袖和服就好了，這一身看起來和那姑娘一個樣。

「您是來學習的？」

「是的，爲了增長見識，我想見習別人舉辦的怪談物語會。」

「原來如此。不過，若只是爲了學習，未免可惜。如此盛裝非常適合您。調皮三人組一定認不出。」

他提到的調皮三人組是「深考塾」的學生，與阿近相處融洽。他們有同伴住在三島屋附近，常越過大川到三島屋高喊「阿近姊姊」，找阿近一起玩。

「啊，不管怎樣，那幾個孩子都認得出您，所以不該這麼說，呃……」

阿近不禁感到好笑。以爲他終於要開口稱讚，竟然是說穿這一身來學習著實可惜。

「不，希望他們今天認不出我。這一身打扮費了不少工夫。」

青野利一郎益發結巴，「啊，如果是這樣，我剛才就沒認出來。我都認不出是您呢。改變太大，完全認不出來。」

沒必要一直說認不出來吧。這麼一來，連我都想開玩笑逗你了。

「哦，眞是抱歉。想必我平常都打扮得很不起眼吧。」

「不不不，我不是這個意思。」

註一：條紋絹布。

註二：加在衣襟上的裝飾物，長度只有原本衣襟的一半，因此得名。

愈來愈好笑了。不過，我實在不該這麼說。

「抱歉，由於不習慣這樣的打扮，感覺不太自在，我語氣衝了些，還請見諒。」

「不，是我不對。」

阿近嫣然一笑，低頭行一禮。利一郎緊繃的神色才化去，做出黑痣老大的習慣動作，伸手搔抓鼻梁。

半吉與阿勝聊得起勁。阿近和她一樣，略微靠向利一郎，與他交談。

「其他武士也來參加。」

「是啊。這場物語會的主辦人約莫十分有信用。和主君家或職務有關的事，不能隨便在外面亂說的。」

「三島屋百物語邀請過的武士，目前只有您一人。」

「日後還會有人上門吧。阿近小姐的奇異百物語已打響名號，連我都看過報導。」

前不久，三島屋店主的奇異百物語及擔任聆聽者的阿近，成爲報紙上的題材。

阿近慌了起來，「您也看過？」

阿近以爲只會在神田一帶發送報紙才答應。

「是調皮三人組帶回來的。」

確實可能發生這種事，我早該想到。阿近一臉狼狽，利一郎微微一笑。

「那種東西，看過就請忘了吧。業者說有助他們的生意，一再懇求叔叔幫忙。」

阿近極力辯解時，三河屋的老闆娘前來。她坐在上座旁的拉門前，恭敬行一禮。

「本日承蒙諸位蒞臨三河屋，不勝感激。物語會即將開始，如有什麼需求，歡迎隨時吩咐。」

老闆娘退向一旁，改朝走廊方向行禮。一名身高過人的男子走過她的前方，悠然上座。聚集在包廂裡的賓客，不約而同鼓掌。

男子屈膝落坐，微微低頭行禮。

「讓諸位久候了，在下是井筒屋七郎右衛門。」

眾賓客也頷首回禮。

「雖然是依循往例舉行物語會，但在臘月繁忙時節，加上今日天公不作美，從剛才便飄下細雪，承蒙各位齊聚一堂，在此致上萬分謝意。」

賓客都驚訝地望向窗外。

「誠如各位所知，本物語會在每年歲末邀大家齊聚，用意在於分享奇聞軼事。沒有任何嚴格的規定。請各位放鬆心情，暫時遠離俗世煩囂來享受。」

他的話聲充滿朝氣。

井筒屋七郎右衛門比阿近想像中年輕，約莫三十五歲。

接受半吉的邀約後，阿近在三島屋內多方打聽，略微得知札差那稱爲「藏前風」的氣派習性和作風。但井筒屋七郎右衛門給人的印象，卻大相逕庭。他身上大黑紋的窄袖和服懸著一個印籠（註一），腰間沒插佩刀，髮髻也是常見的本多髻（註二）。

——札差的瀟灑，在於拖得長長的短外罩，長得教人吃驚，就是與眾不同。

阿島如此說過。井筒屋七郎右衛門的短外罩確實是長了點，但他個子高，並不顯得突兀。

較引人注目的，反倒是他的五官，可說是面相怪異。一雙大眼配上大鼻子，鼻翼翕張，外加一對厚唇。眼角與嘴邊的皺紋清楚又深邃，表情一變化，皺紋便鮮活地動起來。尤其是眼角的皺紋，一路從他細長的眼尾往鬢角延伸。

——眞像。

眞像上座後方壁龕的那尊毘沙門天。

阿勝在阿近耳畔低語。

「大小姐。」

「聽黑痣老大說，井筒屋先生擅長作畫。」

阿近輕聲回應：「嗯，沒錯。」

「那尊毘沙門天，該不會是井筒屋先生畫的吧？」

「和他長得好像。」

兩人互望一眼，點點頭。

「每次都是相同的開場白，有些客人或許早聽膩了。」

環視在座眾人後，井筒屋七郎右衛門以響亮的嗓音接著道。

「話說回來，這怪談物語會是上代七郎右衛門，即家父創辦。父親常言，做我們這一行，在一年的生活中，不知不覺會染滿市街的塵埃，渾身沾滿銅臭，臉和內心逐漸泛黑。那麼，不妨像歲末家中大掃除一樣，來個心靈大掃除。講述怪談最合適，也最有效。」

語畢，他瞇起那雙大眼笑道。

「不過，一開始其實是牽強附會，純粹是父親喜歡怪談罷了。」

響起一陣笑聲。

「但正式舉行怪談物語會後，透過各式各樣的故事，我們對神仙的力量，或者該說是妖物的神祕和可怕，漸漸心生敬畏，這一點毋庸置疑。聽聞人們的智慧和常理無法解釋的事件，更懂得做人的分際。經過一番靈魂的顫動，抖落積累的塵埃，人的私欲也將消去，心性空明。由於效用卓越，繼承家父衣缽的我，也沉迷於講述怪談樂趣。」

井筒屋七郎右衛門坐著不動，朝賓客敞開雙臂。

「從本物語會開始，一直到結束，各位的身分和地位都沒有高低之分。請盡情享受。」

在這裡不需要名字，只需要有說故事的聲音和聆聽的耳朵。

「今日會有五位嘉賓分享故事，敬請期待。」

結束問候，井筒屋七郎右衛門站起，將坐墊翻面空出位子，接著靠向一旁。而後，一名坐在前排、年近半百的男子，移至他空出的坐墊上。看來，這場怪談物語會規定說故事者坐在那裡。

「容我在此說出本日第一個故事。」

開始了。阿近不自覺地在膝蓋上握緊手指，輕輕吁一口氣。

註一：用來裝藥物之類東西的小容器。

註二：江戶時代流行的男性髮髻梳法。

四

第一個上場的男子說出他的故事。

我已過花甲之年，這是我十歲時發生的事。請各位當成是許久以前的故事，聽我娓娓道來。

我出生於北國一處背山面海的福地，老家經營的是乾貨店。曾祖父那一代累積不少財富，祖父、父親繼承家業。到了父親那一代，累積的財產比原先高出一倍，但後來一切告終，如今連屋號都沒留下。此一來龍去脈，就是我接下來要說的故事。

當初曾祖父一手興建那座宅院，祖父維修後入住，後來父親提議擴建，故事由此展開。父親好興土木，曾經建造祖父的退休居所，總喜歡針對親戚蓋的新房提供意見。因此，當他要擴建自己的宅邸時，自然更是幹勁十足。

其實父親並非要擴建，而是想將原本的房子全部拆毀重建。但親戚紛紛勸說，這房子屋齡雖老，卻是先人留下的財產，隨意將還能住的房子拆毀，傳進世人耳中實在不好聽，遲遲難有共識。

在男人的嗜好中，好興土木是最麻煩的一種。即使沒這項嗜好，父親也仗著坐擁萬貫家財，事事堅持己見，揮金如土。個性溫順的母親，常為此傷透腦筋。當時祖父母皆已辭世，店面完全由父親一人掌管。母親身為家中的女主人，決定效法嚴格的婆婆，將約束父親視為職責所在。母親似乎也認為擴建是奢侈的任性之舉，親戚紛紛勸告，想必幫了她不少忙。

不過，父親畢竟是一家之主，擴建工程仍不斷進行。打消全部重建的念頭後，父親更加投入。他將後院當成木材放置場。從附近山上砍來的上好木材和老樹陸續往後院堆疊，及父親嗅聞木材芳香露出得意的表情，一幕幕至今仍歷歷在目。

然而，在工程不斷進行、擴建的部分完成上梁，即將舉行慶祝儀式的當日，卻發生一件罕見的怪事。深受父親信賴倚重，負責所有工程的工頭，天一亮便趕來，上氣不接下氣地報告。

——老爺，我眞的愧對您，請容我停止這次的工程。

父親大爲吃驚，詢問後得知，擴建部分的柱子中，似乎不小心立了一根逆柱。

想必在座有人知道，所謂的逆柱，指的是立柱時將樹根的部位朝上，樹頭的部分朝下。自古傳說，家中若有逆柱，屋主會生病，或引發火災或不祥之事，人們視爲禁忌。

工頭是資歷豐富的木匠，與父親相交多年。父親是個好興土木的門外漢，老愛品評建築，又堅持己見，而這名工頭總能討他歡心，順利辦妥。他當工頭也不是這一、兩天的事，竟會一時疏忽，誤立逆柱，單單這一點已夠納悶，更奇怪的是，工頭並未明說是「立了逆柱」，而是說「似乎不小心立了逆柱」。

工頭心知此一說法容易啓人疑竇，滿頭大汗地解釋：

——這四、五天來，我不斷做噩夢。每天晚上都夢見身在不知名的幽暗處，莫名其妙遭巨大怪物追著跑。

頭一、兩晚，只當是想多了，但接連夢見這麼多天，難免心神不寧。目前我承包的工作，只有這裡的擴建工程，而且……

——雖然我只是個小小的木匠，但我敢發誓，這輩子沒做過會引發噩夢的虧心事。這樣看來，只能猜測是這邊的工程出了差錯，它暗中作祟，讓我做噩夢。

提到工程中會出的差錯，只想得到是逆柱。的確，之前在工地裡不曾發生意外，也沒人受傷，每天都按部就班進行，這番話倒是合情合理。

謹慎起見，工頭想將所有立柱暫時推倒，換過木材重頭來過。

——我當眞是無地自容，不過，巡視整個工地，我完全分辨不出哪根是逆柱。

父親十分不高興，仍一度接受這項提議。雖然是擴建，但規模氣派，光是雙層樓的一樓，就有七間房。不過，工頭表示多出的費用他會自掏腰包，不會讓老爺多花一毛錢。面對他低姿態的請求，父親沒理由拒絕。

此時，母親開口發話。

——雖說人有失手，馬有亂蹄，但工頭竟然會不小心立了逆柱，我實在不相信。

歸咎起來，原本就不該擴建。約莫是時機不對，想擴建的方位也不恰當。

——乾脆取消這項工程吧。我有不祥的預感，工頭會做噩夢，或許是祖先在告訴我們要取消這次的工程。

平時母親心裡有再多意見，也從沒說出口。那是她一生中唯一一次向父親提供建言。

但此舉惹惱父親。

過去從未出言頂撞的妻子，今日竟然當面提出建議，父親驚訝不已。而且母親提議時，儘管沒那個意思，神情卻清楚表現出「擴建實在太浪費」、「你不能沉迷於這種嗜好」之類一直隱藏在心底的念頭。父親怒火益發高漲。

此舉激起父親的硬脾氣，他一口回絕工頭的提議。

——如內人所言，像你這樣的老手，會不小心立下逆柱，實在古怪，所以根本沒出那樣的差錯。

他的口吻，根本是反過來以母親的建議當拒絕的藉口。

——話說回來，如果不應進行這項工程，我的祖先提出預警，也不該是工頭做噩夢，而是我才對。之所以噩夢纏身，是你的問題，和我家的工程無關。

父親趾高氣揚訓斥工頭一頓，決定繼續擴建。

一旦固執起來，誰都勸不了父親。工頭與木匠們面面相覷。母親討了個沒趣，不再置喙。

工程繼續進行。奇怪的是，自從父親做出此決定，工頭便不再做噩夢。最感到不思議的，就屬工頭自己。

——我就說吧。

在故意如此誇耀的父親面前，工頭只能縮著脖子。

四個月後，擴建工程順利完成。沒任何阻礙，當然也沒人受傷。

舊房與擴建的新房以廊道相連。舊房一部分是店面，伙計住在其中。大夥稱呼舊房為「本屋」，擴建的新房為「新屋」。

當時我只是個孩子，開心望著父親砸重金苦思設計的新屋，早忘記先前引發的紛爭。從那之後，一直有事掛懷、悶悶不樂的母親，似乎也和我一樣。與其說是開心，其實母親是好不容易鬆一口氣。

工頭也放下心中大石。在慶祝新屋落成的宴席上，不只邀請親戚和客戶，左鄰右舍都齊聚一堂。工頭私下悄悄向父親道歉，心情大好的父親原諒了他。

然而……

此事並未圓滿落幕。我們住進新屋不久，便怪事頻傳。

新屋裡常有人迷路。

在自己家中迷路，聽起來像笑話。由於是新屋，而且占地寬敞，還不習慣屋內格局時，認錯房間或上完茅廁分不清東南西北，鬧出笑話也不足爲奇。

不過，在新屋裡迷路的情況，不是這種能一笑置之的事。

最早遇上這種情形的，是名叫阿香的資深女侍。她走過廊道，前往新屋拿東西，打開木板門後，卻來到奇怪的房間。怪在哪裡？那是沒擺任何家具和用品的房間。

一個六張榻榻米大的房間，沒有壁櫥、沒有置物間，也沒有壁龕，只見通往下一個房間的拉門緊閉。那道拉門整面雪白，像剛貼好門紙，散發一股冷冽的氣息。上方沒設透氣窗，牆都塗滿白漆，根本連一扇窗都沒有。

如同我一再提到的，父親好興土木，對新屋的建造相當講究，房間每個細部都有獨到的設計。新屋完全沒使用白底、沒任何圖案的拉門。

阿香覺得不對勁，仍打開拉門走進下一個房間。不料，依然是相同的景象。下一間，下下間也一樣，甚至無法來到廊道上。

阿香不斷打開拉門往前走，雙膝不住打顫。這未免太詭異，該不會是有人整我吧？她停下腳步，調整呼吸，決定試著折返。

然而，一路都是相同的景象。膽大的阿香細數走過的房間，居然多達十間，實在離奇。新屋裡明明只有七間房，阿香並未順著樓梯走上二樓，房間數卻增加。一路平坦，前後都是一模一樣的房間。

阿香愈走愈害怕，改用跑的穿越房間。有時腳絆到，跌向地面，又爬起來繼續跑。她上氣不接下氣，再也跑不動，顫抖著蹲坐在地時，前方的房間傳來一聲叫喚。

——阿香、阿香，這邊。

阿香事後提到，那是個男人的聲音。一個低沉、沙啞，但清晰的聲音。

在那聲音的鼓勵下，阿香循著聲源處，打開前方的拉門。又是相同的房間，不過，房間的另一側不是拉門，而是木板門——雙開的木板門，很像是廊道上通往新屋的門。

阿香走向那道門，暗想著「得救了」，突然發現木板門上的金色門把，形狀與廊道上的不同。廊道上的門把是圓環，這個卻是方形，而且式樣老舊，泛著紅鏽。

——對，到這邊。快點過來。

聽著那聲叫喚，阿香愣在原地，心跳不止，直打哆嗦。

——快來啊。

木板門對面的聲音，帶有一絲威脅的味道，甚至夾雜著焦躁的急促鼻息。

——妳不過來，我就過去嘍。

阿香馬上不管三七二十一，轉身奔回原路。她接連穿過好幾個雪白的房間，跑得氣喘吁吁。眼前一片漆黑，即將不支倒地時，她撞開拉門，衝上廊道。

阿香癱坐在原地。待回神後，她爬也似地返回本屋，向老闆娘——也就是我母親，訴說剛剛的遭遇，像孩童般哭得一把鼻涕一把眼淚。

補充一點，阿香誤闖那詭異的地方，其實僅有極短的時間，家裡沒人發現阿香不見。換句話說，她並非長時間消失，久到令人起疑的地步。所以，只能說是迷路，不算是神隱。

初聞此事，家裡的人看法不一。乾貨店的男伙計個個好強，以膽大自豪。有人嗤之以鼻，笑阿香是在做白日夢。身為店主的父親，自然是相同的態度，母親卻板起臉。見老闆娘是這種態度，女侍也都感染了那份情緒。

不過，我們並未猜疑太久，也沒時間思索眞僞。從那天起，陸續有人遭遇一樣的狀況。以女侍爲首，我年幼的弟妹，及照顧孩子的奶媽都碰過。五歲的弟弟回來後，連發三天高燒，躺在床上無法起身。

這種怪事隨時可能發生。不論是早上或大白天，該發生時，自然就會發生，根本無法避免，更令人害怕，女侍們十分恐慌。平常不會到屋裡的男伙計，陸續前往新屋冒險，卻一個個迷了路，返回後都魂不附體。他們相互慫恿去試膽，全嚇得面無血色。

每個歷險歸來的人，訴說的內容都一樣。穿過好幾個白色房間，來到設有生鏽方形門把的木板門前，聽到凶惡的恫嚇聲，準確叫出當事者的名字。

——你不過來，我就過去嘍。

可強烈感覺到對方所言不假，木板門對面散發出駭人的氣息。之後，家中陸續有人在新屋裡迷路，只有父母和我一直沒遇過。打從事發起便一直板著臉的母親，在弟弟妹妹碰上那種情況後，便嫌棄新屋，搬回本屋。多虧有她，我才得以平安無恙。

聽我前面的描述，各位或許已猜到，母親打一開始就嚴肅看待此事，是聯想到工頭的噩夢的緣故。另一方面，父親感到很不是滋味。不論家中多少人遭遇相同的情況，他仍極力辯稱是他們搞錯，是他們一時精神錯亂，始終不肯離開新屋。父親便是如此固執。

母親不顧父親阻止，告知工頭告知此事。父親怒不可抑，當著我們這些孩子的面，狠狠修理母親一頓。

工頭匆匆趕來，聽完整個經過後，渾身顫抖。

——既然這樣，我來試試吧。

工頭毅然決定獨自走進新屋。不出眾人意料，出來時他嚇得面如白蠟，緊緊抱著頭。

——眞的對不起。

恐怕是立了逆柱的關係。不知爲何會發生這種事，也不知爲何分辨不出來，我只能在此深深向您道歉。

——先前我做噩夢時，應該極力說服老爺，請您停止這項工程。

若當時父親聽了他的話，感到畏怯，就不會發生後續的事。

然而，父親卻拗起脾氣。

——大夥都被膽小鬼附身了。你們只是覺得自己看到不該存在的東西，聽到不該聽到的聲音。

父親固執地大放厥辭，工頭和母親極力勸阻，他就是不聽。最後，他終於吐出驚人之語，把眾人趕出新屋，帶著身為繼承人的我走進新屋。

——照理說，我和這孩子去才合理吧。

父親撂下話，表示會好好讓自己迷路，走到那木板門前，握住方形門把打開。

——我要親眼確認，那木板門裡到底有什麼東西。

在我眼裡，不理會眾人的勸阻，惱羞成怒、堅持己見的父親，不僅僅是氣得失去理智，他的神情有些怪異。父親自幼生長在富裕的商家，從小習慣使喚人，加上具有經商才幹，累積不少財富，導致他失去在日常生活中矯正缺點的機會，養成「一不順心，就嚥不下委曲」的傲慢急躁個性。平時不會表現在外，一有事就顯露無遺的脾氣，或許就是父親怪異行徑的根源。我雖然年幼，卻有這種感覺。

母親挺身保護我。父親準備將我拖進新屋時，她將我拉回去，緊緊抱住。父親揮拳打罵母親，並對我說：如果不跟我走，我就不要你了。躲在母親懷裡，哭個不停的我，目送父親橫眉豎目，帶著赤鬼般憤怒的神情踏入新屋。

那是我最後一次見到父親的身影。

他踏進新屋不久，裡頭傳來駭人的叫喊。

掌櫃帶著多名男伙計，戰戰兢兢走進新屋，四處找尋，終於發現父親。他手腳攤開，倒臥在北側的茅廁前。

起初，趕到的人以爲父親是仰躺在地。因爲他們看到父圓睜的雙眼，及像是在尖叫後僵硬的嘴巴。然而，父親卻是背部在上方。換句話說，父親趴在地上，卻看得到他的臉。

他脖子被扭斷。宛如有人用強大的力量一把抓住他的頭，硬往後轉。血絲從嘴角滑落，父親已然斷氣，十指隱約沾有紅鏽。

失去主人的屋子，在父親喪命一個月後，人們別說走進去，連靠近都不敢。空無一人的新屋，某天突然竄出火舌。火勢瞬間蔓延，本屋和店面全付諸一炬。雖然正值冬季海風強勁的時節，但沒想到火星竟會飄向累積我曾祖父、祖父、父親三代家業的重要倉庫，我們一家失去一切。

不久後，母親改嫁，我也經歷不少事。儘管如此，在我超越父親在世時的歲數前，一直過著平凡的安穩人生。不過，父親離奇的死亡，至今謎團難解，深深烙印在我心中。

父親爲何會遭遇那樣的災難？那泛著紅鏽的方形門把，門後到底潛藏著什麼東西？我始終沒找到任何線索解開這個謎。不過，爲父親舉行喪禮時，我片片段段地聽聞與父親生前行徑有關的惡評。人們常說「死者爲大」，這是做人的基本禮儀。但有些怨懟和責難，只能等到當事人死後才能說，是不爭的事實。活到這把歲數，我才明白此一道理。

父親經營的店生意興隆，背地裡卻惹來不少怨恨，也讓許多人難過落淚。有些母親知道，有些是第一次聽聞，她沒逐一告訴我，我也一直沒機會問清楚。

五

男子說完，從上座走下，聽眾一陣騷動，不時有人低聲輕咳。

「謝謝。」

井筒屋七郎右衛門雙拳置於跪坐的雙膝上，向男子低頭鞠躬。接著，他以眼神示意下一名說故事者上場。

第二名說故事者站起。那是坐在中間排的女子，一襲暗灰色和服，搭配綁成角出式的黑繻子晝夜帶，應該是商家的婦人。待她坐到上座，面朝聽眾後，阿近發現她似乎比阿民年輕幾歲。

「請分享本日的第二個故事。」

聽井筒屋這麼說，女子以眼神回禮，和剛剛的男子一樣，垂下目光後開口。

第二名女子說出她的故事。

方才的故事相當駭人，也頗耐人尋味。

接下來，我要說個有辱各位清聽的故事。這不是我的親身經歷，而是十七歲那年，和現下一樣正值歲末，娘家的女侍告訴我的故事。

那名女侍名喚阿關，原本是我的奶媽。我有個哥哥，沒有其他弟妹，所以阿關在我長大後，直接留下當我的貼身女侍。

那年霜月，父母談妥我的婚事，待過完年便會舉行婚禮。歲末諸事繁忙，加上婚禮的籌備事宜，一想到當時的情景，我便感到頭暈眼花。

見我即將嫁爲人婦，阿關決定返鄉。她的故鄉在野州的一個小村莊。我將娓娓道出阿關的身世，請各位耐心聆聽。

阿關勤奮認眞，也悉心照顧我。成長過程中，我和阿關比娘來得親。嫁人後就要與阿關分離，我十分落寞、不安。阿關似乎有同感，平常她不多話，唯有那時鬆口，告訴我這件往事。

阿關是佃農家的女兒。她說自己像小狗一樣，從小在蔥田裡打滾長大，原本應該是活潑的女孩。到了適婚年齡，嫁給同村一戶擁有田地，生活過得遠比他們好的農家當媳婦。夫家可能是看上她勤奮認眞的優點吧。

不久，阿關懷了身孕。即將臨盆時，恰逢盛夏即將到來。

阿關居住的村莊邊境，有一條寬約三間（三．五公尺）的小河，上頭架著簡陋的木橋。由於河邊有許多淺灘，岩石嶙峋，渡船無法使用；想徒步涉水，又常因急流滯礙難行，陷入水深處，遭河流沖走，就是如此險惡。然而，要與其他村莊往來，或是去到城下，得越過這條河，村民實在傷透腦筋。當地的庄屋（註）和村長多次向代官所請命，上級終於同意架設木橋。打從阿關懂事起，便有這座橋。

註：土地或莊園的領主。

這座橋有個古怪的禁忌。一次只能一人過橋，而且人們口耳相傳，要嚴格遵守一項規矩，不能輕忽。

那就是在橋上不能跌倒，如果不小心摔跤，一定要自己站起。

聽來委實奇妙。因爲是獨自過橋，跌倒自行爬起，十分理所當然。

然而，在這座木橋上跌倒，儘管只有自己一人，卻常有人會伸手攙扶。

不過，絕不能抓住對方的手。不管身上揹著行李或摔傷，都不能看向伸來的手，得努力撐起自己。否則，攙扶的那隻手會推你一把，將你送往某處。

這是從何時開始流傳的禁忌，其中有什麼緣由，阿關不清楚。不過，村民恪遵這項禁忌，在過橋時，即使結伴，也會分開而行。若是刻意提起此事，就算是孩童，也會遭到狠狠訓斥。

說到這裡，想必各位已猜出阿關碰上什麼遭遇吧。

那年夏天，阿關捧著大到連低頭都看不見腳趾的肚子，走在木橋上，途中跌了一跤。

阿關依婆婆的吩咐，獨自送東西到附近一名熟識的家中。如此盛夏時節，還派快臨盆的媳婦出門辦事，看得出婆婆的爲人。但阿關不沮喪，也不害怕，實在堅強，而且膽識過人。

——只要小心別跌倒就好了。

她抱持著這樣的想法出門。

「可是，小姐，總有一天您會明白，當一個人挺著這麼大的肚子時，行動起來和普通人完全不同，全身變得很沉重。」

傭人常提醒阿關要注意這一點，但看不到腳下，她還是不小心在橋上跌倒。

一屁股跌坐在地上時，不用提也知道，阿關自然馬上護著腹中的胎兒。她靜坐不動，待感覺到腹中胎兒有力地踢著她的肚皮後，才鬆一口氣，準備起身。

此時，有人從阿關身後伸手扶她。

像是從背後抱住她似地伸來兩隻手，看不到對方的長相。之後阿關努力回想，仍不清楚究竟是男是女。但對方工作服的衣袖上，有個縫補得十分漂亮的補丁，這個細節她莫名記得特別清楚。

──啊，不好意思，謝謝。

阿關不小心向那隻手道謝。沒錯，眞的是一時不小心。或許是擔心腹中胎兒，她忘記橋上的禁忌，握住對方的手。在對方的攙扶下，她輕鬆坐起，再護著肚腹起身，才後知後覺發出驚呼。

──糟糕！

阿關冷汗直冒，前後張望，連一隻小狗都沒瞧到，也不見半個人影。不論橋頭或橋尾，皆空無一物。

扶阿關起身的手消失無蹤，只有婆婆託她送交的包袱掉在腳邊。

阿關緩緩吁一口氣，撿起包袱抱在胸前。往前一、兩步後，她匆匆走完剩餘的一小段路。河寬僅有三間，橋身不長，走起來頗輕鬆。

阿關加緊腳步，想盡快遠離那座橋。眼前出現她從小走慣的小路，夏日曬乾的塵土飛揚，放眼望去，前方正升起蒸騰熱氣。

走著走著，阿關發現一件怪事。四周莫名安靜。

從河邊沿著小路前進，是一座茂密的雜樹林。剛剛還傳來陣陣鳥鳴，蟬聲作響，此刻卻一片寂靜。這麼一想，連潺潺水聲也聽不到。轉身一看，背後只有冉冉升起的蒸騰熱氣。

小路開始變成上升的緩坡，阿關有些怯縮，仍振奮精神，邁步前行。拖著臨盆在即的身軀，要爬坡非常吃力。汗水滴落下巴，她以掛在脖子上的手巾一抹。好不容易來到坡頂，眼前卻是無比怪異的景象。

下坡路的前方，是一條小徑，幾棟簡陋的小屋相互緊鄰。

——這到底是哪裡？

從未見過的地方。這裡不可能有小屋，小徑應該是繼續往前延伸。

遠看也看得出那些小屋多麼簡陋。阿關勉強走近，那些小屋的窮酸樣看得更清楚。歪曲的柱子上，仍殘留起毛邊的樹皮，木板鋪成的屋頂壓滿石頭。牆壁的破損處掛著草席。不知哪來的水流向路旁，積了一灘泥水。阿關住的村莊算不上富裕，至少沒這般慘不忍睹。

*這到底是怎麼回事？掉頭往回走吧。再繼續走下去，感覺會發生無法挽回的狀況。*阿關滿腦子都是這個念頭，不知何時起，她一直屏氣斂息，一手護著大大的肚子，一手抱著包袱，呆立原地。

忽然，傳來一個沙啞的聲音。

——喂，這位太太。

阿關嚇一跳。一名瘦得只剩皮包骨的老翁，從前面的簡陋小屋後方探出身子。褪色的工作服露出單邊肩膀，衣服下襬捲起塞進腰帶，可清楚瞧見嶙峋的肋骨，活像是妖怪圖繪裡的餓鬼。背部佝僂，頭髮幾乎掉光，唯有耳朵兩旁留著一些白髮。光禿禿的腦袋，配上一副招風耳，模樣極爲古怪。

然而，真正令阿關的呼吸和汗水瞬間凍結的，是看不到老翁的臉。

乍聽我覺得很不可思議，不斷詢問阿關：怎會看不到臉？那老翁沒有臉嗎？是不是像無臉男一樣？

阿關流露困惑的眼神，偏著頭回答：

「小姐，我也不曉得怎麼解釋，對方臉倒不完全是平的。」

老翁隱約有五官，說話時嘴巴似乎也會動。

「不過，我再努力定睛凝視，都看不清他的長相。」

愈看愈覺得五官模糊。老翁面無血色、皮膚蒼白，彷彿只有臉龐蒙上一層白霧。

阿關嚇得無法動彈。老翁走近兩、三步，單手捧著一個竹篩。

——太太，您在木橋上犯了錯吧。

老翁緩緩搖頭。

——您忘記那項禁忌嗎？這下麻煩了。

阿關強忍著幾乎難以喘息的恐懼，顫抖著反問。

——不好意思，請問這是哪裡？

老翁略微偏頭，似乎在笑。至少他的聲音帶有笑意。

——哪裡是吧……這裡的人都不知道啊。

聽老翁提到「這裡的人」，阿關環視四周，發現從屋頂相鄰、略微傾斜的簡陋小屋旁，露出許多人的身影。

男女老幼都有，大部分穿著工作服。不過，有些男人只穿兜襠布，女人中也有頂著凌亂的横兵庫髮髻（註）、搭配紅色襯衣的，約莫是落魄的妓女吧。每個人都形容枯槁，即使仔細端詳，也只能看到模糊的五官，和那名老翁一樣。

——不管這是哪裡，都不是陽間的人該來的地方。

老翁一說，阿關差點哭出聲。她摟著肚子，感覺到腹中胎兒在蹬腳。

——請幫幫我。我快生產了，希望能平安見孩子一面。

阿關彎著身子，不斷向老翁磕頭，淚眼婆娑地請求他幫忙。

——拜託您讓我回去，我什麼都肯做。

老翁沉默不語，側著頭思索半晌後，悄聲道：

——我沒辦法對懷有身孕的女人做太殘忍的事，妳跟我來吧。

老翁向阿關招手，要她到小屋後方。爲了遠離那些緊盯著阿關，沒有五官、模樣陰森的人，她急忙跟在老翁身後。

簡陋小屋的後方，有好幾個地上爬滿樹根的樹墩。老翁往其中一個樹墩坐下，示意阿關就近找個樹墩落坐。老翁身旁鋪著草席，泛白的乾豆堆疊如山。每一顆豆子都不及阿關小指的指甲大，外形歪歪扭扭，阿關從沒見過。老翁似乎原本在篩豆子。

——你們吃這個嗎？

阿關的恐懼稍稍緩減，雖然只有一點點。如果他們吃豆子這種常見的食物，至少和一般人相近，不像妖怪或野獸。

——妳在做什麼？快坐下。

在老翁的催促下，阿關在樹墩坐下，與老翁面對面。

老翁宛如訓斥般，加重語氣道：

——在橋上犯錯而來到這裡的妳，並未走完那座橋。如果想離開、回到原來的地方，得付過橋費。

如果花錢就能解決，不管怎樣，我都會籌來給您——阿關急著要開口，老翁搶先打斷她的話。

——那座木橋的過橋費，不是錢。

——不然是什麼？用白米可以嗎？

阿關馬上如此反問，是因老翁他們實在過於枯瘦，而且擺在一旁草席上的小豆子，看起來實在難以下嚥。

——不，不對。

老翁那張泛白模糊的臉，突然像在笑。他似乎覺得挺有趣。

——要離開這裡，得用「壽命」支付過橋費。

老翁的話聲轉為喉音，明顯帶著嘲諷。

——看是妳，還是妳腹中的胎兒，兩者都行。交出其中一方的壽命。

老翁對一臉困惑的阿關獰笑道：

註：江戶時代中期以後，在吉原、島原等地的高級妓女所梳的髮型。

——很傷腦筋吧。捨不得寶貴的性命，對不對？不過，一直待在這裡，即使保有壽命，也跟死沒兩樣。那麼，不如交出一些壽命，回到原來的地方還比較好。

阿關似乎聽懂老翁這番話的意思。

——要交出多少壽命才夠？

老翁聞言，像在替牛馬估價般，上下打量著阿關。

——這個嘛，妳是十年，如果是妳腹中的胎兒，只要一年。

如果當場交出壽命，雖然不曉得阿關的壽命有多長，但她原本的壽命會短少十年，而她腹中即將出世的孩子，則會短少一年的壽命。

阿關毫不猶豫地應道：

——我明白了。那就獻上我十年的壽命吧，請以此當過橋費。

老翁那泛白模糊的臉，似乎浮現冷笑。

——別急著回答。要是後悔，我幫不了妳。

——不，我不會後悔。

——如果交出十年壽命，妳或許會早逝。無法看到肚裡的孩子健康長大，不覺得遺憾嗎？

——我明白，但我不在乎。因爲我絕不能交出這孩子的壽命。

——若是肚裡的孩子，只要一年的壽命就夠。妳不認爲這樣比較划算嗎？

——不可以。什麼都行，就是不能削減這孩子的壽命。

——妳再仔細想想。扣除十年的壽命，搞不好妳明天就會壽終正寢。

阿關不認輸地回嘴：

——不可能有這種事。要是我交出十年壽命，然後在孩子出世前就壽終正寢，老爺爺，這等同是將這孩子的壽命一併拿走，根本是詐欺。還是，您打算這麼設計陷害我？不會吧。您剛剛不也說過，沒辦法對懷有身孕的女人做太殘忍的事。

阿關絞盡腦汁，努力提出反駁。

——不管我的壽命剩多少，現在扣掉十年，應該還夠我活到平安生下孩子，所以您才會提出這項交易吧。雖然不曉得剛剛您爲何一直盯著我，不過，我猜您具有能看出別人壽命的眼力。

我相信您有這個能力，阿關語帶央求。

——我相信老爺爺，所以接受這項交易。只要能見這孩子一面，即使見面當天就會死，我也不在乎。請拿走我十年壽命吧。

見阿關一副無所畏懼的表情，老翁似乎又笑了。

——太太，妳眞強悍。這樣婆婆會嫌棄妳的。

這時的語氣不是嘲諷，而是略感欽佩。

老翁從樹墩上起身。

——那就擊掌爲誓吧，妳可別大聲叫。

要開始了。阿關做好準備，老翁抬起先前一直垂放的右手，貼向阿關前額。

此時，阿關清楚看見，老翁的右掌心有一張嘴。那張嘴彷彿塗上口紅般鮮豔，宛如剛舔過血，泛著濡溼的光澤，口中還長有上下兩排白牙。

——安靜別動。

老翁以掌心的嘴緊貼阿關額頭，阿關不禁緊緊閉上雙眼。

「小姐，當時其實不會很痛。」

與其說是被咬，不如說是輕咬。

——一、二、三。

老翁一面數，一面以掌中的嘴巴輕咬阿關前額，一共數到十。

——好，過橋費我收下了。妳直接回去，好好珍惜剩餘的壽命。

老翁用力推開阿關的額頭。阿關一陣踉蹌，捧著肚子，縮起身。

猛然睜眼，她已回到木橋上。

鳥囀蟬鳴下雨般從四面八方湧來，緊緊包覆阿關。

阿關小心翼翼護著肚子，包袱也緊緊抱在胸前。她緩緩走完木橋，來到平時看慣的小徑。在塵土飛揚、熱氣蒸騰的前方，小徑清楚地往前延伸。

儘管像踩在雲端上，很不踏實，最後阿關仍平安抵達目的地。她將包袱交給對方，喝一杯涼水後，才回過神，感覺猶如大夢初醒。

「那不是豆子。」

阿關指的是堆在老翁草席上的東西。

「雖然乍看是壓扁的豆子，其實不是。小姐，那時我才發現……」

那是無數個像豆子一樣小的骷髏頭。

日後，阿關產下一名健康的男嬰。

夫婦倆只有這個孩子，之後阿關一直無法受孕。在喜歡子孫滿堂的農家，這算是阿關的過錯，也是她的損失。在其他事情上，她與婆婆多有衝突，嫁入夫家六年，最後與丈夫離異，被趕出夫家。那名老翁提過「這樣婆婆會嫌棄妳」，似乎一語成讖。不過，究竟是阿關天生注定的命運，還是老翁那麼說，才造成此種結果，就由在座的各位自行評判吧。

「我兒子是家中的繼承人，沒辦法帶他走。」

揮淚告別兒子，返回老家後一樣無容身處的阿關，旋即到江戶工作。她投靠我娘家，成為我的奶媽。

阿關告訴我這個故事時，是四十歲的年紀。

「老天爺給我的壽命，扣除十年，到現在還沒用完。不過，活到這個歲數，不管什麼時候死去，我都沒有遺憾——」阿關笑道。

阿關全心守護的獨生子，沒忘記自小別離的母親，也沒任何怨恨。繼承家業後，他照顧嘮叨的祖父母走完人生最後一程，決定請阿關回故鄉同住。阿關見我嫁人，決定返回故鄉，就是此一緣故。

「今後應該無緣再與小姐相見。雖然萬般不捨，但我會永遠為小姐的幸福祈禱。」

當時有件事，我猶豫著該不該詢問阿關，終究沒開口。

在那危急的情況下，被迫要決定交出自己十年的壽命，還是交出孩子一年的壽命時，毫不猶豫選擇交出自己十年的壽命，這就是母親嗎？
不久，我有了孩子。生產育兒的過程中，我切身體認到，若換成是我，應該一樣會立刻交出自己十年的壽命。即使對方告訴我孩子有百歲壽命，要從中奪取一年，我也絕不答應。希望孩子能一天都不浪費、活完百歲，是母親的心願。
阿關已不在人世。之後過了三年，她與世長辭，享年四十三。推算當初要不是在木橋上獻出十年的壽命，能活到五十三歲，但她無怨無悔。
如今我和當時的阿關同樣歲數，期待日後到了彼岸，能再次與她歡聚，天南地北暢談一番。

六

「暫時歇息片刻吧。」
第二位說故事者退場後，井筒屋七郎右衛門雙手一拍，幾個女侍旋即進入包廂，替火盆添木炭，倒茶、更換菸盆，動作俐落。賓客各自離席如廁，或伸展雙腳，與旁人交談。
「外頭天色不知如何？」
半吉微微起身，推開一旁的紙門。一股寒氣竄進屋內，夾雜著輕飄飄的細雪。
「啊，看來還有得下。」
好似濡溼的綿花交疊般的厚厚雲層，灰中帶紅。當雲層出現這種顏色時，就會降下厚實的雪花。

阿近等人也有女侍前來伺候，幫他們倒熱茶，端著盤子請他們享用羊羹和小糕餅。

「聽完故事，沒人針對內容討論呢。」

阿勝環視沉靜的會場，如此說道。青野利一郎頷首表示同意。

「不像在聽怪談，倒像在聽人弘法，大概是主辦人喜歡這種風格吧。」

井筒屋七郎右衛門與前排的賓客熱絡交談。儘管表情溫和，但目光剛勁有力。

「若不是在這種場合與井筒屋先生見面，他一定是令人望而生畏的人。老大應該最清楚吧。」

阿勝一提，黑痣老大莞爾一笑。

「這個嘛……啊，這位大姊，請給我菸盆。」

「哎呀，您是在轉移話題吧。真冷淡。」

兩人你一言、我一語，阿近在一旁獨自思索著，關於第二名說故事者提到的木橋禁忌。

——橋容易引來不可思議現象嗎？

之前在三島屋聽過的故事中，沒有與橋有關的怪談。

但在搭轎前來的路上，碰上有些奇妙的遭遇。那也是在即將走上兩國橋時發生。

「阿近小姐，您怎麼了？」

在利一郎的叫喚下，阿近抬起眼。

「我在想剛剛那個故事。那座木橋究竟通往哪裡？橋是容易引來奇異現象的地方嗎？」

「大小姐，一點都沒錯。」

四人皆大吃一驚。不知何時，井筒屋七郎右衛門來到他們身旁，彎著腰，笑臉相迎。他將衣襬撥向一旁，發出清脆的啪一聲。

「各位今天聽得盡興嗎？老大，謝謝你帶來新客人。」

半吉重新端坐，「您這麼說，我怎麼擔當得起……」

「不必拘束。在這個物語會中，用不著客氣。」

井筒屋七郎右衛門豪氣地擺擺手，轉向阿近。

「大小姐，橋原本就是架設在沒有道路之處。在這層意義上，形同是梯子或樓梯。」

是，阿近點點頭。

「所以，常會召喚來意想不到之物，或通往人世以外的場所。啊，其實這是我從物語會中聽來的，現學現賣。」

看著近在眼前的怪異長相，加上炯炯目光，阿近忍不住問：

「召喚來的『意想不到之物』，一定都是可怕的東西嗎？」

井筒屋七郎右衛門側頭尋思，「這個嘛……大小姐，您是不是想到什麼？」

阿近回以一笑，「不，我只是覺得很不可思議罷了。」

在這裡說出坐轎時的遭遇過於輕率。雖然如此形容有點奇怪，不過，阿近覺得，這就像硬摘下未成熟的青柿子，實在糟蹋。

「哈哈哈。對了，有時人們會嫌我辦的物語會死氣沉沉，像在辦喪禮。」

井筒屋七郎右衛門微微一笑，俐落起身。

「不過，大小姐似乎能體會這場物語會的奧妙。在結束前，請享受甜點，放鬆心情聆聽吧。」

接著，主辦人向其他賓客問候，不時被人喚住，寒暄幾句後，緩緩走回上座。那對母女彷彿一直在等他離開阿近等人，轉頭望向他們，又交頭接耳。母女倆斜瞄著他們，目光帶刺，動個不停的嘴唇不知吐出什麼惡毒的話語。儘管聽不到，光看她倆的表情和動作就火大。

咦，她們剛剛好像說「妖怪怎樣怎樣」。難不成是「妖怪還這麼囂張」嗎？

「大小姐，請不必放在心上。」

阿勝心平氣和地開口，輕拉阿近的衣袖。

「這種人我早習慣了。」

「可是，受邀到這種場合，竟然露骨地擺出嫌棄的眼神，對主辦人也很失禮。」

「大概是嫉妒吧。」

半吉呼出一個菸圈，接過話。

「嫉妒？」

「井筒屋老爺專程來向三島屋的大小姐致意，她們覺得不甘心，才卯起勁講阿勝小姐的壞話。」

聽到黑痣老大的話，青野利一郎莞爾一笑。

「即使不是如此，您今天這麼漂亮，吸引了眾人目光。加上聽故事時誠摯的神情，主辦人想必十分欣慰，連我都與有榮焉。」

「真的嗎？」阿近向利一郎問道。

「當然。與其問我，您不如問阿勝小姐。」

「哎呀，連小師傅也這樣轉移話題。大小姐，今天可眞無趣。」

「無趣嗎？慚愧、慚愧。」

四人談笑時，女侍紛紛離去。拉門闔上，現場轉爲靜默。

「那麼，我們開始聽第三個故事吧。」

在井筒屋七郎右衛門的開場下，第三名說故事者走向上座。

那是原本坐在窗邊、靠著憑肘几的老武士。他個頭矮小，滿臉皺紋，小小的髮髻幾乎都是白髮。印有家紋的黑綯綢短外罩透著光澤，散發沉穩的氣息。

老者環視在座眾人，有人頓時怯縮。那對母女更是大爲驚嚇。

老者的右眼白濁。他垂下眼瞼、雙眸半閉，不曉得是生病或有傷在身。總之，他的右眼應該看不見。

他嘴角浮現一抹淺笑，不像前兩位低著頭，而是凜然面向眾人，娓娓道來。

第三名男子說出他的故事。

在下年紀五十有八，如各位所見，右眼失明。六年前初春，在下罹患名爲白底翳（白內障）的眼疾，但完全不會疼痛，如今已習慣單靠左眼生活。雖然頗感抱歉，但在下的右眼，與接下來的故事有關，要請各位暫時忍受這顆白眼，委屈各位了。

在下是佩帶長短刀的武士，目前乃是隱退之身。本日承蒙與在下有多年交誼的主辦人邀約，特地拖著這把老骨頭前來。

今日想和各位分享的，是個老人的陳年往事，內容是關於家母的故事。透過家母，這也可說是關於家父的故事。

在下所屬藩國位於上野山中，出身一般武士之家，奉祿八十石，官拜郡奉行支配檢見役。檢見一般指的是調查領地內稻作生長情形的工作，但我們藩國特地設立這項職務，除了調查稻作生長情形，同時負責徵收年貢。

家父為人耿直勤奮，擔任檢見役一職，常在領地內巡視，處事通情達理，深受地方百姓愛戴。家母同樣出身於郡奉行支配底下的官員家，十五歲時嫁給家父。家母向來賢慧，侍奉夫君至勤，兩人感情和睦。對在下而言，也是慈母。不過，她擁有一個非比尋常的祕密。

家母具有一種「千里眼」的能力。

不過，這並非與生俱來的天賦。家母在六歲那年的夏天，感染天花，好不容易撿回一命，右眼卻失明，之後便得到千里眼的能力。沒錯，和在下一樣，家母也是右眼眼盲。

靠著那隻右眼，家母時常一眼看穿人們身上的疾病。

年幼時，她不懂失明的右眼看到的景象為何，十分畏怯。但家母個性堅強，擁有舉一反三的過人智慧，並未深陷恐懼中，很快便習慣自己的特異能力。

聽家母說，站在她面前的人，染病的部位會有一團煙霧般的物體形成漩渦，層層交疊。左眼瞧見人們的外貌，右眼則是看出病灶，兩者重合在一起。一閉上右眼，煙霧就會消失，如此便可明白那是右眼才看得到的景象。

疾病的煙霧有各種顏色和大小。經過多次的經驗累積，家母逐漸練就出光憑煙霧顏色和大小，即能大致分辨出是何種疾病的本領。舉幾個例子，中風患者頭部會籠罩一團黑霧；身上有血色煙霧跳動，表示該處的內臟長腫瘤；水腫呈清冷的白色。至於瘧疾或風寒，顏色像帶血的濃痰，大多出現在喉部。

附帶一提，賜予家母這項異能的天花，是呈鮮明的紅色。如果顏色稍淡，則是痲疹。家母也說不容易辨別。

家母這項眼力的獨到之處——或者該說是驚人之處，在於染病的人毫無自覺。這個意思是，尚未發病時，家母就一眼看穿。準確地說，家母可預見對方身體將出現的病症。拜此所賜，包含身爲長子的我在內，我們一家五個孩子，經常躲過流行病的侵害。只要我們周遭有人身上出現病兆的煙霧，家母一眼便能看出，並要我們保持距離。這就是在下稱呼家母的眼力爲「千里眼」的緣故。

剛剛提過，家母在十五歲那年嫁給家父。當時，家母已能隨心所欲控制眼力。不過，她不會刻意告訴對方病情。她深知即使告訴對方，對方也不會盡信，反倒會引起不必要的紛爭。當然，在出嫁前，她一直向丈夫和公婆隱瞞此事。

成婚三個月後，她發現家父左眼瞼上有一團枯葉色的煙霧。依據家母的經驗，這是針眼的煙霧。如果是區區的針眼，用不著太擔心，但家父的煙霧顏色濃重，像在春泥中攢動的泥鰍般，在眼皮上盤旋不去，模樣詭異。要是放任不管，恐怕會造成嚴重的後果。畢竟家母就是右眼失明，苦惱多日後，她決定向家父坦言一切。

家父當然驚訝，卻一笑置之。若非當時家母的態度認眞，而且夫婦倆感情和睦，他應該會大發雷霆。家父個性一板一眼，處事小心，換句話說，是個謹慎的人。雖然對家母的話一笑置之，仍暗地請城下的眼科大夫替他診斷，於是發現從外表看不出，但眼皮裡有個根深蒂固的腫包，經過半年的調養才根治。聽大夫說，再晚半個月接受診治，左眼恐怕會失明，家父才深切體認到家母預知疾病的眼力不容小覷。

之後，家母的眼力成爲夫婦倆的祕密。

附帶一提，在下的祖父死於胃病，祖母死於肺病，但家母早在兩人病重的一年多前便察覺，悉心照料他們。

接下來，即將步入故事正題。

如前所述，家父在郡奉行底下任職。藩國裡有兩位郡奉行，兩人擔任這項職務都超過十年，盡忠職守。但兩人互不順眼，爭權奪勢，有不共戴天之仇。眞不知該說是理所當然的結果，還是不應出現這樣的情況。總之，兩人的關係形同水火。談到各藩的內部紛爭，不外乎是由主君家或重臣引發，可是我們藩國裡的衝突，全與這兩個郡奉行有關，說來眞是士氣十足。只能感慨，在山林居多的藩國裡，握有農地分配大權的郡奉行，就是如此重要的職務。

假設一邊是田端家，另一邊是井上家。當時有二十多名檢見，但在彼此敵視的兩名郡奉行底下，連區區二十多人也分成左右兩派，不是依附田端，就是投靠井上。想出人頭地不用說，連任官、辭官都相互較勁。家父不喜歡黨派鬥爭，始終保持中立，卻吃盡苦頭。自從有了我們這些孩子，他不禁苦惱，猶豫是否該表明立場，投靠其中一方，執行職務會比較順利。

恰巧兩位郡奉行年紀相近，都年屆五旬，雖然身體強健、意氣風發，畢竟已邁入老年。雙方家中都有嫡長子，一旦他們的父親引退，他們便會順理成章繼承家業。不過，即使繼承家業，也不能直接擔任郡奉行。奉行一職，不是年輕人隨便就能勝任的職務。當時，田端家長子擔任馬揃番（註一）的統領，井上家長男擔任作事方（註二）的組頭。兩者都是十分適合繼承雙方家業的職務，依我藩國的慣例，繼續累積資歷，很快便能升任要職，踏上青雲之路。但以雙六（註三）為喻，這樣只算走到一半。

換句話說，一旦兩位郡奉行身體出狀況，位置就得拱手讓人。

此時，家父心生一計。

田端大人與井上大人，會不會哪一位身上帶有病霧？

憑借家母的眼力，即可看出。若其中一方帶有病霧，家父便與該黨切割，投靠不會染病的奉行。

——身體健康才有權勢。

家父如此說服家母。

像檢見這種下級官員的妻子，見郡奉行一面並不容易。不過，家父早有盤算。主君從江戶返回藩內，在領地內巡視時，正是絕佳機會。

巡視隊伍浩大，與力眾與目付眾（註四）守在前後，擔任前導的便是郡奉行。行經路線上，會設置幾個休息站供主君休憩，地點通常為代官所或庄屋的宅邸，而挑選地點，張羅一切事務的，也是郡奉行。他們底下的武士和下士會全體動員，聽候主君差遣。

家父打算將家母送往該處。只要能遠遠望見兩位郡奉行，家母的眼力就能派上用場。

此時在這裡說故事，在下滿布皺紋的臉顯得一派輕鬆，不過，談起當時父母的奮鬥和努力，實在鼻酸。家父個性一板一眼，不喜歡結黨營派，每天與上司和同僚之間的不睦，令他深感疲憊。因此，他充滿期待，不管是多細微的跡象都好，只要能讓他不必顧忌其中一方就行。在下認爲，家母也很明白家父的痛苦。

家父的計謀……這麼講或許有些誇張，但在家父的用心安排下，家母順利在主君巡視領地行經的羽尾庄，擔任休息所的「水番」一職。如同字面上的意義，是幫主君及各重臣清洗手腳、提水供他們擦汗、搬運水盆的女侍。通常是交給村長的妻女，家父向上司請託，說妻子來自下級武士家庭，希望能藉機讓她接受薰陶。

於是，家母得以暗中接近主君一行人。附帶一提，在這次的巡視中，馬揃番負責城裡的護衛，擔任統領的田端家長男同行，家母也可窺見他的身影。擔任郡奉行的父親做爲前導，兒子調度護衛，對田端家而言，這是無比榮耀的事。況且，田端家長男是藩內屈指可數的馬術高手。

順利結束巡視後，家父返回家中，家母早已在家等候。

——相公，井上大人的肝臟一帶，有淡綠色煙霧。

註一：負責類似現今的閱兵儀式。
註二：負責建築工事。
註三：日本一種傳統桌上遊戲，玩家擲骰子在圖盤上前進，與大富翁有些相似。
註四：「與力」是輔佐奉行的職位，「目付」相當於監察官。

郡奉行井上大人似乎患有肝病。他是藩內出名的酒豪，酒品不佳也廣為人知。

——就像釣到的魚在簍子裡活蹦亂跳，那團煙霧動個不停。

——那麼，田端大人的情況如何？

——看不出任何異狀，他的身體相當潔淨。

附帶一提，他的長子也十分健康。家母補上一句，但家父當時幾乎什麼都聽不進耳裡。

——太好了！

家父雙手一拍，喜不自勝。在這種情況下高興，並非武士應有的行徑，但這始終是極為私密的事，希望各位能理解。

——這麼一來，就能決定我日後的方向。

從那天起，家父決定投靠田端家。

然後——

倘若一切真如家母的眼力所見，井上大人旋即因肝病辭去郡奉行，那麼，在下這個故事的結局，便會是誇耀父母的豐功偉業。不過，後續發展與想像中不太一樣。

主君結束巡視不到一個月，田端家長男在山野間騎馬時，意外絆到兔子洞，墜馬摔斷頸骨喪命。如前所述，他是馬術高手，發生這種意外，眾人不禁啞然。

不幸的是，田端家只有一個男丁，無人繼承家業。

田端大人深受打擊，萬念俱灰，不久便辭去職務，和妻女一起遁入空門。

家父極為錯愕。

在下當時已懂事。記得某天夜裡，家父喚來家母，兩人關在房裡。在下斷斷續續聽見家父厲聲痛罵家母，十分難過。

面對家父的指責，家母無法忍氣吞聲，反駁道：

——相公，我右眼能看到的，只有人們的疾病，無法看出人們的命運和心思。您這樣斥責，教我如何自處？

這樣的演變眞是諷刺。當時潸然落淚的家母，晚年發現自己心臟出現清冷白濁的陰影，於是喚來成爲一家之主的在下，坦白道出一切。她傾訴時略帶靦腆，流露懷念的微笑，因家父早駕鶴西歸。不久後，家母便長眠九泉。

臨終前，家母還告訴我一件事。

——日後你的右眼會罹患底翳失明。娘現在只看到淡淡陰影，應該是很久以後才會發生，你要先做好心理準備。

家母的預言，指的雖然是很久以後的事，但確實一語成讖。在下失明的右眼，至今仍清楚烙印著家母安慰我的溫柔微笑。

說完故事，老翁正常的左眼也靜靜闔上，深吸一口氣。

接著，他睜開眼，環視在座眾人，沉穩地開口：

「最後，有件事想告訴各位。在下因底翳失去右眼，過了一年，也獲得和家母一樣的眼力，即千里眼。在下的右眼，一樣看得出棲宿在人們身上，將要發作的病症。」

在場賓客一陣譁然，阿近也不禁一震。

「那位夫人。」

老翁指著那身穿長袖和服的女子。他指節粗大的手微微顫抖，卻不顯一絲猶疑。

「妳不久將罹患天花，在下看得很清楚。若不從今日開始行善積德，那張白皙的臉蛋，會覆滿瘟神印記的痘疤。」

那名女子摀著嘴，發出一聲尖叫，別過臉。眼看華麗的花簪就要脫落，她的母親霍然起身，撲上前護住女兒。

「武士大人，您在說些什麼！」

面對那名母親的尖聲叫喊，老翁不爲所動。他瞪視著母女倆，威儀十足地繼續道：

「聽到在下的話了吧？那就應該明白在下的意思。妳身爲人母，得努力矯正女兒醜惡的心靈。不妨反省自己膚淺的行徑，和她一起洗心革面。」

聽到堅決冰冷的話語，那名母親花容失色，女兒則以長袖掩面大哭。

「井筒屋老爺，這未免太過分。」

母親緊摟女兒，踉蹌站起。女兒放聲哭泣。

「這什麼怪談物語會，太不正常了，我不會再來。告辭！」

那對母女像要踢飛烤火盆般，匆匆逃離包廂，既粗魯又難看。

留在現場的賓客，宛如遭一陣風吹過，不禁愕然。

半晌後，井筒屋七郎右衛門緩緩低笑。說故事的老翁滿布皺紋的臉，跟著浮現笑意。

「豐谷老師，您這麼做，我很為難呢。」

井筒屋七郎右衛門喚的約莫是老翁的稱號。兩人不知是因書法、繪畫，還是俳諧結緣，算是同好。

「您一身輕鬆來到江戶，然後又返回藩國，一點事也沒有，但我是紮根江戶的商人，您害我損失一名客戶。」

口吻像在責備，但這位札差笑得十分歡快。

「抱歉，在下說得太過火。」

名為豐谷的老翁，笑臉迎向在座的賓客。

「人們常說，上了年紀就懂得包容，唯獨在下這把老骨頭變得更性急。打從剛才起，那對母女無禮的言行，便令人難以忍受。為了略施薄懲，才演這麼一齣戲。」

還望各位見諒——老翁笑著道歉。

「搞不好那位小姐早就得過天花。」

面對主辦人的疑慮，老翁撫著臉頰回答：「在下猜測，她會如此失禮地嘲笑瘟神碰觸過的人，正是不懂天花的可怕。」

在下應該沒猜錯——老翁補上一句。

「是是是，欽佩之至。」

井筒屋七郎右衛門語帶調侃。老翁向在座賓客道：

「在下沒有家母的眼力，和各位一樣，看不出自己的疾病和壽命。在下只是個相信『把握現在便能擁有明天』的道理，祈求日子過得平安的老頭。剛剛不過是餘興節目，請各位放心。」

這番話化解現場凍結的氣氛，賓客之間揚起陣陣輕笑。

阿近身旁的阿勝也端正坐姿，翹首望著從上座走下的老翁。老翁察覺她的視線，兩人四目交接。

阿勝深深一鞠躬，老翁以眼神回禮。不論是他正常的左眼，還是失明的右眼，都充滿溫暖。

七

天氣愈來愈冷了——三河屋老闆娘帶領著女侍走進包廂，撥動火盆裡的木炭。昏暗的上座也擺著燭臺。

「很有怪談物語會的氣氛。」

半吉瞇眼望著搖曳的燭火。

阿近微微打開窗，和阿勝一起眺望窗外。細雪翩然飄降，窗下中庭整片的松樹宛如鋪上一層棉花。地上積了薄薄一層白雪，周圍配置奇岩怪石的池子，水面已結冰。

「三河屋老闆似乎挺喜歡烏龜，庭院裡到處都是。」

「好氣派的貸席。」

圍繞中庭而建的雙層建築，裝設一整排的窗。對面窗戶全亮著燈火，看來今天每間房都有人租用。

「各位，」井筒屋七郎右衛門坐向上座，「發生一件教人頭疼的事。今天的第四位說故事者，其實就是怒氣沖沖離去的婦人。」

然而，他一點都沒有頭疼的樣子，嘴角還泛著笑意。

「這麼一來，得跳過第四個故事……其實啊，豐谷老師。」

他再次呼喚老翁。

「今天一早我快醒來前，做了個奇怪的夢。人們說，早上的夢往往會成眞，實在沒想到我做了預見相同情況的夢。」

「哦，是怎樣的夢？」老翁相信了他的話。

「沒什麼，內容不値一提。」

語畢，主辦人怪異的面容轉向眾人。

「剛剛提過，創立這個怪談物語會的是家父。不知該說父親是相信預兆，還是過於迷信，他很討厭『四』一字。當然，這是因爲『四』與『死』同音。那麼，應該有人會疑惑，他討不討厭與『苦』同音的『九』？不過，父親認爲塵世有『苦』是理所當然。不懂何謂『苦』，人將變得怠惰。所以，他並不忌諱。然而，對於『死』，他希望能避則避。話雖如此，任何人都不免一死，但爲了讓死亡晚些到來，得盡量防止它出現在我們身邊。」

由於這個緣故——井筒屋七郎右衛門笑道：

「在父親那一代，井筒屋沒有四號倉庫，直接從三號跳至五號。但我不一樣，不喜歡這種做法，畢竟什麼事都跳過並不恰當。如果三的後面不是接四，世間的道理就行不通了。套用在算盤上，也挺傷腦筋吧？」

眾人哄堂大笑。

「於是，到我這一代，便建造四號倉庫。其實也沒什麼，只是將原本就有的倉庫稱呼改個順序。有些資深伙計十分排斥，認爲會造成混淆，但我仍力排眾議。」

不過——他微微傾身向前。

「今天早上的夢中，那座四號倉庫如輕煙般消失。我拿著鎖鑰環顧四周，納悶想著，我的四號倉庫跑去哪裡？」

此時，一名客人舉手發問。那是陪同一對老夫婦前來的年輕男子。

「您說倉庫消失，是指五號倉庫接在三號倉庫後面嗎？還是，四號倉庫原地消失？」

井筒屋七郎右衛門不禁睜大眼。

「問得好。答案是後者，四號倉庫的所在處，變成一片空地，只留下立柱的痕跡，彷彿倉庫去別地方散步。」

說第三個故事的老翁露出微笑，一張皺巴巴的臉變得更皺了。

「我在夢裡傷透腦筋，心想：到底是怎麼回事？此時，老闆娘出現，也就是我家的河東獅。她安慰我：老爺，這不是可喜可賀嗎？少了四，便遠離『死』，是在告訴你，還有很長的歲數可活。噢，原來還能如此解釋，正當我大感佩服，便睜眼醒來。」

我一起床，馬上去查看四號倉庫——他接著道。

「根本好端端的。因爲倉庫不可能長腳，自行去外頭散步。」

笑聲四起，燭火微微搖晃。籠罩在毘沙門天怒容上的暗影，也輕柔搖曳。

「所以，那場夢是在向我透露今天物語會的情況：第四個人會如輕煙般消失。對了，雖說是輕煙，但消失的方式有些激烈。」

對於那對母女的退出，主辦人看不出一絲歉疚。

「每次講述怪談，總不免提及死亡或陰間，今天更是接連講幾個和壽命有關的故事。所以，不是要刻意借用我家河東獅的話，但第四個人消失，或許是可喜可賀。『死』從各位身邊消失，大夥都能延年益壽。」

現場自然是掌聲如雷，在燭光搖曳的包廂裡，流過一股暖流。

「像是原本就套好招的。」

青野利一郎低語。阿近的耳朵湊向他，應一句：「什麼？」

「就是第四名說故事者的消失。如此一來，死亡便離眾人遠去，這套說詞未免太機智。我覺得是一開始就寫好的劇本。」

「可是，那對母女似乎真的很生氣。」

「是啊，那對母女是真的。但井筒屋老闆早知道這麼做會惹惱她們，也早料到她們會生氣離去。」

是嗎？阿近望向上座的主辦人。他正與前排的客人交談。

「井筒屋老闆說會少一名客戶，但真是這樣嗎？倒不如說，井筒屋老闆特地恭敬邀請想斷絕往來的客戶，在滿座的賓客前趕跑對方。」

「那麼，武士大人是配合井筒屋老闆演戲嘍？」

「他們交誼匪淺。這只是小事一樁。」

不過——小師傅側頭尋思。

「那位老先生自稱是奉祿八十石的一般武士。」

「是的，原本擔任名爲『檢見』的重要職務。」

「若只是在上野的小藩擁有這樣的家世和奉祿，應該沒那麼容易來到江戶，與井筒屋這種人物深交。」

「不是因爲他退休了嗎？」

利一郎苦笑，「如果已退休，更是不可能。」

此時，阿近覺得與小師傅之間有一道鴻溝。

「約莫是他或他的兒子，有著相當顯赫的地位。」

利一郎望著與三河屋老闆娘喝茶的老翁，頻頻打量。

「您還眞在意這種事呢。」阿近悄聲道。

「咦？」

利一郎似乎有點意外，阿近旋即後悔說出那句話。得到學生愛戴、深受周遭人信賴，看起來已習慣市町生活的青野利一郎，終究是失去藩國和奉祿的浪人，或許仍有覺得不滿足的地方。這不是阿近能明白的事。

「沒什麼，我只是在想，井筒屋老闆與那位武士，不曉得是怎樣的交情……」

見兩人竊竊私語，阿勝一直擺出毫不知情的模樣。另一方面，半吉突然焦躁起來，頻頻碰觸黑痣。

「傷腦筋，輪到我了。」

他很緊張。阿近笑著向利一郎低語：

「即使是預先編好的劇本，但半吉老大好像完全不知情。」

利一郎頷首，「他練習過很多遍，應該能講得流暢。」

「那麼，我們歡迎第五位說故事者。半吉，請上來吧。」

井筒屋七郎右衛門出聲喚道。

「這裡的說故事者不需要名字，公開自己的身分和地位很不識趣，但不少貴客認識此人吧。最重要的是，他腰間的十手紅纓繩，想遮掩也遮掩不了。所以，你可以報上姓名，老大。」

黑痣老大微微躬身穿過賓客之間，來到上座。

「那麼，我就奉主辦老爺的吩咐，分享一個難登大雅之堂的故事吧。」

半吉鼻梁泛紅。阿近從未見過半吉那縮在坐墊上的模樣。

紅半纏半吉說出他的故事。

我名叫半吉，在本所深川一帶擔任捕快，有個綽號叫「紅半纏半吉」。這是我出生於遙遠的西國，那裡的捕快都穿紅色半纏（註一），才獲得此一綽號。話說回來，我鼻子旁長有顯眼的大黑痣，最近喊我「黑痣老大」的人也不少。

談起我的身世，盡是些不堪聞問的事。一名被逐出故鄉、流浪到江戶的半吊子，前半生自然乏善可陳。因此，前二十年容我一語帶過。今天要分享的，是我在本所落腳，得到當地的捕快老大收留，成爲跑腿小廝時發生的事。

我在相生町的澡堂當鍋爐工，邊替老大跑腿辦事，大多是連孩童或家犬也會做的工作。那段期間頗長，所以我的鍋爐工資歷豐富，哪天不當捕快，打算開一家澡堂。

初春梅花綻放時節，我拖著載薪柴的拉車回到澡堂，老大恰巧派一名童工來傳話。

——半吉哥，老大找你。老大說，有工作要委託你，得外宿一陣子，請帶換洗的兜襠布過來。

我大爲吃驚，同時略感得意，想著終於擺脫跑腿小廝的身分，要從事捕快相關的工作了。

——你說外宿，是要潛入賭場，還是到哪個中間部屋（註二）臥底？

我自以爲是地問，但童工流著鼻涕，一臉呆愣。

——請直接問老大。

我急忙趕去。老大擔任主君的巡捕，妻子則經營燈籠店，當天一樣有許多工匠。急躁的我，認爲自己的身分比製作燈籠的工匠高上一階，態度傲慢起來。畢竟年少無知，如今提起往事，仍不免臉紅。

不過，聽完老大的吩咐，我整個人都洩了氣。

——深川十萬坪前方的小原村，附近有一幢料理店老闆的房子。那裡的別屋有病人靜養。由於是重病患者，不知還有多少時日可活，老大要我在一旁看顧。

——平時有一名年輕女侍負責照護他。你的三餐，女侍也會幫忙張羅，或許會有點無聊，但應該是很輕鬆的任務。

我大失所望。因爲剛剛我才趾高氣昂地睥睨燈籠工匠。

——不用照護病人，只要陪在一旁就行嗎？

——你哪有辦法照護垂死的病人啊。

一點都沒錯，我沒那麼細心。

——那我該做什麼？

——如果有可疑人物靠近病人，你得監視對方，別讓對方胡來。

這句話十分古怪。一名病危的患者，會有什麼可疑人物靠近他枕邊，對他胡來？

——老大，那病患到底是何方神聖？

老大原本就是一張苦臉，像是吃到澀柿子。在我這小鬼煞有其事地反問下，那張臉好似咬到澀柿子的狆犬（註三）。

——你去了就知道。

我就這樣被趕鴨子上架，前往十萬坪前方的小原村。

註一：一種短外褂。

註二：武家宅邸裡的長屋，供中間起居。中間是沒有武士身分，受僱於武士家，負責處理雜務的人。

註三：產於日本的一種玩賞犬。

如今十萬坪依舊遼闊，但建有不少宅邸。二十年前，除了水田外，什麼都沒有。即使天地倒轉，也只是變成天空在下，水田在上，不會有任何影響，就是如此空蕩的地方。一到冬天，不論水田或旱田都空無一人，益發顯得冷清。

目的地的那幢房子，屬於池之端的料理店「鈴丁」，當時住著一對退休的老夫婦。兩人都頂著銀絲鶴髮，氣質出眾。我問他們，怎麼會有間房子在這裡？老太太解釋，她原本是地主的女兒，如今房子的所在處，是娘家的原址，早在開墾為水田前就存在。房子雖然不大，但四周植有樹籬和防風松，相當別緻。至於別屋，只有兩個房間和附爐灶的土間，構造簡便。內急時，可使用屋外的茅廁。

屋裡有女侍和男僕，我和兩人沒怎麼交談。果真如老大所言，照顧病患及張羅我的三餐，都由在別屋伺候的年輕女侍一手包辦。

這名年輕女侍骨架粗大、膚色黝黑，加上態度冷漠，容貌男女難辨，但姑且也算是女人。她是附近農家的女兒，受僱於「鈴丁」。看來，她也被吩咐過，別和病患及來探病的人深入接觸。我都擺著一張臭臉，懷裡藏一把匕首，不像是正經男人，她應該會更害怕。雖然她一直認真工作，卻很排斥與我目光交會。

至於那名重要的病患……

別屋的榻榻米撤走，只在木板地上鋪簡陋的草席。不知為何，隔間的拉門拆除，屋內特別寒冷。

病患就躺在簡陋的被窩裡。

一看就曉得是名男子。他穿著兜襠布及褪色的浴衣，起初我以爲床上躺一具稻草人。散亂的頭髮，尖鼻朝向天花板，眼睛和嘴巴張得老大，從他口中散發出酸臭味。

我探向他的口鼻，發現他勉強有呼吸，不時會顫抖似地眨眼。但出聲叫喚他，完全沒反應，動也不動一下。

我看不出這名男子重病的原因，只曉得絕不尋常。因爲他的肌膚像煙燻過一般烏黑。

初次見到他時，從他腳趾甲沿著雙腳，一直到肚臍下方，全是一片烏黑。肚臍上方則像青蛙肚一樣蒼白，不帶半點血色。

我靈光一閃，這傢伙該不會是得到傳染病吧？果眞那麼危險，老大不會派我來，但我被病患的模樣嚇壞，早失去分辨是非的理智。

如剛才所言，那名女侍不可靠，我繼續逞強也沒意義。於是，我垂頭喪氣地前往主屋，決定向「鈴丁」那對老夫婦磕頭道歉，請他們聽我解釋。

奉本所的老大之命來此的我，比跑腿的小鬼更不值得信賴，而且一無所知。聽到我的話，那對退休的老夫婦相當詫異。看我是個年輕小夥子，他們應該是同情我吧。

——要再等幾天我們不清楚，可能是十天或十五天，他就會全身發黑死去。

他們還說，那不是病。

——那種病不存在於世上，所以你和我們都不會被傳染，請放心。

——那到底是什麼？

夫婦倆互望一眼。

——算是人的怨恨吧。

——這樣啊，像是詛咒嗎？

他們解釋，是那個人身上冒出的污穢。

——居然招來如此深沉的怨恨，那病患到底是何方神聖？

——你連這個都不知道嗎？本所的老大眞壞心。

——他名叫與之助，原本是個捕快。只不過，他的爲人和你們老大差遠了。

——他打著奉旨辦案的名義，欺負弱小。有一段時期，本所深川到兩國橋一帶，沒人不曉得他的惡名。

——他終於得到報應。連五十歲都不到，壞事做不得啊。

南無阿彌陀佛，南無阿彌陀佛。兩夫妻雙手合十，我不禁愣住。

各位應該知道，捕快並不是能在太陽底下昂首闊步的職業。地痞流氓最清楚地痞流氓幹的勾當，而流氓協助巡捕辦案，正是這項工作的起源。所以，有人拿到十手後，狐假虎威，四處恐嚇勒索。

與之助就是這種人。緊抓著別人的小辮子不放，吃乾抹淨。尤其對年輕女人，更是壞事做絕。好幾間不錯的商家，都因他倒閉。

關於此事，我時有所聞。不過，若在此詳述就不是怪談了，只會讓各位噁心作嘔。請各位想像一個心術不正的無賴拿到十手後，盡情作姦犯科。唯一能確定的是，與之助這名不肖捕快，死後即使地獄裡的牛頭馬面專程來拘提，也不足爲奇。

我就在建造於十萬坪一隅的小小別屋裡，看顧這名惡棍走完人生最後一程。

——如果有可疑人物靠近病患……

老大這麼吩咐過。他話中的含意，我在住進別屋的頭一晚便明白。

那名年輕女侍每天固定來工作，入夜後則返回自家。我則是帶著棉被住進病患隔壁，一個約三張榻榻米大、鋪木板地的房間。幸好老夫婦帶酒菜慰勞我，我端著酒淺酌，感到睡意漸濃。

深夜時分，突然颳起風，夾帶著濃濃的腥味。

那臭味像有人將腐爛的魚肚撒一地，臭不可聞。我的胃一陣翻攪，噁心作嘔。

那天是半圓月。別屋裝有防雨板，但土間就在隔壁，月光穿透煙囪和門口。我的雙眼很快習慣黑暗，得以梭巡四周狀況。

接著，我發現病患的床鋪正前方，有一道人影。

人影彎腰低頭，縮著身子緩緩移動。

——那人要幹什麼？

依順序來看，對方是何時到來、從哪裡潛進別屋，我應該先爲此感到詫異。但我悄悄起身，雙手撐地爬行，伸長脖子窺望隔壁房。

那黑色人影摩挲著病患右手，才會緩緩動著。看來像在輕撫病患的痛處，我卻宛如冷水澆淋，全身寒毛直豎。那黑色人影露出袖口的胳臂，不屬於活人，而是骷髏的手。那隻手枯瘦乾癟、顏色怪異，表皮甚至剝落了。在春夜半圓月的微光下，清楚浮現駭人的模樣。

說來慚愧，我並未出聲，只是趴在地上看傻了眼。

半晌後，傳來「嘶嘶」聲。我豎起耳朵，想分辨到底是什麼聲音，聽著聽著，我的心臟幾乎凍結。

那是病患發出的聲音。從與之助的喉嚨中，響起壞掉的笛聲。他不是在說話，而是既像哭泣，又像呻吟。

我直打哆嗦，準備維持趴伏的姿勢後退，卻不小心踢到隨手擺在床邊的酒瓶，發出巨大聲響。此時，那個撫摸病患胳臂的黑影，身軀一震。

我忍不住放聲大叫，想逃離現場，卻跌落土間，額頭撞向地面，痛得眼冒金星，但也重拾骨氣。要是我逃走，拿什麼臉見老大及親切的老夫婦？於是，我大喝一聲跳起，理應收在懷中的匕首不知掉到哪裡，只得空手擺好架勢，站穩馬步。

——歹徒別動，吾乃奉旨辦案！

各位請勿見笑。當時我真的是如此大喊，我只想得到這句話。

那黑影頓時消失無蹤。與之助和白天看到時一樣，如同稻草人般躺著不動。

我摸索著找尋油燈。在微光下，我注意到那道黑影緩緩撫摸過的與之助右臂，從手腕到手肘一帶，變成一片烏黑。

與之助的雙眼和嘴巴一樣張得老大，但已聽不見剛才的「嘶嘶」哭聲。

後來，每晚都會上演相同的戲碼。一夜一夜過去，半圓月逐漸轉為眉月，黑影天天出現在別屋，撫摸與之助。天亮後我前去查看，總會發現黑影摸過的地方，都會如煙燻過般由白轉黑。

一天三次，年輕女侍會替病人換尿布，每天早上還替他換浴衣，但那副情景，簡直像在處理稻草人或掃帚。

我忍不住問女侍：

——病患身上變黑的部位逐漸擴散，妳也看得出來吧？

我一開口，女侍的反應卻是遮著臉，轉頭就跑。

我不曉得與之助背上有華麗的紋身。事後老大告訴我，他背上的紋身相當罕見，是名爲「普陀落渡海」（註）的吉祥景象。當初與之助走起路虎虎生風，這是他引以爲傲的紋身。如今染病完全泛黑，逐漸看不清楚。

每天出現的黑影都不同。時男時女，時老時幼，有時是男女一同前來，不知是夫婦或兄妹，分站在病患兩側。

——他的病愈來愈嚴重。

依我猜測，等哪天黑影坐在棉被上，撫摸他的頭，就是他的死期了。

此外，那宛如魚肚腐爛的臭味，並不是黑影出現就會聞到，而是在黑影撫摸與之助、他的皮膚變黑時，才會聞到。所以，與之助的身軀變黑，應該就像腐爛一樣。他會從喉嚨發出痛苦的嘶嘶聲，可能也是病痛擴散，連孱弱的身軀都忍不住尖叫呻吟。

由於當初得到教訓，後來我看到黑影，便會屏息斂氣，不發出任何聲音。即使我什麼都不做，

註：在佛教中，意指搭小船渡海，朝普陀落而去，是捨身求道的一種修行。普陀落是觀音菩薩居住的淨土。

黑影也會在半個時辰後消失。而且，他們一定會在丑時三刻（註）出現。

——他們是亡魂，這也是沒辦法的事。

我心中如此認定。前來迎接與之助的，不是地獄的牛頭馬面，而是過去受他折磨，甚至被他害死的可憐人，化爲亡魂來迎接他。

然而，每天晚上目睹那駭人的景象，我根本無法成眠。只有在大白天，我才能安心呼呼大睡。由於心情沉悶，沒有胃口，我酒愈喝愈多，想必氣色不佳。到了第七天，主屋的老夫婦找我過去。他們十分擔心我，對我無比親切。

——半吉先生，你不會比病人先走吧？

——放心，沒事的。

那對老夫婦說，與之助來這裡前，曾流落到下谷的一棟裡長屋。當時他已有病在身，全是酒毒發作所致。他雙手發顫、口齒不清，連白天都胡言亂語，最後被撤走十手。不能打著奉旨辦案的名號後，他再也沒戲唱。昔日的威風蕩然無存，加上身無分文，害怕世人的目光，只得隱姓埋名。

某天，他突然直喊冷，倒地不起，從腳尖開始發黑。

——之後，每到丑時三刻，長屋四周的狗便會狂吠。明明是半夜，烏鴉卻叫個不停，嬰兒也不斷哭鬧，教人傷透腦筋。

那是黑影的緣故。他們來找與之助，狗和嬰兒會感到害怕。

——那邊有人徹夜不眠，待在那傢伙身旁確認此事嗎？

——有，管理人。事後他在床上連躺三天。

「鈴丁」以前曾塞錢給與之助，請他撤除一場棘手的官司，對他們有恩。雖然與之助是壞蛋，但只要覺得有利可圖，他也會賣人情給正經民眾。

——所以，我們才讓他住到別屋。不管怎樣，有恩就得回報。

——老爺，您眞是好度量。

聽完他們的說明，我終於明白是怎麼回事。不過，老大吩咐「監視對方，別讓對方胡來」，應該是要我監視那些黑影，防止他們不光是帶走與之助，還要危害同情與之助的老夫婦。

然而，我實在不知該如何是好，只能每晚睜大雙眼，望著黑影逐漸逼近與之助的頭部。

——半吉先生，您要多加小心。

——嗯，包在我身上。

從那天晚餐起，我的飯菜裡一定會加蛋。哎呀，說來這又是笑話一樁。拜此之賜，我精力增進不少，日後卻看到蛋就怕。

半圓月逐漸轉爲新月，而後又轉爲半圓月。這段期間，我默默看著黑影和與之助，亡魂和遭亡魂索命的男子。不知不覺間，已過梅花盛開的時節。

在梅花落盡，櫻花盛開之際，乍暖還寒，降下冰雨。那天，我聽著屋簷滴落的雨聲，確認與之助頭頂只剩孩童手掌大的地方還沒變黑，身軀其他地方都呈現烏黑。

——看來，就是今晚了。

註：依日本時制計算，約凌晨兩點到兩點半。

我穿著棉襖，坐在與之助的床角，等候丑時三刻到來。半夜時，冰雨停歇，廣闊的十萬坪上空寒風呼嘯，令人備感孤寂，同時帶有一股不祥之氣。那天晚上現身的黑影，外形是十二、三歲的孩童。第一次出現孩童，只見孩童坐在與之助枕邊，伸出骷髏小手，撫摸與之助的頭。

黑影的形體朦朧，難以分辨男女。不管怎樣，與之助一定是曾害死這麼小的孩童，我不禁怒火中燒。

這就是他人生的盡頭，我既生氣，又哀傷。不知為何會有這種心情，於是我首度向黑影搭話。

——喂，不向這傢伙說出心中的怨恨嗎？

狀似孩童的黑影手一頓，轉向我。

孩童的頭髮綁成一束盤起，隨手打了結。定睛一瞧，看得出以束衣帶纏住和服衣袖。雙肩瘦削，身材纖細。得知是個女孩，我胸口一緊。

——對不起。

黑影人似乎向我行一禮。

果然是女孩的聲音。那並不是很微弱的聲音。儘管只隔著一床棉被，但聽起來像從遙遠的地方傳來。

——雖然對他有許多怨恨，畢竟是父女，至少在他赴黃泉的路上，我想牽著他走，才特地前來。

——哦，這樣啊。

我頗為感動。

——妳是與之助的女兒吧。

是的——黑影頷首。

——妳幾歲過世？當初是怎麼死的？叫什麼名字？

黑影沒回答，只是低著臉，又摩挲起與之助的頭。我頓時語塞，默默望著女孩輕撫與之助的頭。

不久，那小小的黑影停下手。與之助的喉中不再發出嘶嘶聲。吹過屋簷的風聲，突然在我耳畔響起。

女孩舉起手，輕輕覆在與之助臉上。

結束了。想到這裡，我再也按捺不住。

——我想供養你們，有什麼我能為你們做的嗎？

我移膝向前，黑影似乎轉頭望向我。

——半吉先生，你一直都看顧著我們，這樣已足夠。

她看起來在微笑，接著消失不見。一眨眼，便不見蹤影。

我點燈查看，發現與之助從頭到腳渾身烏黑。雙眼和嘴巴都緊閉，是女兒替他闔上的。與之助在沉睡中斷氣。

故事就到此為止，「鈴丁」幫忙將與之助的遺骸火化，恭敬地弔唁一番。後來，不論是別屋或那對老夫婦，都沒碰到任何怪事。不過，隔年春天的強風吹倒房子，最後只能拆除。

我回到老大的燈籠店後，工匠全大吃一驚，滿臉驚惶。在那二十天裡，我彷彿換了張臉，變得非常憔悴。

只有老大神色自若。我告訴他與之助最後的情況，並詢問許多關於與之助的事。老大意興闌珊，說話含糊不清，只針對我的問題回答。

——你算是開了眼界，那是我們這一行的壞榜樣。

老大朝我吼一句「你要好好工作」，我便乖乖回去當鍋爐工。

對了，過沒多久，不知此事是怎麼傳開的，大夥都開玩笑地說我是——

被亡魂叫過名字的男人。

八

侍故事全說完，現場已備妥酒。接下來並非要舉辦酒宴，而是要敬酒。由井筒屋七郎右衛門起頭，賓客靜靜喝著清酒。用的是美麗晶亮的黑漆酒壺與酒杯，清酒上還浮著金箔。

敬酒結束，主辦人站起。

「這是淨身用的。」

他朝賓客揮灑裝在小碟子上的鹽，接著重新端坐在上座。

「託各位的福，今年一樣得以順利完成心靈大掃除。非常感謝，請慢走。」

女侍逐一向賓客發送印花布包袱，入手感覺沉甸甸。

半吉開心地告訴阿近：「這是深川名店『平清』的多層餐盒。打開後會嚇一跳，足足有三層菜肴。我向來最期待領餐盒。」

現場沒提供酒菜，約莫是不想擾亂氣氛。在沉穩氛圍中舉行怪談物語會，然後讓客人帶豪華的伴手禮回家。

「與其一味追求熱鬧，不如像這樣講求精緻。」

阿勝說得一點都沒錯，阿近深有同感。

「物語會結束後，老爺一定會和氣味相投的同伴一起去新吉原（註）。」

在那邊另外花錢替心靈大掃除，半吉笑道。

井筒屋七郎右衛門守在隔壁房送客，阿近與阿勝恭敬答謝他的款待。

「三島屋的大小姐，期待您下次能繼續賞光。」

主辦人的炯炯大眼，緊盯著阿近說道。

「好的，謝謝您。」

「希望日後大小姐能擔任說故事者。聽人說怪談固然不錯，但自己說也別有一番風味。」

不曉得他對我的事知道多少？對我的內心又看穿多少？阿近忍不住思忖。宛如受到他的話吸引，阿近回答：

「等哪天發現什麼好故事，我會接受您的邀約，前來說故事。」

註：吉原是江户知名的花街柳巷，原本位於日本橋，後來遭大火燒毀，遷往淺草，所以稱爲新吉原。

「一言爲定。」

此時，阿近才注意到有股淡淡的白檀木香氣，從井筒屋七郎右衛門身上那件短外罩袖口飄來。

在半吉與青野利一郎的陪同下，阿近與阿勝坐進轎內。主辦人贈送的多層餐盒，三河屋會直接送至三島屋，設想十分周到。

舉行怪談物語會之際，雪一直下個不停。雖然暫時停歇，但三河屋的屋頂和道路都化爲一片雪白。厚厚的雲層宛如交疊的棉花，但飄落的雪花竟如此輕盈細小，踩過還會發出「沙」一聲。

彎腰進轎的瞬間，阿近想起一件事。

橋通往另一個世界。在橋上能遇見在其他地方無法接觸之物。

「抱歉，走上兩國橋後，請通知我一聲。希望能在橋上稍停片刻，不會占用太多時間。」

轎夫以手巾包頭，還圍著圍巾，依然很冷的樣子。

「是，小的明白。」

阿勝似乎心領神會，完全沒過問。半吉和利一郎則是滿臉納悶。

「大小姐，怎麼了嗎？」

「沒事。老大、小師傅，我今天很開心。兩位也請保重。」

放下竹簾後，又是一個人了。轎子啓程，阿近輕輕嘆氣。

隨著轎子的搖晃，今晚聽到的故事、當中的隻字片語、聆聽時浮現心頭的情景，皆化爲細雪般的碎片，在阿近心中飛舞。青野利一郎、半吉，及井筒屋七郎右衛門的各種表情，逐一冒出腦海。

——我還眞不懂得和他應對。

她想著利一郎。如果說話能再機伶一點，再可愛一些，更有女人味就好了。

——可是我……

果然還是太早了嗎？還是，要一直這樣下去呢？

「大小姐，兩國橋到了。」

傳來轎夫的聲音。

「請暫停一下。」

轎子的搖晃停止，阿近在狹窄的轎內端坐，雙手合十置於胸前，闔上眼。

雖然不能大聲說，但僅僅在心裡想，恐怕無法傳達。

「我是三島屋的阿近。先前路過時，承蒙您前來問候，眞是失禮了。關於阿榮，請不必擔心，三島屋會悉心照顧她。」

阿近睜開眼，接著道：

「如果方便，可否現身讓我拜見？我想見您一面，然後回去告訴阿榮這件事，拜託了。」

阿近心跳加速。她不是害怕，而是充滿期待。

靜靜深呼吸幾次後，阿近將竹簾掀起約一個手掌的高度。

轎子旁覆滿白雪的路上，出現一雙腳。

是一雙小腳。該怎麼形容呢，對方穿著稻草編成的鞋，搭上腳絆（註）。這在江戶難得一見，

註：以布或皮革製成，包覆小腿的護具。

但在時常下雪的山村裡並不稀奇。

——啊，來了。

阿近將竹簾又捲高些許，看到以剩布拼湊而成、顏色和圖案都混雜不一的棉襖下襬。衣袖是筒袖，手掌藏在其中。

儘管略顯老舊，棉襖看起來十分溫暖。由條紋、小碎花圖案等各種剩布縫製，右前方邊角的黃白兩色雛菊圖案尤爲醒目。

——這下該怎麼辦？

阿近不知所措。繼續將竹簾往上捲，在對方面前露臉，同時也看清楚對方樣貌，這樣妥當嗎？猶豫之際，阿近一時手滑，竹簾倏然滑落。她急著要再次掀開，眼前已空無一物。

阿近雙手覆在胸口。雖然沒能拜見尊容，至少打過招呼，太好了。

「謝謝，可以了。請起轎吧。」

在剩下的路途上，阿近一直懷著這份心思，返回三島屋。

「怎麼一到家就提這個啊。」

阿民刻意轉動眼珠。

「怪談物語會如何？說來聽聽吧。妳先坐下歇歇。」

「嬸嬸，稍後再告訴您，請先幫我找阿榮過來好嗎？」

阿近換下長袖和服，邊催促阿民。

阿縈剛和阿鯆泡澡回來，雙頰益發通紅。由於大小姐突然召喚，她擔心犯了什麼錯，露出畏怯的眼神。陪同的阿鯆也一臉緊張。

「抱歉，我不是要責罵妳，只是想向妳請教一件事。」

面對緊挨著彼此的母女，阿近提起那孩童的草鞋和腳絆。

「我想，應該是像這樣……將小腿包起來，是鄉下的穿著嗎？」

阿縈望著母親。阿鯆點點頭，回答：「那應該是雪靴。」

「妳們家會製作嗎？」

「是的，我們從小就學會編雪靴。」

「阿縈也會編自己的雪靴嗎？」

「嗯……會。」

阿近語氣急切，阿縈仍感到怯縮。

「這樣啊。妳幫別人編過雪靴嗎？」

阿縈默默點頭。

「那麼，阿鯆姊、阿縈，妳們有沒有拿剩布縫過棉襖？製成筒袖，長度恰恰到雪鞋上方。」

「若是那種款式的棉襖，冬天下雪期間，村裡每個人都會穿。」

「原來如此。妳曉得哪件棉襖的前方這一帶，是用黃白兩色的雛菊圖案剩布拼湊而成嗎？」

阿近拍著腰帶下方，阿縈不禁睜大眼。

「啊，如果是這樣……」

「妳知道？」

阿榮彷彿在詢問母親能否回答，窺望母親的雙眸。至於阿鯒，似乎還不明白是怎麼回事。

「要是妳知道，能不能告訴我，誰常穿那件棉襖？」

阿近很感興趣地傾身向前，阿榮微微縮著肩膀。

「那是我一件舊夏衣的圖案。來這裡之前，娘替小法縫棉襖，用的就是我那件舊衣服。」

「小法？」

阿鯒一本正經地回答：

「是我們村莊外郊的一尊石佛。位在山路上，村民們經過都會膜拜。」

「妳們提到的小法，是一尊佛像？」

「很久以前，村民發現祂倒在山路上。約莫有這麼大。」

阿鯒舉起手，比向坐著的阿榮頭頂高度。

「雖然只是一塊岩石，但形狀頗像地藏王和法師，村長說不得怠慢，於是安置在原處，加以膜拜。」

原來如此，那「小法」指的應該就是「小法師」。

「哦，是這麼回事啊。」

阿近欣喜不已。

「阿榮，妳常去膜拜小法吧？」

是的，阿榮頷首。

「這次和娘一起來三島屋前，是不是跟小法打過招呼呢？」

「村裡的人時時都會膜拜小法。不管是翻越山頭，還是從外地返回村裡，都會膜拜。」阿鱝回答。

小法是阿榮村裡的守護神。

「妳是不是縫一件棉襖送給小法，並向祂祈求——從今年起，阿榮也要到外地工作，希望我們母女都能平安健康？」

「是……」

這樣不對嗎？阿鱝怯懦地低喃，阿榮也一臉泫然欲泣。糟糕！

「妳們沒做錯事！抱歉，突然問奇怪的問題。」

阿近笑著道歉。

「小法穿著那件暖和的棉襖，非常高興喔。」

阿近牽起阿榮的小手。

「小法一直都守護著妳，所以妳要當個乖孩子，好好加油。等新年一到，就和我一起學針線吧。」

讓阿鱝母女離開後，只剩阿民、阿勝、阿近三人。阿民仍十分驚訝。

「阿近，剛剛是什麼情況？」

就這樣說出來，實在可惜。阿近咯咯笑得開心。

「妳這孩子眞是的。阿勝也一樣，光會站在一旁偷笑。妳知道是怎麼回事嗎？」

「不，老闆娘，我一點都不知道。」

換回平常服裝的阿勝，坦然地微笑。

「不過，看大小姐這麼開心，想必是遇上好事。對了，老闆娘，三河屋的多層餐盒應該送到了，不如打開瞧瞧井筒屋這位大人物給的是什麼好禮吧。」

「對，眞是好主意。」

阿近率先起身，順便靠向窗邊，打開窗戶。

「哇，又下雪了。」

窗外的夜空又是另一番景象，宛如有人從天際撒粉。

小法穿著小雪靴，踩著這樣的雪路下山。因爲擔心第一次出外工作的村裡孩子，專程來到江戶。或許不光是到三島屋，只要是村裡孩子前往的地方，不管再遠，祂都會走去。

——這裡也下著大雪，您一定很驚訝吧。

阿近朝落下的雪微笑。

若說怪異，此事確實怪異。不過，也沒什麼不好。如同在大掃除過的心裡，降下聖潔的白雪，實在教人欣喜。那溫柔的雪，滲進阿近心底。

接下來，還有漫長的冬天要過。

瑪古魯笛

來到三島屋，迎接第二個新年的到來，轉眼間阿近又多一歲，芳齡十八。

過年期間，商家都忙得不可開交。一要出去拜年，二要接待來拜年的客人。初三一早，三島屋便開門做生意。新年到來，干支改變，有些重門面的客人會想配合干支，更換身邊的小飾品或提袋。

雖然忙碌，卻也開心。多虧這種雀躍的心情，及從元旦起的連日晴天，阿近的心靈煥然一新。去年有個名叫甚兵衛，原本擔任管理人的老翁，突然到「黑白之間」說故事，最後甚至被官府的人帶走。阿近好不容易擺脫陰霾，重新振作。

從那之後一直空著的「黑白之間」，也差不多該邀請下一位說故事者。像是看穿阿近的心思，人力仲介商燈庵頂著蛤蟆臉，在鏡開日（註）造訪三島屋。

蛤蟆仙人板著臉，對阿近的新年問候置若罔聞。

「今天不管去哪裡，都避不開這玩意。」

蛤蟆仙人面向伊兵衛起居室裡的火盆，猶如在自家，穩穩坐著不動。原本滿是皺紋的鼻頭，此

註：農曆正月十一日，會將過年供奉的鏡餅取下煮來吃，祈求無病無災。

刻更是皺成一團。

阿近環視四周，想著到底是什麼惹老先生不高興。

「您說的『這玩意』，指的是什麼呢？」

「就是煮紅豆的氣味啊。」

用不著特別嗅聞，也聞得到廚房傳來的氣味。今天是鏡開日，正忙著煮汁粉（註一）。連工匠和裁縫女工都算在內，三島屋稱得上是大家族，所以汁粉的用量頗大。從一大早，阿島便持續和大鍋奮戰。

「您討厭汁粉嗎？」

蛤蟆仙人瞪大眼，「我喜歡汁粉，我最愛吃甜食了。」

「可是……」

「汁粉的氣味，和端出汁粉前煮紅豆的氣味，是兩回事。」

是這樣嗎？

「這一點也不稀奇。有人喜歡壽司，卻討厭製作壽司飯的氣味；有人喜歡蕎麥麵，卻無法接受煮蕎麥麵散發的氣味。」

燈庵老人想說教時，總會故意一本正經，其實帶有挖苦的意思。

「傷腦筋哪，開窗又怕太冷。」

「我長話短說吧。大小姐多了一歲，再不好好打算……」

「小心一眨眼，便成為嫁不出去的老姑婆，對吧？」

蛤蟆仙人板起臉喝茶。先發制人成功，阿近有些得意。

「關於下一位客人……」

「新春的第一位客人是吧，眞是期待。」

「對百物語充滿期待，恐怕會離姻緣愈來愈遠。」

蛤蟆仙人句句帶刺。

「我已約定明天。這位客人是帶刀武士，大小姐能不失禮地接待對方吧？」

「若是武士，之前我接待過。」

「那是浪人吧？而且不是武士，是習字所的老師。這次的客人是如假包換的武士。」

燈庵老人說對方是勤番者。指的是參勤交代（註二）時，隨同藩主前往江戶的武士。

「雖然是鄉下武士，但絕不能瞧不起他。爲了不讓江戶人瞧扁，那種人往往會故意擺出高姿態，所以要討對方歡心並不容易。不過，這個人凡事吝嗇，連一些小錢的進出，都錙銖必較。」

燈庵老人這番話眞不客氣。

「我也是鄉下人，不會在乎客人來自何處。只是，燈庵先生，連江戶勤番的武士大人都聽聞我們的事，您是不是四處宣傳？」

阿近十分在意。不料，蛤蟆仙人露骨地表現出詫異的神情。

註一：將年糕或湯圓放進紅豆湯煮成的甜品。鏡開日則是放入鏡餅。

註二：日本江戶時代的制度，各藩的大名必須前往江戶替幕府將軍執行政務一段時間，再返回領地。

「我沒四處宣傳，是報紙的功效。」

兩個月前，三島屋奇異百物語及擔任聆聽者的阿近，成爲報紙大肆報導的對象。

傷腦筋，那玩意至今還有影響力啊？

「我不是喜歡才讓他們寫的，而是拗不過叔叔的拜託。」

聽來像在辯解，連阿近自己都討厭這麼說。

「江戶勤番的武士大人，也看過報紙嗎？」

「愈是鄉下人，愈想瞭解江戶。那種人的好奇心特別重。」

愈說愈不客氣，燈庵老人和那位勤番武士有仇嗎？

「應該不用我再提醒，這次說故事者的情況特殊，所以身分和名字……」

「我知道，一概不會過問。」

「別輕易打包票，實在太莽撞了。」

蛤蟆仙人凝視著阿近。近看才發現，從事人力仲介的老翁，有一對凶惡的三白眼。

「妳可不能笑。」

「咦？」

「聽客人說故事，妳絕對不能笑。這一點我得叮囑一聲，明白嗎？」

阿近在「黑白之間」聽過的故事，沒有一個是好笑的。蛤蟆仙人應該很清楚，時至今日爲何又再三叮囑，實在費解。不過，阿近懶得細究。

「我會特別留意。」

阿近恭順地低頭行一禮。

到了當天。

造訪「黑白之間」的說故事者，沒想到是個年輕武士，而且是相當年輕。對方矮小清瘦，膚色白皙，臉頰的線條還算柔和。阿近恭敬問候，說著平時慣用的開場白，然後……

——就像小鳥一樣。

腦海掠過這個很失禮的想法。此人約莫二十歲，或許年紀還要更大一些，但個頭矮小，看上去宛如少年。

年輕武士一身條紋皺綢便服。腳下套著白布襪，搭的卻是便服。

阿近認爲正月適合擺吉祥物，於是今天在壁龕掛上七福神的畫，並在備前燒的花瓶插上松枝與南天竹，加上淡淡焚香。燈庵老人口中的「浪人」青野利一郎，先前到「黑白之間」來時，只有一個極度華麗的置刀架，之後便特地準備一個古色古香的黑漆置刀架。

年輕武士擺好長短刀，坐到說故事者的上座。他架勢不錯，但有些緊張。

——由於是這樣的人，燈庵先生才會叮囑我不能失禮。

然而，燈庵老人卻又說對方是「鄉下武士」、「好奇心重」，若無其事地貶損，這也是對方還很年輕的緣故。

阿島送上茶點，隨即離去。不過，連接隔壁房間的拉門後方，一如往常，阿勝守在裡頭。百物語的準備一切妥當。阿近調整呼吸，與年輕武士迎面而坐。

一片沉默。

年輕武士的的目光游移，剛剃不久的光滑月代頭上隱約冒著汗珠。

「歡迎今日蒞臨三島屋，我叫阿近，將在此聆聽您的故事。」

不知如何撐場面，阿近只好再度問候，低頭行一禮。年輕武士慌忙低頭回禮。

打從剛才起，他一直沒正視阿近，像在閃躲阿近的凝望。

是不曉得該怎麼開頭嗎？還是，他就是所謂的「沉默寡言」？對了，阿島帶他走進「黑白之間」時，他僅僅聲若細蚊地說一句「不好意思」。

「這位客人，三島屋的百物語，是只在『黑白之間』談起的故事。聽過就忘，說完就忘，是我們的規矩。您不必表明身分和名字，故事中提到的人名也一樣。」

這些都已說過，此時又重複一次。身爲聆聽者的阿近，惟有如此引導對方開口。

可是，年輕武士依然默默不語。

「想必您已從人力仲介商燈庵先生那裡聽聞，我是三島屋店主伊兵衛的代理人，在此擔任百物語的聆聽者。」

年輕武士還是沒開口。阿近心想「再等一下吧」，跟著沉默。豈料，年輕武士的額頭、臉頰、耳垂逐漸泛紅。

——他生氣了嗎？

「原本理應是店主伊兵衛親自向您問候，失禮之處尚請海涵。」

不得已，阿近再次道歉。只見年輕武士連忙抬起右手制止阿近，接著又不知所措地放下，改爲握拳。他低著頭，滿面通紅。

——哎呀，這該如何是好。

年輕武士纖瘦的雙肩微微搖晃，冒著汗珠的月代頭微微發亮。

「這位客人……」

阿近彎著腰，傾身向前。年輕武士一震，像豁出去般抬起頭，開口道：

「朗您奸笑了，尊得很不好意思。」

比剛剛說「不好意思」時有力許多，看來這才是他原本的聲音。與那小鳥般的外形十分不協調——或許很失禮，但他的聲音就是如此剛勁有力。

接著，阿近露出像是挨一記痛擊般的表情。昨天燈庵老人提到報紙一事時，阿近也是這副表情。不過，此刻的阿近只有驚訝。

呃……剛剛那句話是怎麼回事？

年輕武士面紅耳赤，宛如煮熟的章魚。

「啊，不醒。」

他單手掩面，發出一聲呻吟，縮起身子。

「這央施宰太糟告了，更本補知道似賴幹勝牟，尊補甘心。」

從他的語調和動作來看，似乎是在責備自己。

阿近坐在原地，目瞪口呆。雖然聽不懂年輕武士的話，但終於明白燈庵老人特別叮囑她的理由。

年輕武士有鄉音。

他的鄉音極重，聽他講故事絕不能笑。這是蛤蟆仙人話中的含意。

阿近豁然開朗。蛤蟆仙人特別交代不能做的事，她終究還是做了。她露出笑臉。

「這、這位客人。」

她急忙低頭行一禮，直說抱歉。

「請不用在意。儘管用您習慣的方言，沒關係。」

這種情況下，擺出歉疚的模樣或許比較好，但年輕武士一臉懊悔、羞愧，顯得十分痛苦，實在教人同情，阿近無法以嚴肅的表情應對。

「可是，這央一來……」

像小鳥般的年輕武士，臉皺成一團。如果是孩童，就會用哭哭啼啼來形容。

「故事就灰變得補一央……不不不……」

他握拳往前額擦幾下後，調整呼吸，重新開口。

「聽不懂我的話吧？」

阿近溫柔一笑。

「要是聽不懂，我會請教您。繼續聽下去，我也會慢慢聽懂您故鄉的方言。」

「是……」

年輕武士長嘆一聲。眉頭深鎖，嘴巴僵硬地動著。

「這是我第二次來江戶。」

哦，他的鄉音不見了。

「不過，自第一次到江戶起，我便時常向長年任職江戶的上級武士求教，努力學江戶話。」他像是將一句話拆分，逐一確認才說出口。若他是第二次來江戶，江戶話算是講得不錯。大概是年輕，學得快吧。

「不過，在這種場合，總會腦袋一片空白，說不出話。」

約莫是鄉音會不自主地跑出來。

「其實，我也不是土生土長的江戶人。我老家在川崎驛站經營旅館。」阿近應道，「川崎是個大驛站町，有來自各地的客人，使用不同的方言。經過耳濡目染，我並不驚訝。」

「是。」年輕武士嘆一口氣，「剛剛那句話，意思是——這樣不行，根本不知道是來幹什麼。」

「好的，我懂了。」

阿近回答，望著年輕武士。

「喏，只要這樣告訴我，就不會有問題。可以嗎？」

年輕武士不安地瞅阿近一眼，旋即移開目光，拳頭抵向冒汗的額頭。又是很孩子氣的動作。

「我名叫赤城信右衛門。」

年輕武士小聲報上名字，阿近開朗地回應：

「赤城大人，歡迎您來。」

在阿近的注視下，年輕武士額頭和雙頰的羞紅逐漸褪去，露出端整的五官。

「赤城這個姓氏，有一說是源自上野，不過奧州也不少。我就是個例子。」

「赤城大人是出生於北國嗎？」

「**只說打致的放圍**……不，呃……只說大致的方位可以嗎？」

「可以。」

明講他侍奉的藩國和主君不太妥當，阿近也不想細問。不過，做爲故事舞台的當地氣候和風土，倒是得先釐清。

「現下這個時節，赤城大人的藩國仍是大雪籠罩嗎？」

赤城信右衛門重重頷首。

「**嗯，雪下哼打**——啊，不，是雪下很大。」

阿近莞爾一笑，「雪積得多深呢？」

「這個嘛，您……」

「我叫阿近。」

「雪積得比阿近小姐還高。大半個月都在下雪。即使是晴天，風一吹，便會引發地吹雪。」

這是指地面堆積的白雪遭強風捲向空中，宛如從天而降的景象。信右衛門比手畫腳地解釋。

「想必很冷吧。」

「冷得連呼吸都會結凍。」

信右衛門躊躇片刻，接著道：「**偶小時吼，在河灘仿轟整，線都接凍了，蝦懷偶嘍**。」

見他故意用方言，阿近想著：好，如果不猜猜看，有損我身爲女人的面子。

「赤城大人是說，小時候……」

信右衛門頻頻點頭。

「在河灘放某個東西，線……結凍了吧？」

「沒錯、沒錯，『接凍』就是結凍的意思。」

信右衛門顯得十分開心，阿近也樂在其中。

「提到在河灘用線放的東西，應該是風箏？」

「對，是風箏。」

「在河灘放風箏，線都結凍了。」

他剛剛說「**蝦懷偶嘍**」，就是……

「嚇壞我嘍？」

「您眞聰明。」

信右衛門一笑，更凸顯出他的娃娃臉。

「當時父親也嚇一跳。冷到連風箏線都結凍，即使在我們當地，也是數十年才出現一次的奇景。」

信右衛門的語氣突然一沉，「父親在前年二月與世長辭。」

意即已不在人世。

「請節哀。」

阿近恭順行一禮，信右衛門頷首回禮。

「不久前，母親也過世了。就在七天前。」

阿近大為驚訝，不自主地提高音量：「令堂在七天前過世？」

「是的。」

「那麼，您不就得回藩國一趟嗎？」

根本沒空在這裡說百物語吧。

「回藩國得花多少時間……」

說到一半，阿近忽然察覺，若是他回答，便能大致猜出是哪個地方。

阿近頓時怯縮，赤城信右衛門眸中泛起笑意，微微搖頭。

「我的藩國，非常遙遠。」

他講江戶話時，彷彿是初學者照著稿子念，現在看來反倒帶有一股悲戚。

「我離開藩國時，母親已有病在身。當時我便做好心理準備，今生恐怕再也見不到她。」

他咬著牙說出這句話。

「我昨天才收到母親的死訊，就是這麼遙遠。」

唯一的母親在七天前過世，直到昨天才得知。

「在我的故鄉，和母親擔任相同職務者過世時，男人一概不能參加喪禮，即使是家人也一樣。只有女人能替她送終，所以由妹妹送母親最後一程。」

阿近微微瞠目。

「令堂擔任重要的職務嗎？」

赤城信右衛門不發一語，斂起下巴，點點頭。
「在我的故鄉，這是一項祕密。」
宛如念稿般的口吻，平添一分沉重。
「雖然不能對外透露，不過……」
阿近靜靜等候。
「腰似每人知道架母的辛烙，失宰太悲矮。」
信右衛門急促眨著眼，低聲道。
「我很想告訴別人母親的事。」
要是沒人知道家母的辛勞，實在太悲哀。
「什麼都不能說，感覺像有東西卡在胸口。」
信右衛門強忍悲痛。
「不能向人傾訴，偏偏又很想說。」
「於是，想到我們的奇異百物語，對吧？」
信右衛門頷首，「我聽過你們的傳聞。」
神田三島町的提袋店三島屋，蒐集奇聞軼事。在那裡說的事，絕不會傳出去。
「在江戶藩邸的長屋裡，定府（註）的同僚讓我看過報紙。」

註：江户時代，不會隨著參勤交代來往於藩國和江户兩地，而是常駐於江户的大名或家臣。

沒想到報紙也會派上用場。

「之前同僚只告訴這件事，一直不願讓我看那份報紙，相當珍惜。一再拜託，最後他才肯讓**偶**看。」

眞是羞死人了，阿近臉泛紅霞。

「赤城大人，我們在『黑白之間』聽聞的事，會封印在這裡——我的心底。我向您保證。」

赤城信右衛門停止眨眼，微泛淚光。

「母親肩負的職責，父親應該清楚。但母親賣命工作的模樣，父親不曾親眼目睹。就是如此機密。」

很想向人訴說，偏偏是不能告訴別人的祕密。光憑世人的評價，向素昧平生的人坦言，眞的恰當嗎？不，正因素昧平生才合適。阿近看得出赤城信右衛門內心的不安。

「赤城大人的妹妹，今年貴庚？」

「十八歲。」

阿近嫣然一笑，「我也一樣。雖然沒什麼大不了，您或許會認爲我多管閒事，但不妨將我當成妹妹，說出懷念的令堂過往事蹟。不知您覺得如何？」

信右衛門微微偏頭望著阿近。想必是將留在藩國的妹妹，與阿近的臉龐重疊吧。阿近端坐不動。

信右衛門的目光轉爲柔和，「也對，實在是好主意。」

雖失哼驚人的故失，但請仔細聽偶說。

「我……」

話一出口，他就像說錯話般搖搖頭，清咳一聲，娓娓道出。

「偶小時吼，一紫到十睡威止，都施個體肉豆病的害子。」

偶是「我」的意思。

「赤城大人，您到十歲爲止……」

「體肉豆病……」信右衛門眉頭緊蹙，思索片刻。「應該說是體弱多病。」

信右衛門現在仍很清瘦，想必小時候身骨更孱弱。

「偶是赤城家的長子，一直這樣體肉豆病不是辦法，所以六歲時，到母親的遠房親戚家擠住。那是一座叫尼木村的山村。」

「您到令堂的親戚家寄住是吧。」

由於是隨主君前來江戶，赤城家應該不是在鄉武士，而是在城內爲官的武士。既然如此，赤城家應該是住在城下，只有信右衛門一人離家，前往該處靜養。

「赤城大人的雙親，約莫是打算讓您在食物和水都潔淨的地方長大，直到身體變得強健爲止。」

「其實不然。」信右衛門有些欲言又止。「前一年的春天，妹妹出生，母親想專心照顧妹妹，才會把偶這教人費心的孩子送往別處。」

「可是……」阿近頓時語塞，「您明明是家裡的繼承人。」

爲了專心照顧妹妹，以長男身體孱弱、教人費心爲由，送往別處。豈有這種本末倒置的道理？武家應該比任何人都重視繼承家業的男丁。

約莫是見阿近大吃一驚，信右衛門作勢安撫她，詳細解釋：

「偶所屬的藩國，在繼承家業上，女人的地位比較崇高。之所以說崇高，是因爲女人十分重要——具有很重要的地位。」

重要的地位，指的就是「母親擔任的職務」。

「每年九月朔日，會舉行女人的慶典。寺院、神社、市町、村莊，主事者齊聚一堂，只由女人熱鬧慶祝。」

阿近思索片刻，「這件事和接下來要說的祕密有關吧？」

信右衛門頷首，望著阿近，突然嘴角輕揚。

「話說回來，阿近小姐是江戶人吧。那裡是北國，山村的生活**遠比城町來得掩君**。」

「掩君？」

「是嚴峻、嚴酷。」

阿近也察覺這件事。

鄉下地方的水和食物比城町潔淨，很適合孩子成長——這終究是都市人的看法，想得太美好。其實，在自然環境嚴峻的地方，不論是對成人或孩子，當然都是城町比山村更容易生活。要在鄉下靜養，才沒那麼好的事。

之前阿近一本正經地自稱不是江戶人，而是鄉下人，但她對北國的生活一無所悉，反倒意外暴露出自身眞實的一面。

「我想也是，眞是失禮了。」

信右衛門和善一笑。

「偶失個挨哭責，因為向夾、向娘，經常矮罵。」

我是個愛哭鬼，想家又想娘，經常挨罵。信右衛門難爲情地繼續道。

「不過，偶是重要人物，所以衣食無缺，而且一平阿舅很照顧偶。」

「一平阿舅？」

「位於尼木村的那戶人家，是母親的堂哥庄一平的家。他是樵夫統領，村裡的樵夫都聽他指揮。」

庄一平，相當罕見的名字。約莫是再度看出阿近的困惑，信右衛門放慢速度重講一次。

「偶的藩國是檜木產地。進入山中培育檜樹，再加以砍伐，從一百年前起，當地人便靠此營生。所以，樵夫可謂山林之寶。」

「在赤城大人的藩國，到山裡工作的人都很偉大吧。啊，說偉大不曉得恰不恰當。」

「應該說是重要的一群人。」

「是，我明白了。」

「樵夫統領代代都以○○平命名。一旦成爲樵夫統領，名爲庄一的樵夫，就改叫庄一平。」

原來如此，阿近漸漸理解。

「『平』有開墾山林的意思，日語中與『開』字同音。這不是放著不管，就會長出檜樹的山林，而是需要植林。計算開墾的山林數目時，會以一平、兩平爲單位。於是，替樵夫統領取名，自然就從『開』改爲『平』。」

隨著樵夫統領的名字不同，有的叫「重五郎平」，有的叫「又三郎平」，相當拗口，村民之間改以樵夫統領從代官所獲頒的屋號來稱呼。

「庄一平獲頒的屋號爲『秤屋』。」

「可是，您還是喊他『一平阿舅』。」

「是的，『阿舅』是對年長男子的稱呼，意思同『舅舅』，但感覺較親近。」

就像叫「小舅」一樣。

位於江戶中心的三島屋，阿近雖然置身在寧靜的「黑白之間」，感受火盆的溫熱，卻彷彿可望見遠方的北國景致。

赤城信右衛門生長的藩國，位於冬天大雪紛飛，寒風颼颼的的北地。支撐藩內財政的，是豐沛的檜樹林。那並非一朝一夕能取得，而是百年來居住此地的人們努力開墾才有的結果。

維持領民生活的男人，想必個個膚色黝黑、孔武有力，工作勤奮，熟知山林的一切。村裡的家家戶戶搭有厚實的茅草屋頂，煙囪早晚都會升起裊裊白煙。在深山的環抱下，女人守護家庭，養育孩子。

「以前我在這裡聽過一名孩童的故事。那孩子是在盛產松樹和杉樹的山村長大，他們村裡稱呼負責掌管山林一切事務的人爲『山老大』。」

「哦，那會是在哪一帶呢？北國每個地方都**樣來**良木的買賣。」

由於四周山多，田地稀少，外加天候嚴寒，收成不佳，大夥都將良木當成產物，努力想藉此改善藩內財政。「樣來」應該是「仰賴」的意思。

「赤城家代代受命擔任西番方馬迴役（註）。」

可能是談到家世的緣故，信右衛門恢復正經八百的用語，阿近跟著端正坐好。

「啊，是。」

「我們藩國向來將番方分成東西兩邊。東番方由與主君家關係密切的世家擔任，西番方則是與地方上淵源深厚的世家擔任。」

所謂的「番方」，是負責主君家和城下護衛的職務。與負責文書工作的「役方」相比，番方的工作單純，而且深具「武士風格」。

「母親與父親結爲連理，也是因爲赤城家屬於西番方。尼木是領地內最古老的村莊之一，與地方上關係緊密。母親的娘家原本位於尼木村。換句話說，尼木村是母親的故鄉。」

她的堂哥庄一也居住此地。

「不過，當初父親提議將在下送往尼木村時，母親相當排斥。在下依稀記得，一向溫順的母親極力反對，說把一郎太送往別處，雖然是情非得已，但絕不能送去尼木村。」

「一郎太」應該是信右衛門的乳名。

他沉默片刻。

註：日本戰國時代創設的武家職務。戰時騎馬擔任主君護衛，平常則在主君身旁護衛，處理公務。

「母親為何那央康居……」

信右衛門又變回原本的鄉音，像在詢問自己般低喃。「康居」應該是「抗拒」的意思。

他望向遠方。望著遠方的某個景物，遙想過去，以心眼定睛凝視，準備說出故事。

「是。」阿近在一旁附和。

信右衛門堅定地注視阿近。

「偶是那年盛夏，才得知其中原由。」

那是異常酷熱的夏天。

來到尼木村才兩個月的一郎太，無從與去年比較。不過，連一平阿舅的家人及宗願寺的住持都這麼說。實際上，白天陽光的毒辣與刺眼，連身爲孩子的他都頗感驚訝。幾乎每天地上都會升起蒸騰熱氣，完全包覆村莊四周的檜木山。那景象十分震撼，他在城下町從沒見過這樣的蒸騰熱氣。

尼木村的孩童一早起來，便開始幫忙家務，接著在宗願寺的大殿裡向住持和寺僧學習讀書寫字直到中午，就像私塾一樣。城下設有藩內學問所，供赤城家這種一般武士的孩子求學。一郎太過年後剛去上學，但常發燒、腹瀉，頻頻請假，還不認得幾個大字，便來到尼木村。於是，他和其他孩童一起從頭學習。

宗願寺是古老的山寺，流派屬於淨土宗。村莊四周的山林陸續遭砍伐，同時進行檜樹的植林，在這整齊畫一的景象中，唯獨宗願寺保有雜樹林恣意生長的風貌。從高度不一、枝葉疏密不均的樹叢縫隙間，日夜傳來住持「南無阿彌陀佛」的誦經聲，不時夾雜孩童的聲音。

寺院內撞鐘堂的鐘，是尼木村唯一的鐘，由寺內長工小吉負責撞鐘。小吉是個糊塗蟲，經常忘記撞鐘，村民雖然被平日的工作追著跑，卻沒被時間追著跑，所以沒人感到困擾。然而，這樣不能給孩子當好榜樣。每次他忘記撞鐘，住持總會厲聲訓斥，成爲宗願寺的「名勝」之一。

一郎太來到尼木村後，一平阿舅最先帶他前往宗願寺。

「得向住持問候一聲。」

阿舅牽著一郎太的手，踏上陡峭的山路，穿過山門，抵達布滿青苔、宛如融入山壁顏色中的寺院。身穿草木染衣服的住持，年紀遠比一平阿舅大，渾圓的腦袋閃閃生輝。

莫名其妙被趕出家中，與母親分離，落寞又悲傷的一郎太，雖然來向住持問候，卻始終低著頭。不過，住持仔細端詳著一郎太。

「是光惠大人的兒子吧。」

「沒錯。這孩子會回到村子，恐怕是冥冥中有所指引。」

當時阿舅他們的對話，至今仍縈繞耳際。

光惠是一郎太母親的名字。在故鄉，他母親被尊稱爲「大人」。一郎太以小孩子的想法思考，認爲母親出生於山村，卻嫁入赤城家這樣的番方武士家，所以特別受到敬重。於是，他益發思念母親，在回程路上又忍不住哭泣。

「別哭了。在這村子裡，你是個很了不起的孩子。如果一直哭，**施宰抬丟黏**（實在太丟臉）。」

一平阿舅說著，輕撫一郎太的頭。

阿舅的妻子早就去世，但家中有許多僕傭和女侍。他的兩個兒子都已能獨當一面，所以家中全是大人。一郎太是秤屋裡唯一的孩童，得自己到宗願寺的私塾上學。由於路線單純，不會迷路，大人放他自行前往。頭幾天走得膽顫心驚，不過他很快明白，一個人比較輕鬆。

只要是孩童聚集的地方，不論是市町或村莊，一定會有孩子王。尼木村的孩子王，是個九歲大的男孩籐吉。他長得肥胖高大，一身蠻力。雖然有張大臉，但五官全擠在臉部中央。而且他有個怪癖，動不動便扯自己耳朵，一遇上看不順眼的事，就會拚命蹬地。

籐吉立刻盯上一郎太。最主要應該是一郎太看起來瘦弱，即使不是這樣，籐吉也不會放過他。

籐吉家擁有屋號，名叫鉈屋。村裡還有另一戶人家擁有屋號，名爲藏屋。包括秤屋，樵夫統領由這三戶人家輪流擔任。

尼木村的村長，同時是宗願寺的施主總代表，掌管一切內政，但對山林的事一概不插手。原本村長家就沒人當樵夫。在山林方面，擁有屋號的三戶人家，比村長還要偉大。

樵夫統領就是擁有這等權威。因此，爲了避免這等權威完全落入某一戶人家之手，採用輪流的方式。而且樵夫統領擁有屋號，只限於當事人那一代。舉例來說，日後一平阿舅不當樵夫統領，他的長子也不能繼承這項職務。接替阿舅的下一任樵夫統領，一定要從鉈屋或藏屋裡選出。輪替的原因，不限於樵夫統領上了年紀、受傷，或是生病。如果遇上森林大火、洪水、乾旱、村裡引發流行病，也會更換樵夫統領。在這層含意下，樵夫統領不單是工匠統領，地位還很接近神職。

由於是依序輪流，這三戶擁有屋號的人家，並不會爭奪地位。儘管如此，基於人性，難免會相互較勁。尤其是三戶人家的妻小與僕傭，因爲不是當事者，只要他們的當家成爲樵夫統領，就顯得趾高氣昂；一旦別家當上樵夫統領，會十分不甘心。

籐吉也是如此。他是個坦率的孩子，毫不掩飾他的不甘心。

鉈屋在他祖父那一代擔任樵夫統領，是秤屋的一平阿舅前一任的樵夫統領。五年前上山砍伐檜木時，籐吉的祖父判斷失當，造成一名樵夫遭樹木壓死的慘劇，於是他辭去樵夫統領的職務。

發生這起不幸事故後，馬上更換樵夫統領。這不是在怪罪那名樵夫統領，只是爲了消災解厄。雖然籐吉身材高大，擁有讓比他年長的男孩都敬畏三分的蠻力，腦袋裡仍僅有九歲孩童的智慧，不明白這一層道理。他只覺得，爺爺明明沒錯，卻被秤屋的人搶走樵夫統領的頭銜。籐吉的祖母和母親在發牢騷時，似乎傳進他耳裡，更加深他的誤解。

儘管如此，秤屋的兒子皆已成年，籐吉不可能是他們的對手，無法找他們算帳。就在此時，一郎太這個受秤屋照顧的外地人出現，簡直是自投羅網。明明是個外地人，但不知爲何，一郎太整天哭哭啼啼，一副窩囊樣。籐吉樂透了，動不動就找一郎太麻煩，導致這種結果也不無道理。

每天早上，一郎太前往宗願寺時，籐吉和他的同夥——孩子王的跟班，都會等在半路上攔截。他們欺負一郎太，嘲笑他，搶走他午餐要吃的蒸地瓜和稗餅，弄得他渾身泥巴。最後能抵達宗願寺還算好，有一次一郎太被打得眼冒金星，拖到水肥坑，推落坑裡。

宗願寺座落的這座山林，寺院前方是一道陡坡。順著陡坡往上走，可來到村民們口中的「大嶺」，不過這段路平常封閉。一郎太從大人那裡得知，大嶺地勢險峻，不分四季都有強風吹過。大夥都遵守規矩，沒人會從宗願寺爬上陡坡。

想打破既有規矩，是孩童常會做的事，村裡的孩子王當然不例外。但籐吉（與他的跟班）非常壞心，他不是要親身冒險，而是想逼一郎太破壞規矩。他趁住持和寺僧不注意，剝光一郎太的衣服，威脅如果想要回衣服，就爬上大嶺，摘一朵夏天才會開在山上，名爲紅七重的花。

寺內的長工小吉撞見一郎太全身光溜溜，躲在後院的草叢裡啜泣。雖然是個糊塗蟲，但小吉秉性善良。他已看慣宗願寺裡的孩童，一眼便猜出是怎麼回事。他將一郎太藏在日常起居的簡陋小屋，四處幫他找衣服。籐吉他們得知小吉發現一郎太，便逃之夭夭。最後，小吉在茅廁裡找到一郎太被丟棄的衣服，並洗淨晾乾。

據說小吉曾是樵夫，因飲酒過量，技術每況愈下，連腦子都變傻。一郎太也知道此事。實際上，小吉在孩童眼中，是無可救藥的糊塗蛋。然而，此刻他摩挲著昔日酗酒造成的紅糟鼻，一臉靦腆，少言寡語。他沒對一郎太說教，只是在一旁照顧他，彷彿一切都沒發生過，送他回秤屋。一郎太非常感激小吉的溫情，最後小吉沒向任何人提及此一插曲。

不過，一郎太不斷遭到欺凌，其他大人不可能完全沒察覺。秤屋的女侍幾次上鉈屋理論，但籐吉不會輕易罷手。

此外，一郎太覺得最不合理的，就是住持與一平阿舅都袖手旁觀。

「你就還以顏色啊。」

「你是光惠大人的兒子，**補能認叔**（不能認輸）。」

雖然住持恭敬地提到「光惠大人的兒子」，一郎太完全感受不到自己有什麼威儀。

「偶是赤城家的繼承人。」

是武士之子，是武士。每當我這樣哭訴，他們便會向我說教，要我展現出武士應有的樣子。

「光是出生於侍奉主君的世家，沒什麼了不起。」

正因如此，每天來回私塾的這段路，一郎太宛若置身地獄。只要進入宗願寺的大殿，在習字期間姑且平安無事。篠吉也怕挨住持罵，但住持稍一不注意，篠吉就會拿墨汁朝一郎太頭頂倒下。

為何我得受這種折磨？為何我會被趕到這座村莊，困在寺裡？為何不能回位於城下的赤城家？愛哭又窩囊的六歲小孩苦思後，想到一個辦法。他打算獨自悄悄返回城下。

一郎太試著離家出走，後來才知道，那是一年中白天最長的日子——夏至。

他在腰間繫上水筒，從廚房偷來昨晚的剩飯，做成飯糰塞進懷中。以他的小手綁好草鞋的鞋帶後，憑藉山巔微微轉白的朝陽亮光，離開秤屋。只要爬上村莊南方的山嶺，再從那裡下山就行，不可能迷路。雖然百般嫌棄，畢竟在村裡生活過幾個月，大致已習慣這片山林。他心想，不會有問題的。

可惜，他太天真了。宗願寺的晨鐘，小吉又忘記敲。以太陽的高度來看，小吉延誤許久，當時一郎太已完全迷路。

腳下是一條窄細的小路，顯然是人們常走的路。走著走著，卻一直往檜木林深處而去。明明想下山，他順著這條路，卻一直往山上走去。一郎太直覺不妙，轉身往下走，沒多久又碰到上坡路。怎麼會這樣？這是在山中迷路的人常見的情況，在相同的地方繞圈，圈子愈兜愈大，失去方向。一個不懂得如何在山中行走的六歲孩童，萬萬沒想到會遇上這種事。

一郎太走得上氣不接氣，全身顫抖，眼淚直流。跌倒再爬起來，他抹去臉上髒污，驅策著發軟的雙膝，堅定前行，一切只因思念城下的老家。不過，環繞尼木村的群山沒那麼善解人意，會被他的誠心打動，為他開出一條路。

不久，傳來潺潺水聲。在大熱天下邊哭邊走，滿身大汗的一郎太，水筒裡的水早喝光。為了喝水，他幾乎是爬向水聲傳來的方向。

井然林立的檜木林對面，一道平緩的下坡路前方，是一片開闊的河谷。四周仍留有雜木林，長有濃密硬葉和小紅花的草叢，覆滿通往河谷的整面斜坡。

這種地方走起來尤為溼滑。不明就裡的一郎太重重滑一跤，一路滑落河谷。幸好沒撞到腦袋，但裙褲下襬、腳絆、草鞋，全沾滿泥水。他撐地坐起，忍不住放聲大哭。

驀地，他停止哭泣。

眼前的紅花叢裡，突然出現一隻手。

那是自手肘到掌心完好的胳臂，看起來十分健壯，略顯黝黑。掌心朝上，彷彿原本握著什麼東西。五指彎曲如鉤，指甲裡塞滿泥巴。

胳臂內側有一道血痕。

全身沾滿泥水，坐在地上的一郎太，緩緩張口想說些什麼——他隱約覺得該對那隻手臂說些什麼才行。

這種地方出現一隻胳臂，表示此處有人。應該是倒臥在這裡吧，不曉得會是誰？

然而，這裡是斜坡，長滿濃密的葉子與小紅花。地面布滿低矮的枝葉，託此之福，一郎太才沒受重傷。

這種地方出現一隻胳臂，但這隻胳臂的主人隱身在草叢中嗎？

忽然，不明之物滴落一郎太頭頂，沿著額頭流向鼻梁。傳來令人發癢的觸感，一郎太不經意伸指揩去。

豈料，手指染成暗紅色。

一郎太維持單手抬至面前的姿勢，抬頭仰望。

順著河谷而下的斜坡旁，有一棵足以供大人雙手環抱的大樹。長滿木節的樹幹，處處變色泛白，雖然正值夏季，葉子已凋零泰半。不知是生病，或是壽命即將終結的老樹。

一隻胳臂緊緊抓住往河谷伸出的一根樹枝。

只有胳臂。一樣是手肘到掌心這一截，此外什麼也沒有。

從手肘處切斷。

——那邊是右臂。

從手指生長的方向看得出這一點。

——這麼一來，底下那是左臂。

從頭上那隻右臂遭砍斷處，又滴下暗紅色的水珠。這次直接落向仰頭的一郎太前額中央。

一郎太不顧一切，放聲大叫。

赤城信右衛門取出懷紙，擦拭額頭的汗水。

聽得入迷的阿近趁機喘口氣，放鬆緊繃的雙肩。

阿島送上的熱茶信右衛門完全沒碰，已成冷茶。阿近想幫他重倒一杯，一時手滑，鐵壺蓋子掉落地面。

「眞是抱歉，我平常很少會犯這種錯……」

信右衛門端起冷茶，一飲而盡。想必是接連說這麼久，喉嚨十分乾渴。

「偶也一樣，想這央了捉忘時——不，像這樣聊著往事，也是從未有過的經驗。阿近小姐，您一定覺得這種故事**補豬餵漆**吧？」

他似乎是在問阿近，這種故事是否不足爲奇。

「不，這是我第一次聽聞。那胳臂的主人究竟是……」

信右衛門搖搖頭，「沒找到，因爲被吃了。」

那兩隻胳臂並非被人斬斷，而是啃咬吃剩後留下。

「是山裡的野獸所爲嗎？像是熊或山犬之類的？據說山犬會成群襲擊人類。」

在經營旅館的老家，阿近聽過幾個類似的慘事。

信右衛門瞇著眼，望向阿近重沏新茶冒出的騰騰熱氣。

「野獸啊……」

他重重吐息，回到原本的話題。

「偶嚇得魂飛魄散，忍不住放聲大叫。」

一平阿舅得知一郎太離家出走，推測不熟山林地形的孩子若想前往城下，卻在半途迷路，應該會困在這一帶，於是入山找尋。果然沒錯，一郎太放聲尖叫時，一平阿舅已來到附近。

「阿舅他們馬上趕過來救偶。」

一平阿舅身後，跟著兩名秤屋的樵夫。找到一郎太後，他們鬆一口氣。不久，他們發現頭上和草叢裡的兩隻胳臂，大吃一驚。

「阿舅他們臉色驟變。」

其中一名樵夫還是個年輕人，當場嚇得腿軟。

「不久，另一名樵夫喚阿舅過去，指著那隻胳臂緊抓的樹旁，要他看一樣東西。」

一平阿舅一瞧，臉色益發慘白。

——是瑪古魯。

阿舅低聲沉吟。

——不妙，得先帶孩子回去。

「偶只剩呼吸的力氣，於是緊抓阿舅，讓阿舅揹回村裡。」

樵夫的腳程飛快。他們沒仔細檢查模樣淒慘的兩隻胳臂，急忙帶他離開。

「回到村裡，引起一陣騷動。偶是外地人，什麼都不懂，那是……」

信右衛門突然打住，向阿近發問：

「把人吃進肚裡，只剩下胳臂的，會是怎樣的野獸？」

阿近無從猜測。

「兩隻斷臂都緊抓樹枝。遭到野獸追趕時，往往會逃到樹上，用力抱住。」

原來如此，應該沒錯。

「整副身軀被吃掉，只留下手臂。」

信右衛門雙手比出大嘴由下往上啃咬的動作。

「這樣啊……吃剩的胳臂，一隻掉落地面。」

「是的。」

信右衛門頷首，「您想想看，能這樣吃人的野獸，會有多巨大。尼木村位處山中，都沒碰過那麼大的熊。即使有成群的山犬，也不可能辦到。」

阿近感到背脊一涼，「那麼，究竟是何種野獸？」

信右衛門眨了眨眼，回答：

「瑪古魯。」

這是一平阿舅在找到一郎太的河谷裡說過的話。

「瑪古魯這個稱呼源自方言，是『吃』的意思，也有大吃特吃的含意。」

這就是那隻野獸的名字。

「不光是阿舅，每個村民都認爲是瑪古魯下的毒手，瑪古魯出現了……」

藏屋有三名樵夫，昨天前往隔兩座山的木小屋，至今仍未返回。現在全村只缺他們三人。

帶一郎太返回秤屋後，一平阿舅馬上召集樵夫，準備上山狩獵。婦女開始炊飯，孩子則全送往宗願寺。

一郎太變得像一尊小地藏王似的，緊緊抱著自己的身軀，一動也不動，什麼話都不說。沒人有空搭理，自然把他晾在一旁，於是他獨自留在秤屋裡。男丁匆忙地進進出出，婦女忙著張羅，只有他獨自蜷縮在土間的角落。

一郎太聽見村民頻頻提到「瑪古魯」、「瑪古魯」。他們的口吻、表情，都與剛才在河谷裡看到的一平阿舅一模一樣，飄散著一股不尋常的鬼氣。

「瑪古魯會在這種炎熱的夏天出現，我爹常這麼說。」

「今年明明山桃花都開了，卻沒看到半隻熊，都是瑪古魯的關係。牠們知道瑪古魯會出現。」

有人一臉驚恐地竊竊私語，也有人對他們誇張的模樣感到好笑，出聲安撫。

「還沒確定是瑪古魯呢。瑪古魯才不會那麼輕易出現。」

「可是我爹說……」

「你爹見過瑪古魯嗎？村子裡有人見過瑪古魯嗎？」

「話雖如此……」

「之前瑪古魯出沒的那場騷動，是發生在足引河谷，與我們相隔三個山頭。」

「對喔，都是二十年前的事了。」

「不，是二十年沒聽說過。所以，那不是瑪古魯，只是謠傳。因爲本庄村曾鬧出大笑話。」

「儘管是這樣，還是得上山狩獵。藏屋的人回來前，我們都不能大意。」

上山狩獵的男丁中，有人帶著火槍，一郎太得知十分驚訝。在極爲尊重樵夫的這一帶，向來嚴格禁止使用射擊武器，連孩童用自製的彈弓射飛鳥也不准許。萬一射中在檜樹山上工作的樵夫，會有危險。

現在竟然打破禁令，攜帶火槍前往，足見瑪古魯是難以對付的野獸，連一郎太這樣的孩童都猜得出來。他益發縮起身子，愈是害怕，愈是拚命豎起耳朵。

一平阿舅仍是面色如土。雖然舉止和平常一樣俐落，平靜地向婦女吩咐事情，但眸光冷若寒冰。阿舅親眼目睹那隻胳臂遭咬斷的傷口，及奮力抓緊樹枝的彎曲手指。河谷留有被啃食者的恐懼。

一郎太還目擊另一幕景象。當時，同伴喚阿舅去瞧瞧遺留在樹木旁泥濘裡的東西，阿舅變得面無血色。當阿舅揹著他離開時，他曾轉頭往後看，想著或許泥濘裡埋著人體的某個部位。然而，映入眼中的卻是另一種東西，他既詫異又害怕。

是個腳印，足足有小酒桶那麼大。很像人的手印，但模樣難看許多，指尖處在地上刨出深邃的洞。

回到村莊後，阿舅完全沒提到「瑪古魯」，同行的兩個樵夫也一樣。不過，不同於那些笑著安撫大夥的男人，阿舅他們三人似乎深信那是「瑪古魯」所為。

留下幾個人在村裡看守，其他男丁全上山狩獵後，村裡安靜不少。婦女投入平日的工作，或到宗願寺去關心孩子的情況。

在人們的聲音和炊飯的氣味包圍下，一郎太逐漸恢復內心的平靜。此時，這窩囊的孩子動起腦筋。

再繼續待下去，遲早會被送往宗願寺。如果在大人結束狩獵前都待在寺裡，恐怕得一直和籐吉及他的跟班相處，我才不要。找地方躲起來吧。躲在哪裡比較好？

一郎太想到秤屋的閣樓。二樓房間的天花板上有個掀蓋，可放下梯子，爬上閣樓。秤屋用來當置物間，一郎太見女侍出入過幾次，覺得滿有趣。

一郎太悄悄離開土間。考慮到有一段時間會待在閣樓不出來，他想先去上茅廁。繞往後院，轉過屋內的轉角時，他發現一名留在村裡看守的男子走近。一郎太急忙藏身在柴房後方。

秤屋位於村莊東側角落，主屋後院外頭緊貼著一座山。這座山長滿茂密的竹林，地面遍布山白竹。那是個高瘦的年輕人，肩上扛著砍樹用的斧頭，漫步接近山白竹。遠望可看見他沉著一張臉，腳俐落地撥開山白竹，踏進竹林。

年輕人的筒袖衣服背後，印著鉈屋的屋號。他不光身材清瘦，肩膀和胳臂也沒長肉。不久，他揮動那把斧頭，明明沒必要，卻胡亂砍四周的竹子，還拉扯山白竹，一個勁砍碎。

一郎太看出年輕人的不悅。大概是無法上山狩獵，被迫留在村裡，他心生不滿。因爲看守的工作非常無趣。

眞是笨蛋。躲在柴房後方的一郎太，想起之前的遭遇，不禁打了個冷顫。如果看到那隻胳臂、泥濘裡的腳印，你就不會是這種表情。親眼目睹後，你會慶幸自己能留在村裡。

想到這裡，一郎太在河谷目擊的景象再次浮現腦海。他拚命揉著雙眼。

——阿舅不害怕嗎？

剛才在河谷時，阿舅很害怕。他的瞳眸四周及鼻頭，都不帶半點血色。

儘管如此，阿舅仍帶頭上山狩獵。三名樵夫不是對手，但人多就能對付「瑪古魯」嗎？只要有火槍就能打敗牠嗎？

順著竹林往前走，地勢愈來愈陡峭。光從後院仰望也看得出，竹林幾乎是籠罩在主屋上方。那名留下看守的年輕人不愧是樵夫，走起來如履平地。一郎太望著他藍染的筒袖淹沒在山白竹中，隨即翻身衝出柴房後方，返回主屋。他打消上茅廁的念頭，總之在還沒被人發現前，得先躲好。

屋內傳來幾個女侍的聲音，有人在笑。對了，待在村裡就不用擔心。阿舅他們會收伏「瑪古魯」，只要忍耐一下。雖然「瑪古魯」很可怕，但籐吉一樣可怕。一郎太滿腦子都是這些事。

他走上二樓，進入房內，正在掀蓋放下梯子時，屋外隱約傳來一陣聲音。之前一平阿舅帶他去山裡時（一郎太腳痛，是阿舅揹著他回來），他聽過樵夫在山中工作，邊吹指哨告知彼此的位置，與剛剛的聲音有幾分相似。感覺都是用力呼氣，讓嘴唇發出聲音。會是那名留下看守的年輕人嗎？

隨著一郎太爬上閣樓，揚起塵埃。雖說是置物間，但並未存放重要物品。只有老舊的木箱、毀壞的道具和舊衣包袱。閣樓的天花板低矮，要是一郎太不彎腰，頭會抵到天花板。由於沒隔間，只有屋柱，所以四處相通。設有多扇百葉窗，即使無法打開，稍稍移動就能引進外頭的光線。

一郎太趴在地上，透過屋子正面的百葉窗往外窺望，發現一個女侍拆開身上的束衣帶，快步走向大門，但沒有先前慌張。

他趴著移向後院。竹林發出啪嚓啪嚓的聲響，剛剛那名負責看守的年輕人下山了嗎？

一郎太順利躲進閣樓，心情平復許多。他忽然想起，那名年輕人不悅的臉有點像籐吉。那個孩子王是家中四兄弟的老么，或許此人就是籐吉的哥哥。若是這樣，無法上山狩獵，只能在這裡生悶氣，是他自己活該。

啪嚓啪嚓。

一郎太調整百葉窗，從縫隙往下望。竹林發出聲響，枝葉彎折。某個東西從後山下來，一路撥開竹枝，或者該說是壓倒竹枝，竹林一陣搖晃。

最先映入一郎太眼中的，是藍染的筒袖。這名稱的由來，就是指筒狀外形的衣袖。此時，竹林間高高浮起一只筒袖，好似剛剛的年輕人爬上竹林中央一帶，伸出胳臂。注視著那怪異的景象，一郎太直眨眼。

接著，一郎太看到**那東西**。**那東西**的顏色融入竹林與山白竹濃淡混雜的翠綠中，旋即無從分辨。

那東西從竹林裡挺出上半身，粗大的前腳踩向後院。啪答一聲，一種黏稠的聲響傳進一郎太耳中。

那東西無比巨大。身體的厚度與形狀宛如一艘翻覆的釣船，但又比釣船足足大上一圈。頭細體粗，愈靠近臀部愈細。身體呈鋸齒狀的草色，喉嚨到腹部一帶爲藍白色，鼓脹下垂，拖地而行。像要抬起肚子般，**那東西**抖動軀體，從後山完全現身。附帶一提，原本懸掛在嘴角的那只藍染衣袖，**那東西**似乎嫌累贅，甩向一旁。

鮮血四散，衣袖裡裝著那名年輕人的胳臂。

手臂以外的身體在哪裡？

就在**那東西**的肚子裡。剛剛那宛如吹指哨的聲音，是年輕人被生吞時發出的哀叫。由於被一口吃下，僅能發出那樣的聲音。

竹枝彎折，發出嘎吱聲響，又倏然恢復原狀。而後，不明之物在空中畫出一道弧線，重重打向秤屋的主屋牆上。砰一聲，一股震動傳向一郎太腹部。

是尾巴。**那東西**有很長的尾巴。

那東西的身體像一條矮短的蛇，腹部像癩蝦蟆，四隻腳與尾巴則像蜥蜴，但體型遠非牠們所能比擬。

一郎太聽見屋裡幾個女人的聲音。先是一片譁然，隔沒多久，尖叫聲四起。

那東西注意到尖叫聲，旋即壓低頭，沉身轉向那些女人所在的屋子。此時，**那東西**的頭有部分反射陽光，是眼睛。

那東西的前腳——

形狀與人的手相似，但模樣難看。一郎太想起河谷的腳印，指尖處在地上刨出深邃的洞。兩者的形狀一樣。在地上刨出洞的，恐怕是從高處都看得一清二楚的粗大利爪。

那東西張開血盆大口，看起來活像是身體分成兩半。**那東西**的嘴就是這麼大。森森利牙沾滿血，上頭還掛著肉片。

那東西一吼，肥大的喉嚨白色外皮顫動。吼聲比上百隻野狗齊吠還嘹亮，掩沒一切聲響。那是粗野、混濁，連在人們噩夢中也不會出現的咆哮。

這隻怪物就是「瑪古魯」。

發出嚎叫的同時，瑪古魯粗大的四腳猛然蹬地，往女人尖叫的方向衝去。

「野獸造成危害……」

阿近滿腦子都在描繪瑪古魯模樣，聽到赤城信右衛門的話聲，她連忙抬頭。

「任何地方都可能發生。不過，大多是鳥類破壞農作物，熊或猴子啃食山上的嫩芽和樹果，不然就是野豬破壞柵欄之類，吃人的野獸倒是不曾聽聞。熊和山犬，要不是眞的太過飢餓，不會靠近人類的村落。」

瑪古魯不同——信右衛門強調。

「牠打一開始就吃人，以人爲獵物，對山裡的動物不感興趣。」

阿近頷首，驀地望向自己的手，發現手指顫抖著。她輕輕握住自己的手，避免信右衛門發現。

「闖進村裡的瑪古魯，生吞幾名來不及逃命的女人，還將跑來營救的男子一腳踩死。」

牠追殺四處逃竄的人們，衝撞屋舍，將拖車、堆積的木材撞飛，朝怕得嗚叫的牛馬咆哮，踩扁行經路上的所有東西，並用尾巴四處橫掃，大肆破壞。

柴刀和斧頭對瑪古魯完全不管用。那腐爛般的綠色皮膚，雖然與蜥蜴、青蛙相似，但覆有堅硬的鱗片。即使將人們有辦法揮動的大刀，卯足全力擲去，或是朝牠身上砍落，都會被彈開。

後來不知是誰想到的點子，用力甩動火把。瑪古魯對火光有些怯縮，吼叫聲起了變化。牠只怕火，得到此一激勵，眾人紛紛拿出火把和木柴，鼓起勇氣對抗，火卻不小心燒向村裡放道具的倉庫。

「一平阿舅他們兵分四路進入山中，聽到村裡的喧鬧聲，馬上掉頭。深入山中，聽不到村裡喧鬧聲的男丁，則是在見到火光後，隨即折返。」

跌跌撞撞趕回村內的男丁，目睹在夏日晴空下，火勢熊熊的道具倉庫冒出的黑煙對面，瑪古魯正衝過村莊北側的十字路口，往山裡逃竄。傳來牠蹬地發出的巨響。

「見瑪古魯離去，偶才從閣樓爬下來，嚇得魂不附體。」

尼木村的村民和他一樣受驚害怕，再也沒人會笑著說「那不見得是瑪古魯」。連那些平時很強悍的男人，全都如同之前在河谷救一郎太回來時的一平阿舅，變得面無血色。待滅完火，確認過損害情形後，尼木村加強防守。由一平阿舅和鉈屋、藏屋一起指揮。這麼一來，將孩童集中在宗願寺反倒危險。他們決定趕緊帶回孩童，藏在村長和擁有屋號的三戶人家中。

「瑪古魯非常能吃……尤其喜歡女人和孩童柔軟的鮮肉，牠會聞氣味找出目標。」

聽起來更駭人了。

村子四周設置火把和篝火，維持燃燒不滅。這樣光靠木柴不夠，村民將剛剛瑪古魯襲擊破壞的屋子和倉庫拆卸當柴燒。無法上山狩獵的老人和年輕人，則手持響器，四處巡視。每戶住家的屋頂都有人負責瞭望監視。此情此景如同開戰一般。

入夜後，接到一個壞消息。從尼木村南方五里（二十公里）的小澤村，來了一名村民。他衰弱得步履虛浮，彷彿只剩最後一口氣。

「那隻瑪古魯不僅僅出現在尼木村。早在五天前，牠便出現在小澤村附近。」

一開始只在南邊山上吞食樵夫的瑪古魯，逐漸往帶有濃濃人味的村莊靠近，終於在前天黎明前襲擊小澤村。小澤村許多人喪命，幾乎慘遭滅村。兩個村民奉村長之命向尼木村通報此事。區區五里路，而且是平常走慣的山路，卻因遇上瑪古魯，一人慘遭生吞，另一名倖存的人害怕得迷路。途中發現瑪古魯的腳印，又嚇得拔腿就跑，才會耗費這麼久的時間。

一郎太發現的那兩隻胳臂，應該就是瑪古魯從小澤村移往此地，沿途襲擊的人。瑪古魯可能也在小澤村居民的行動和反擊中學到經驗，在尼木村一直等到持有武器的壯丁上山狩獵，村裡只留下老弱婦孺後才下手。

——瑪古魯相當狡猾。

牠習慣襲擊人類。

如今在此憶起當時的情景，想必依然驚心動魄。信右衛門目光游移，失去原本的冷靜，欲言又止。於是，阿近主動開口詢問：

「赤城大人，瑪古魯這種生物究竟是怎麼來的？」

聽到這麼直接的提問，信右衛門赫然回神，望向阿近。

「其他地方沒有關於這種怪物的傳聞嗎？」

「沒有，至少我從未聽過。」

信右衛門像在沉思，點了點頭。

「那天入夜後，一平阿舅找偶過去。清楚地告訴偶這件事。」

瑪古魯是當地的生物。以尼木村爲中心，往東南西北各跨越三到五座山頭，都是活動範圍。牠極少出現，平均數十年才出現一次，而且一定是在夏天。瑪古魯出現的夏天，通常都相當炎熱。

「一平阿舅說，很久以前，早在人們遷居這一帶的山中，建立村落之前，瑪古魯便已存在。這裡是瑪古魯的住處，偶們是外來者。」

——那麼，瑪古魯是這一帶的山神嘍？

年幼的信右衛門一問，一平阿舅搖搖頭。

——不，牠不是山神。瑪古魯只是會吃人的卑鄙野獸。不過，牠比偶們更早住在這座山中。偶們要住在這裡，就得收伏瑪古魯。

一平阿舅安慰一郎太，收伏並不容易，但不是沒有辦法，要他乖乖等待。

——所以啊，小少爺。

一平阿舅搭著赤城家嫡長子的肩膀，認眞地繼續道。

——爲此會請光惠大人前來。如果你娘出馬，就能收伏瑪古魯。

村長已派人過去。明天中午，光惠大人就會抵達村裡。

一郎太驚訝得說不出話。

爲什麼娘會……

那天夜裡，一郎太和聚在秤屋裡的孩子們擠著一起睡，腦袋轉個不停。爲何會請離村嫁往外地、在城下生活的光惠，來收伏瑪古魯呢？

光惠是武家的妻子，但她不擅長武術。不，或許光惠眞的擅長弓劍，只是一郎太不知道。那麼多強悍的樵夫聯手都無法戰勝，一個女流之輩要如何打敗瑪古魯？

一夜過去，到了隔天早晨，瑪古魯再次來襲。不同於第一次來襲，這次是從另一側通往宗願寺的小路下山，眼尖的守衛發現，大聲通報。持火把的幾個男丁迅速趕至，將牠趕跑。

此時，出現幾名持火槍的人，但一平阿舅朗聲制止他們。

「別開槍、別開槍！這樣傷不了瑪古魯！」

然而，還是有人開了一、兩槍。之後，一平阿舅在秤屋裡生氣地訓斥他們，一郎太躲在一旁偷聽。自從得知母親光惠的事，只要與瑪古魯有關，再瑣碎的細節他都想知道。

「瑪古魯不是我們應付得來的，你們怎麼就是不懂！」

持槍的男子回嘴：

「統領，借助女人的力量就能收伏瑪古魯嗎？瑪古魯是野獸，用火槍可以打倒牠。」

一些男丁甚至還說，古老的傳聞可不可靠還是個問題。一平阿舅嚴厲反駁：

「誰敢在光惠大人面前講這種話，我就扭斷他的脖子。」

鉈屋和藏屋的當家也在場，他們似乎與一平阿舅站在一同陣線，極力安撫鼓噪的男丁。

——古老的傳聞？

眞是愈來愈神祕了。

當天烈日略微西沉時，光惠背著小包袱，在兩名隨從的陪伴下來到尼木村。同行的兩人穿野袴和陣羽織（註），腰間插著佩刀，並帶著弓和箭筒，是番方的武士。

光惠等人抵達秤屋後，馬上在裡頭的房間與一平阿舅進行討論。一郎太只能遠遠窺望日夜思念的母親，不敢靠近。約莫半個時辰後，才叫他過去。一郎太不安地踏進房內，當時討論已結束，在座眾人散去，只剩帶著隨行武士的光惠與一平阿舅。

一郎太緊緊抱住思念的母親，好多事想向她哭訴，但危急時刻，不容許他這麼做。光惠溫柔的

註：「野袴」是武士旅行或救火時穿的褲子。「陣羽織」是戰時可穿在鎧甲外禦寒的短外罩。

目光與堅毅的態度，驅退一郎太的撒嬌和懦弱。

正因可能發生這種情況，我才不想送你到這個村子。當著一郎太的面，光惠解釋道。

「聽庄一平先生說，你見過瑪古魯？」

一郎太確實看過瑪古魯，親眼見識牠的恐怖。

「由於潛伏著那種怪物，山林才可怕。這裡的山林是藩國的寶藏，不可能向瑪古魯投降，拋下山林逃往別處。經過漫長的歲月，山裡的居民發現對付瑪古魯的絕技。」

光惠的手貼向胸前。

「我已繼承那項絕技，你們可以放心。」

然而，一郎太無法看見光惠施展這項絕技。依照規定，即使是母子，也不能讓一郎太觀看。收伏瑪古魯的絕技，只能由女人傳給女人，唯獨女人能使用。不論是大人或小孩，僅有極少數的男人得以在場。

「娘……」

一郎太按捺不住，差點叫出聲。娘，不要去。妳怎麼可能一個人打敗那種怪物？妳會被吃掉的。一郎太簌簌發抖，熱淚盈眶。儘管他不停眨眼，想趕走流淚的衝動，卻徒勞無功。淚水溢出眼眶，沿著他的臉頰滑落。

「我們會保護光惠大人。」

一平阿舅挨近一郎太，粗糙的手握住他肩膀。

「瑪古魯有夜盲症，晚上動作遲鈍，今晚就能收拾牠。等天一亮，一切就會結束。」

淚珠從一郎太眼中滴落。

「娘，妳要怎麼收伏瑪古魯？」

一郎太抽抽噎噎地問。他想和母親多待一會，想多聽聽母親的聲音，總覺得兩人將要永別。

光惠沒回答，只是默默微笑。

「就這樣……」

赤城信右衛門吸著鼻子，猛然回神，急忙捏住鼻子。看來，在描述當時擔心、悲傷、害怕的過程中，他不由得熱淚盈眶。

基於對武士的敬重，阿近佯裝沒看見。然而，信右衛門明白她的用意。可能是覺得這樣反倒沒面子，信右衛門的表情轉爲嚴肅。

「母親前往收伏瑪古魯。如果一切順利，在下不會知道更多祕密，他們也不會告訴我。我什麼都不能做，只能待在秤屋等母親歸來。」

他正經地繼續講述故事。

「但事情沒那麼順利，在下才會得知其中的祕密。」

孩子王籐吉是一切的禍端。

「籐吉不曉得從何處得知，瑪古魯襲擊村莊時，在下藏身秤屋的閣樓，目睹整個經過。」

當時那名留下看守，最後在竹林裡被瑪古魯吃掉的年輕人，果然是鉈屋的兒子。他是四兄弟中的次男。

「篠吉想必十分不甘心，於是把氣都出在我身上。」

他的心情不難理解，信右衛門有感而發。

「鉈屋的兄弟感情深厚……」

在這種情況下失去哥哥，篠吉將不平與悲傷一股腦向一郎太發洩。

「依照阿舅的安排，那天晚上，在下與其他孩子分開，獨自睡在儲藏室。」

明知母親前往收伏瑪古魯，卻還和其他孩子待在一起，一郎太心裡恐怕不是滋味，所以，阿舅才會做出如此體恤的安排。

「在下當然無法入眠，只能蓋著棉被，暗自流淚。」

此時，篠吉與鉈屋的三男悄悄潛入。

「他們突然按著棉被，摀住在下的嘴，拿布袋一套。在下無力反抗，被他們五花大綁，帶出儲藏室。」

鉈屋的長男擔任村裡的守衛，兩名弟弟才會來擄走一郎太。鉈屋的三男十三歲，猶如放大版的篠吉，一樣力大無窮。他將瘦小的一郎太挾在腋下，輕輕鬆鬆帶出去。

——要是敢亂叫，我就割斷你的喉嚨。

鉈屋的三男拿小刀抵著一郎太咽喉，放話威脅。

——你是我哥的仇人。

篠吉的話聲低沉得可怕，像喊破喉嚨般沙啞。

兩人將一郎太放上停在鉈屋後院的拖車。罩上草席後，拖車立刻動了起來。

「後來才知道，篠吉兄弟欺騙守衛村莊的男丁，自願送木柴和火把去宗願寺。住持仍留在寺院，爲了不讓瑪古魯靠近，得徹夜升火，需要許多木柴。」

拖車一路前行，將嚇得全身蜷縮的一郎太送往宗願寺。拖車裡堆著許多酒瓶之類的小陶器，車身一搖晃，便匡啷作響。

孔武有力的鉈屋兄弟拉著拖車，氣喘吁吁地步向宗願寺。

「如今回想，他們應該也很害怕。」

或許是恐懼復甦，信右衛門瞪大雙眼。

「不過，將您帶往寺院，他們究竟想幹什麼？」

阿近的語調不自覺變得尖銳。九歲的篠吉失去哥哥，心中的憤怒和悲傷不難理解。可是，這並非一郎太造成，是瑪古魯的錯。他哥哥的仇人不是一郎太，而是瑪古魯。

「篠吉是聽不進去這番道理的。他們打算以我當誘餌，引瑪古魯上鉤，然後親手收伏牠。」

順利抵達宗願寺後，鉈屋兄弟從拖車上抱下一郎太，重新捆綁他的手腳，並在口中塞進布條，像狗一般繫在撞鐘堂的柱子旁。

接著，鉈屋的三男拿出小刀，往一郎太柔弱的上臂劃一刀。鮮血滲出，流向手肘。

——瑪古魯雖然有夜盲症，但聞得出氣味。

牠聞到血的氣味，一定會過來。從昨晚起，牠遭到村民追趕，一直沒吃人，想必是飢腸轆轆。

——等瑪古魯一口咬向你，我們就用這個活活燒死牠。

鉈屋兄弟捧著拖車上的陶器。

——裡頭裝滿油。

陶器裡裝著魚油。鉈屋兄弟打算趁瑪古魯襲擊一郎太時，丟出陶器，讓牠全身沾滿油，再點火燒死牠。

「年僅十三歲和九歲的孩子想出這樣的主意，眞不簡單。」

聽到信右衛門的話，阿近頗爲錯愕。

「赤城大人，您未免人太好了吧？」

信右衛門靦腆一笑，「確實，由於在下保住一命，才能如此悠哉。」

不過，當時極爲心驚膽顫——這也是理所當然。

「自從下午與家母分別，他們去哪裡追瑪古魯，還是和籐吉兄弟一樣，設陷阱或誘餌等瑪古魯上鉤，在下一概不知，也一直沒找到一平阿舅的身影。」

一郎太孤立無援，陷入九死一生的險境。

連不忍心拋下佛像，讓寺院唱空城計的住持，夜裡也停止誦經。四周一片寂靜。

這是一個無風的悶熱夜晚，厚厚的雲層低垂，星月盡掩其中。正殿四周亮晃晃，燃燒著火把，卻照不到撞鐘堂。圍繞寺院的山林，落下的沉重黑暗籠罩著一郎太。

將一郎太繫在撞鐘堂的繩索，長約三尺。即使他掙扎著想逃，也只是在柱子四周繞圈。由於嘴裡塞著布條，亂動只會呼吸困難。

「偶多次噁心作嘔，瑪古魯還沒來襲，差點活活悶死。不過，偶暗暗想著，或許被瑪古魯吃掉還比較好。」

胳臂傷口的血終於停止，但氣味揮之不去。即使沒有血腥味，瑪古魯在夜氣中一嗅，也會聞出孩童軟嫩可口的肉香吧。

「一旦哭起來，會變得更難以呼吸，但偶就是管不住眼淚和汗水。」

鉈屋兄弟離開撞鐘堂，藏身暗處。一郎太凝神觀察，仍看不出他們躲在哪裡。不過，拖車就棄置在山門旁。

「出來檢查火把燃燒狀況的小吉，注意到那輛拖車。」

雖然老被住持罵是糊塗蟲，也常成爲村民的笑柄，但小吉當過樵夫，不完全是個傻蛋。他察覺有些不對勁。

小吉從火把中取出一根木柴，舉著走向拖車。一郎太扭著身軀，用力拉扯繫在身上的繩索，在地面翻滾。

一片黑暗中，小吉終於發現他。

——小少爺！

小吉差點腿軟，彎著腰，像在游泳般飛奔過來。

——你怎麼會在這裡？

小吉準備鬆開繩子，卻發現一郎太痛苦得扭動身軀，彷彿有話要告訴他，於是想先取出塞在一郎太嘴裡的布條。

就在這時——

一郎太感覺到，包圍宗願寺的黑暗蠢蠢欲動。

在風平雲靜的夏夜裡，俯瞰撞鐘堂的山林突然動了起來。樹木彎折，發出鳴響。

噗嚕嚕，一郎太聽到不明之物的鼻息。

一步步逼近。

黑暗中，仍看得出小吉雙目圓睜，手指不斷顫抖。他急著解開綁縛一郎太的布條和繩索，反倒遲遲解不開。

從撞鐘堂後方出現一個比夜晚更黑暗的東西，不斷散發腥臭及比夏日的夜氣更溼黏的熱氣。

瑪古魯推倒的樹木，緩緩倒向撞鐘堂。

瑪古魯巨大的身軀，足以環繞撞鐘堂底部半圈。牠鼻尖朝向一郎太和小吉，慢慢低下頭。

夜晚的森林再度彎折。瑪古魯的尾巴在浮雲遍布的空中畫出一道優美的弧線後，宛如擁有生命，滑溜地纏住撞鐘堂的一根柱子。

一郎太不敢動彈，小吉也不敢妄動。火把的亮光微微搖曳，看得見映在瑪古魯眼中的火光。

瑪古魯的眼睛有動靜。不是眨眼，而是瞳眸一轉，露出眼白。

瑪古魯發現食物。

牠張開大口，朝一郎太和小吉呼出熏人的臭氣，放聲咆哮。

當時小吉想逃還來得及，但他沒逃，覆在一郎太身上保護他。

抱緊一郎太的小吉，那雙枯木般的胳臂，被一股驚人的力量扯開，瞬間消失。

由於嘴裡塞著布條，一郎太只能發出「唔唔」聲。視野因淚水和汗水模糊，但一郎太仍看見瑪古魯叼著小吉，高高舉向空中。倒栽蔥的小吉，雙腳不斷亂踢。

瑪古魯一抖，再度張開口，喉嚨一陣起伏，將小吉呑進腹中。吃下獵物，瑪古魯高興得渾身顫動，鬆開纏著柱子的尾巴往旁邊一揮，打中撞鐘堂後再度彎起，猛力打向撞鐘。在這不恰當的時刻和地點，發出清亮的鐘響。

鉈屋兄弟放聲大叫。小小的黑色物體飛來，沒碰到瑪古魯，直接掉到牠的腳下，當場碎裂。一股油臭撲鼻。

「你這個怪物！你這個可惡的怪物！」

「我要爲哥哥報仇！」

鉈屋兄弟陸續丟出陶器，但沒有一個擲中瑪古魯。瑪古魯像醉漢打酒嗝，喉嚨發出一聲怪響，接著抬起鼓脹的腹部，邁向兄弟倆。牠張開口，再度咆哮。籐吉在守護正殿的火把旁拋擲陶器，瑪古魯迎面一吼，他嚇得跌坐在地。

住持衝出正殿，扶起籐吉。但籐吉緊抓著他，害他跟著跌倒。兩人撞向火把，只見火把翻倒，星火四散。瑪古魯討厭火光，發出淒厲的叫聲。

其中摻雜著其他聲音。

一郎太心想，是鳥鳴。森林裡懼怕瑪古魯的鳥發出的鳴叫。

不，不對。與此起彼落的鳥鳴不一樣，那是尖細冷冽、箭一般筆直飛來的聲音。很像樵夫吹的指哨。

瑪古魯一頓，微微抬頭，彷彿在豎耳細聽。接著，牠稍稍側頭，猶如在環視四周。又聽見那個聲音。這次清楚聽出是指哨。不過，這與樵夫的指哨不同，更悠長，也更富色彩。

宛如在歌唱。

一群人穿過山門，出現在眼前。舉止不疾不徐，像在查探腳下的情況。帶頭的是一身白衣，纏白色頭巾的光惠。一平阿舅高舉火把，緊跟在後。隨同光惠的兩名武士，一人持刀，一人搭箭在弦上。背後是鉈屋與藏屋的當家，及另外二名男子。人人拿著火把。吹指哨的是光惠。

從沒見過這種吹法。她不斷改變音調，雖然不是在說話。但其中微妙的差異，聽起來像語言，又像咒文。

光惠沒帶武器，只有左手端著狀似小香爐的容器，走向瑪古魯。她緊盯著瑪古魯，目不稍瞬。然後，她宛如在橫渡淺灘，一步步逼近瑪古魯。

瑪古魯停下動作，望著光惠，瞳眸一轉，恢復白眼。

光惠持續吹著指哨，旋律忽高忽低。像是有人輕撫耳垂，實在是說不出的舒服。有時陡然拔尖，彷彿一劍刺出，緊接著又轉爲低沉，如同在地上爬行。

一郎太被綁在撞鐘堂的柱子上，全身顫抖。他不是感到恐懼，但就是不由自主地打著哆嗦。手指發抖，膝蓋顫動。像是有人由下而上撫摸背脊，五臟六腑緩緩移位。

瑪古魯前腳彎曲，後腳跟著彎曲。牠巨大的身軀趴在地上，形成一座小山，然後尾巴隨即纏向身軀。

光惠繼續靠近，指哨聲中摻雜瑪古魯喉嚨發出的聲響。

一平阿舅和身旁的男子，在離瑪古魯和光惠不遠處圍成半圓，火把不時發出爆裂聲。

指哨聲突然停止。光惠的手指移開唇邊，改從喉嚨發聲。

與指哨聲類似，但更溫柔，猶如搖籃曲。同樣不是語言，只是一連串音節，但聽得出帶有含意。

瑪古魯閉上眼，變得無比乖巧。

光惠將左手的容器舉至齊眉，喉中不斷發出聲音，緩緩掀開蓋子。她的手指伸進容器內，慢慢接近瑪古魯。她踩著一貫的步伐，不急促也不畏怯。

光惠伸出手，碰觸瑪古魯的右前腳，相當於人類手肘的部位。

然後，她在上頭畫了起來。像在畫圖案，也像在寫漢字。

——娘在瑪古魯身上寫字。

那個容器裡裝著墨水嗎？不，那不是黑色。在火把亮光的映照下，看得出是紅色。像血般鮮紅，或者該說，像胭脂一樣紅。

處理完右前腳，光惠直接移往瑪古魯的右後腳。然後，她移往尾巴中央一帶，陸續又在左後腳及左前腳寫字。

光惠繞一圈後回到正面。瑪古魯趴在地上，頭卻與站著的光惠一樣高。光惠在瑪古魯相當於人類額頭的部位，大大寫下既像圖案又像漢字的文字。

而後，光惠停止歌唱。

她蓋上容器，注視著瑪古魯，保持距離緩緩後退。

瑪古魯靜止不動，雙目緊閉。

光惠面朝前方，將容器遞給身後的一平阿舅。阿舅接過，緊緊握住，壓在胸前。

光惠向瑪古魯行一禮，雙手合十。接著，她豎起食指抵著唇，吹起指哨。一郎

與一開始的音調不同，更爲急促，像在追趕似的，頗爲刺耳。一郎太被綁在撞鐘堂旁，躺在地太被綁在撞鐘堂旁，躺在地上扭動身軀。聽到指哨聲，全身彷彿遭跳蚤啃咬，非常不舒服。他雞皮疙瘩直冒，要是雙手自由，實在想搔抓一番。

仔細一瞧，守在光惠背後的一眾男子，露出同樣痛苦的表情。鉈屋的當家像是腹痛難耐，弓著身子。隨行的武士無法忍受，不禁摀住耳朵。

倏地，瑪古魯睜開眼站起，尾巴打向地面，發出一聲巨響。

接著出現在眼前的景象，往後仍常出現在一郎太夢中。那是深深烙印在他心底，留下傷痕的光景。

瑪古魯張開血盆大口，啃咬起自己的右腳。

和之前吃人一樣。如同牠的名字，發出「瑪古魯、瑪古魯」（註）的聲音，從長著鉤爪的腳趾，一直到趾根處，一口吞進嘴裡。瑪古魯鮮血直流，黝黑的血液散發出腐臭，滲入地面，染黑一大片。

吃完右腳，改吃左腳。由於無法支撐身軀，瑪古魯倒臥在地。接著，牠抬起右後腳，將大嘴搆得著的部位全咬碎吞進肚裡。再來是啃食尾巴，牠笨拙地躺著，咬住左腳。

瑪古魯愈來愈虛弱，抬不起剩下的腳。此時，牠的大嘴吃起鼓脹的藍白色肚皮。這隻生物不斷啃噬自己的身軀。腸子原是用來容納吞進肚裡的東西，卻被扯出來，黏稠的血液直流。牠的鼻息急

促，吃個不停。

如果瑪古魯繼續咬破肚子，剛剛被吞下的小吉是不是就能重見天日？會不會小吉還有救？

有人伸手碰觸一郎太。不知何時，一平阿舅來到他身旁。

——快結束了。

鬆開繩索後，一平阿舅遮住一郎太的雙眼，讓他背對瑪古魯。

——你不能再看。

眞是可憐啊——阿舅似乎如此低語。他的嘴角流出一道血痕，身體一陣搖晃，彷彿隨時會倒下。

儘管背對著瑪古魯，仍斷斷續續聽到牠的呼吸聲。光惠的指哨並未停歇。瑪古魯啃食自己的聲響，及因啃食自己發出的痛苦呻吟。

終於停止。

光惠的指哨聲隨之停止。

接著，傳來一陣哭聲——是籐吉，他不顧一切地嗚咽啜泣著。

在夏日滯悶的夜氣與鮮血的腐臭中，響起宗願寺住持「南無阿彌陀佛」的誦經聲。

讓瑪古魯啃食自己。

註：大口吃東西的聲音。

這是唯一收伏牠的方法，也是代代傳承的絕技。

「只有女人吹得出那樣的指哨。」

赤城信右衛門如此說道，抬起臉來。見阿近不發一語坐在原地，他流露擔心的神色。

「一定要是女人的聲音才行，聽說從來沒有哪個男人成功過。」

阿近這才緩過氣，驚駭的情緒轉爲平靜。

「所以，在您的藩國裡非常重視女性吧。」

「正是如此。」

「不過，究竟是誰想出那項絕技……」

信右衛門搖搖頭。

「那是很久以前的事。在偶的故鄉，只視爲一種智慧，代代傳承。要平息瑪古魯造成的災禍，絕對不可或缺。」

一郎太和鉈屋兄弟在現場目睹一切，算是破壞規矩。所以，除了他親眼所見的事，不得過問進一步的詳情。

「母親馬上便離開村子，偶詢問一平阿舅，只換來一頓罵。」

「想必您十分難過吧。」

畢竟還只是個孩子，信右衛門應道。

「況且，偶一直很窩囊。」

所以才會抱著這個謎團長大成人。

「剛剛提過，這次在下到江戶任職時，母親已有病在身。」

「是的。」

「可能是長久隱瞞，於心不忍，母親暗中向在下全盤托出。話雖如此，母親也只曉得前一任瑪古魯笛使者告知的事。」

瑪古魯笛使者是吧。

「一平阿舅曾談起，瑪古魯是卑鄙的野獸。其實是他認爲這麼想比較好。」

實際上，還有一種說法。

「據說，瑪古魯是由恨意形成。」

該藩國大肆開墾山林前，人們靠打獵和製炭勤儉生活。那時，山民苦於領主的苛政，不是被趕上戰場，就是飢渴而死。他們的怨念化爲瑪古魯，出現在世間。

「既是這樣，就不能殺害瑪古魯。仇恨殺不盡，再怎麼斬殺，都無法根絕。」

倒不如說，愈是殺害牠，恨意愈濃。

「因此，瑪古魯的仇恨，要讓牠用啃食自己的方式消除。」

不過，恨意還是無法根除，所以瑪古魯仍會復甦。經過一段歲月後，捲土重來，一再反覆。

「母親是將當時領主的旗印，顚倒寫在瑪古魯身上。」

阿近頷首，胸口的翻騰終於回歸平靜。

「擔任瑪古魯笛使者的女子，都是誕生在固定的人家或村莊嗎？」

「的確，她們大多是誕生在瑪古魯會出沒肆虐的地方，但和家世、血緣毫無關係。擔任瑪古魯笛使者的母親，不見得生出會吹瑪古魯笛的女兒。」

阿近一驚。

約莫是看出阿近的心思，信右衛門微微一笑。

「如您猜測，偶很擔心日後妹妹會不會繼承母親的職務。母親體恤偶，坦白告知此事。」

「那麼，令妹……」

「她當不了瑪古魯笛使者。」

當不了。話中有另一層含意，他的妹妹逃過一劫。

「要怎麼判定？」

「一開始提過，藩國裡會熱鬧舉辦女人才能參加的慶典。」

噢，原來是這麼回事。

「女孩一到六歲，就會教她們吹指哨，並要她們吹來聽。聽過馬上就能明白。」

「可是，終究只能在沒有瑪古魯的地方測試吧？」

阿近十分詫異，信右衛門回答：

「沒錯。選中的女孩是否能收伏瑪古魯，屆時才能見眞章。偶娘雖然學會瑪古魯笛的絕技，但那是她第一次親眼見識瑪古魯肆虐。」

那麼，信右衛門的母親是冒著生命危險，僅僅仰賴繼承的智慧和絕技，與瑪古魯對峙。

這是何等過人的勇氣啊。

「赤城大人，令堂眞是……」

阿近一頓，不禁打了個哆嗦。看到她的神情，信右衛門慌忙傾身向前，補充道：

「不過，選中的女孩吹的瑪古魯笛是否管用，在沒有瑪古魯的地方也能測試。」

因爲對人也管用。

「聽到母親吹的瑪古魯笛，偶會全身扭曲，直冒雞皮疙瘩，一平阿舅則是嘔血。當時在場的男人都一樣，有的流鼻血，有的頭昏眼花。在那之後，銠屋的當家足足臥床半個月。瑪古魯笛的威力，就是這麼強大。」

若依某個女人教導的方式吹指哨、以喉音唱歌，周遭的人會出現這些反應，表示這女孩是瑪古魯笛使者。反過來看，除此之外，在正式與瑪古魯對峙前，也沒其他辨識方法。

這是何等煎熬，何等可怕的事啊。經年累月的恨意，並非只凝聚成瑪古魯。這項絕技，及代代傳承的下來的祕密，不也是嗎？阿近不禁思索著。

然而，如同一平阿舅說的，開墾山林、在此生活的人們，無法捨棄山林，得想辦法活下去。

「母親攜帶的那個像香爐的容器，其實是胭脂盒，裝的也是胭脂。只是，在收伏瑪古魯時，摻進瑪古魯笛使者的血。」

那血的氣味，會讓瑪古魯變得安分。

「一旦瑪古魯啃食起自己後，往往還沒啃完就死了。至於剩下的身體……」

「嗯，會怎麼處理呢？」

「在尼木村一帶，按照規矩，會埋在宗願寺那座山的山頂。所以，平常禁止上去。」

山頂確實不時會颳起強風，但不僅僅是此一緣故，那裡也看不到鳥和兔子的蹤影。

阿近重新端詳赤城信右衛門細緻端整的五官。

「令堂過世時，只能由女人送終，這也是規矩吧。」

「是的。瑪古魯笛使者不只一位，但眞正收伏過瑪古魯的使者，尤其受人尊崇。」

肩負相同職責，面對相同恐懼的女人，一起爲收伏過瑪古魯的女人送終。

「不過，您還是希望能送令堂最後一程吧。」

話一出口，阿近自覺說了不該說的話，不由得低下頭。

信右衛門又吸起鼻涕，伸手輕撫便服的衣領。

「母親囑咐我，不要忘記到小吉墳前上香。」

她的意思是，那名糊塗的寺內長工是一郎太的救命恩人，絕不能忘記他。赤城家的光惠大人，是善心的女中豪傑。

阿近替信右衛門換過熱茶。信右衛門傾聽著寒風輕敲「黑白之間」紙門的聲響。

「其他藩國的人想必會納悶，爲什麼偶們要住在這樣的山林中。」

當時，一平阿舅曾告訴一郎太：

——瑪古魯肉眼看得到，用火趕得走，還能以瑪古魯笛收伏。

遠比肉眼看不到，來路不明，又不知該怎麼避免的災厄要好多了。

「大致就是這樣的故事。阿近小姐，老實說句很**慘虧**的話。」

「慘虧」的意思是慚愧。

「請說。」

「妹妹當不成瑪古魯笛使者，偶鬆一大口氣，也曾告訴母親心裡的感受。但是……」信右衛門放輕話聲，「當不成瑪古魯笛使者的女人，只是普通的女人。若不是這樣，當初母親無法與番方的武家結親，可能也不會有足以匹敵赤城家的人家來提親。」

不會吹瑪古魯笛，就不是了不起的女人。

「不過，這樣就不必對上瑪古魯了，不是嗎？」

「很難講。要是嫁入鄉士（註）家中，在山裡生活，萬一遇見瑪古魯……」

阿近停下手，望著信右衛門。在他臉上，已找不到那個怯懦又愛哭的孩童影子。然而，即使不是愛哭鬼，也不是窩囊廢，還是會害怕。人不可能天不怕、地不怕，他臉上清楚這麼寫著。

「妹妹搞不好會被瑪古魯吃掉。」

瑪古魯喜歡襲擊婦女和孩童。

「既然如此，成為瑪古魯笛使者比較好。當時沒跟母親這麼說，後來偶忍不住這麼想。」

信右衛門的眼神中，蘊含著殷切的光芒。

「偶錯了嗎？」

阿近無言以對。

當天晚上，阿近在三島屋裡鋪著床，突然興起調皮的念頭，試著吹指哨，發出古怪的聲響。走

註：江戸時代，居住在農村的武士。

廊對面隨即傳來阿民的斥責聲。

「誰啊，這麼晚了還吹口哨？小心把鬼引來！」

阿近縮起肩膀。嬸嬸，這才不是口哨。

——我吹得太不像樣了。

即使出生在奧州曾有瑪古魯出沒的山村裡，一樣當不成瑪古魯笛使者。阿近腦海有個揮之不去的念頭，她無法以「還好當不成」的想法自我解嘲。阿近的瑪古魯存在於某處，三島屋的瑪古魯應該也存在於某處。

一旦牠出現，阿近擁有瑪古魯笛這樣的法寶嗎？三島屋呢？

只要沒遇上瑪古魯，就是幸運嗎？還是，即便遇上也有能力收伏的人，才眞的是幸運？

我不知道。

臨走前，赤城信右衛門露出笑容：

——說出母親的故事，心情舒暢許多。

今晚就在他的笑容守護下，安穩入睡吧。

節氣臉

今天三島屋的「黑白之間」，籠罩著肅穆的氣氛。

這是專供講述百物語的廂房，擺設一向不華麗。今天顯得格外沉悶，約莫是在上座的說故事者表情灰暗的緣故。

她是個年過四旬的婦人，一臉富態，面容溫和。一襲枯葉色中摻雜黑色的條紋皺綢，配上黑色腰帶。髮髻上插著一把使用多年，褪成黃褐色的黃楊木髮梳。從她的儀態來看，應該出身富裕之家，裝扮卻相當低調，顯然不單是爲了來講述怪談。

「去年秋天，我送丈夫走完人生最後一程。」婦人低聲開口。

「請您節哀。」阿近低頭恭敬行一禮。

「半年過去，我遲遲無法振作精神。孩子也都責備我，說我這樣反而會讓丈夫擔心。」

他們想必是一對恩愛的夫妻。獨自留在世上面對寂寞的妻子，至今仍在爲丈夫守喪。

「春天都來了……」

今天是春分。

「今天出門時，女兒還對我說，最好穿得有些春天的味道，多方幫我挑選，但我始終開心不起來。」

眞的很抱歉——婦人輕聲致歉。

「請保持原本的心情即可，此處就是這樣的地方。」

壁龕的花瓶插著含苞的梅枝。一朵梅枝帶有紅白兩色，相當罕見，請從即將綻放時開始欣賞——這是經常出入三島屋的花店老闆的說法。眼前這未開的花蕾，正適合這位說故事者。

「承蒙邀約，我心中不勝感激。不過……」

婦人不像是客氣，反倒像在道歉。她一直低著頭。

「約莫兩個月前，聽燈庵先生談起貴寶號奇異百物語的風評，我便猶豫不已。有時我會想，要是這件事能向外人說，不如直接向家人坦言，還比較能一解胸中的鬱悶。不，向外人說比較沒負擔，我怕告訴兒女後，他們會以爲我太過悲傷，精神失常。」

阿近能理解她的猶豫。

「『黑白之間』有個規定，聽過就忘，說完就忘。當然，客人坐定後，突然改變心意，不願分享故事，我們也都能接受。」

見阿近露出微笑，婦人戰戰兢兢抬起眼。

「大小姐，您聽了這個故事，一定會做噩夢。」

「謝謝您的關心。擔任聆聽者前，我早有心理準備，請不必擔憂。」

不久前才聽過吃人怪獸的故事。如果會做噩夢，上次的故事更有可能。

由於不能清楚告訴對方，阿近只能盡量展現沉穩。婦人眼中的猶豫並未消失。

「沒想到，眞的是由您這樣的年輕小姐擔任聆聽者……不，我不是懷疑燈庵先生的說法。」

阿近思索片刻，決定主動推她一把。

「三島屋的店主伊兵衛是我叔叔。他設立奇異百物語，並命我擔任聆聽者，正因我曾有一段時間和您一樣，沉浸在悲傷中。」

哎呀，婦人細長的眼眸圓睜。

「約莫兩年前，我的未婚夫亡故。他和我自幼熟識，往來密切，我悲傷不已。因此，容我僭越地說一句，您喪夫的傷痛，我多少能體會。」

婦人抬起她那和臉型、體型一樣豐腴柔軟的手，掩住嘴角，微微頷首。

「原來您有過這樣的遭遇啊。」

她先是如此低語，接著急忙解釋道：

「大小姐，我稱不上是什麼夫人，只是一個雜貨店老闆的妻子，叫我老闆娘就行了。」

阿近一如往常，不過問說故事者的名字和身分。

「那麼，老闆娘，我也不是什麼大小姐，請叫我阿近。」

兩人之間終於有些笑語。

「話說回來，明明有那樣悲傷的過往，還要您擔任百物語的聆聽者，三島屋老闆眞是行事特異。」

阿近大大點頭同意。「沒錯，叔叔確實是怪人。」

這不是可引以爲傲的事嗎？

「哎呀。他當然是有什麼特別的想法，才如此安排吧。」

「叔叔約莫是想讓我對世間有更進一步的瞭解。」阿近回答，「聽過各種不可思議的故事，我也跟著開了眼界。這世上常發生令人意想不到的事。活著時走的路，與死後走的路，各有不同。留在世上的人抱持的想法，也各自不同。」

婦人微微側頭，凝望阿近半晌，突然傾身向前，問道：

「阿近小姐，即使只能見一面也好，您可曾期盼與亡故的未婚夫重逢？」

阿近稍稍一頓。

通常會是肯定的答覆，但以阿近的情況，很難回答這個問題。

阿近想和他見面，向他道歉，卻又覺得道歉也無濟於事。

腦子裡想著這些事，實在任性。

不過，她沒必要勉強回答。婦人雙手併攏置於膝上，輕嘆口氣，接著道：

「如此冒昧，是因爲我想告訴您的，正是這樣的故事。」

期望與亡者重逢的故事嗎？

「話雖如此，與亡夫並無直接關聯。此事的起源相當久遠……」

其實是我伯父的故事——婦人解釋。

「他在我十歲那年逝世。屈指一數，已是三十年前的事。」

故事於焉展開，阿近做好聆聽的準備。

「我名叫阿末，娘家也是經營小雜貨店。店面位在芝口橋旁的新町。屋號爲「丸天」。

「天井的『天』字外面加個圓圈，所以稱爲丸天。其實沒有特別的由來，只是取兩個響亮又吉利的字，再簡單不過。」

十分有親切感的屋號。

「我老家的旅館，同樣是一個『千』字外面加個圓圈，稱爲『丸千』。」阿近應道，「我從沒聽過屋號的由來。可是簡單好記，我很喜歡。」

「只有一個字不同，說來也是一種緣分。」阿末莞爾一笑，「我祖父創立的『丸天』總店，位在神田富松町。」

阿末還記得總店熱鬧的情景。

「離這裡滿近的。」

「是啊。雖然有些自以爲是，不過我覺得與貴寶號有緣。」

說故事者要來到這裡，同樣需要緣分。

「新町那邊是分店，店面規模較小。但那一帶有不少武家宅邸和寺院，所以客人都出身不俗。拜此之賜，生意還算興隆。」

阿末語帶懷念。就像現在阿末家有關心母親的兒女，阿末的娘家也充滿溫情。

「父親是家中的三男，名叫三藏。所以，他才會在外面開分店。」

繼承總店的並非長男。

「是由父親上面的哥哥，即家中的次男繼承，因爲長男是個無可救藥的浪蕩子。吃喝嫖賭樣樣來，還將哭著勸他的母親踢倒在地，不斷拿家裡的錢去賭博，是個敗家子。」

這番話說得嚴厲，卻不帶難過的情緒。阿近馬上便得知箇中原因。

「過了三十五歲，長男突然有所覺悟，改邪歸正，返回家中。」

阿末望向遠方。

「話雖如此，家裡早和他斷絕關係。總店由次男當家，而他們的父母，即我的祖父母，已駕鶴歸西。」

「那麼……」

「是的，不管長男怎麼道歉，發誓洗心革面，但終究人死不能復生。雖然寄合（註一）之長和名主（註二）居中調解，只要當家的次男不點頭答應，就無法認同他和我們的親屬關係。」

當時阿末年紀小，不清楚「丸天」內經過怎樣的一番交涉。不過，看著父母的愁容，及不時傳進耳中的話語片段，她不禁跟著擔心。

「總店方面對長男忿恨未平。繼承家業的次男，很清楚父母為縱情玩樂的大哥吃了多少苦，無法輕易原諒他。」

由於是過去的事，現下連用來沖洗過去的水也已乾涸。

「最後是家父介入調解。」

決定由新町的分店收留無處可去的長男。

「身為女兒的我這麼說，有點老王賣瓜之嫌，不過父親真的是善良的人。不論過去如何，血濃於水的大哥哭著為昔日的荒唐道歉，他難以冷眼相待。」

——既然春哥說他是誠心悔改，我們就瞧瞧他的表現吧。

「父親的長兄，也就是我伯父，名叫春一。他在春分當天出生，故以此命名。」

那麼，恰恰就是今天。

「在春分這天談到伯父的事，也算是奇妙的緣分。」

阿末的眼神十分溫柔。

「這是許久之後我才得知的事。當年，我父母不完全相信伯父那番道歉的話。愛吃喝嫖賭的惡蟲，會深深棲宿在當事人的骨子裡。即使當事人以爲惡蟲消失，完全驅逐乾淨，其實只是暫時沉睡，總有一天會再伺機而動。」

要看清楚眞相，得住在同一個屋簷下。

「先慢慢讓他學做生意，觀察他的工作態度吧。我父母抱持這個念頭，收留伯父。」

實際與春一當面一談，他竟說出意想不到的話。

——我當不了商人，一切已太遲。話雖如此，我不是想向你們要錢過安樂的日子，你們大可放心。我只希望能在分店待一年。

「原本他想向總店提出相同的請託。在仔細思考，明白未來該走的路之前，期望能擁有一年的時間。」

阿末的父母十分困惑。話說回來，未來該走的路，不是思考後就能「明白」，而是要認眞工

註一：日本中世以後，設置於鄉村的地方協議機關。

註二：土地或莊園的領主。

作，從中領會。他好不容易返家，那樣誠心道歉，卻又不想當商人，實在教人百思不解。

——我爲什麼會這樣說，日後你就會明白。這件事瞞不了人，我自己最清楚。

「伯父強調，當下即使說出實情，大夥也不會相信。」

——所以，能不能請你別過問，答應我的要求？

他低頭拜託的模樣，與之前在總店挨罵時相比，顯得更爲誠懇。

「他說不想過安樂的日子，似乎是眞心話。」

春一並未住在家中，而是選擇住在後院角落的倉庫。

——不好意思，請讓我借住這裡。

他從懷裡取出一包金幣，總共三兩。

「伯父表示，希望用這筆錢供他一年吃住。」

——只能拿出這麼點錢，實在慚愧。我曉得這樣根本不夠，但還是請多多幫忙。

他帶著簡陋的棉被、老舊的寢具，及一盞瓦燈，在倉庫裡生活。

「如同當初的宣言，他不插手店裡的生意，但並非什麼事都不做。包括砍柴、汲水、打掃，他都做得十分認眞。」

完全看不出昔日浪蕩子的身影。

——雖然不需要操那個心，但若「丸天」裡認得春一的人看見，還是會有些尷尬。

「於是，之後工作時，他總以手巾蒙住臉，遮住容貌。」

阿近心想，春一說「尷尬」，指的應該不是自己。其中帶有一份體貼，不希望旁人以爲阿末的父母把哥哥當下人使喚。

「我有幾次看到伯父蒙著手巾工作，每次都像撞見小偷，很難保持內心平靜。」

春一的一日三餐，起初在廚房吃。後來可能是春一主動要求，改由女侍端往倉庫。

「他滴酒不沾。在這方面，他斷得相當乾淨。偶爾送上下午點心，他也會婉拒，認爲自己不夠格，連碰都不碰。」

「那麼，春一先生像伙計一樣工作，過著低調的生活，盡量不與您府上的人打照面，是嗎？」

阿近一問，阿末重重點頭。

「他甚至特別提醒我們。」

——請不要隨便到倉庫來。尤其是阿末，別讓她靠近。

「我是獨生女，加上店裡沒請童工，所以家中只有我一個孩子。」

這句話的意思，是要避免孩子靠近他？

「伯父說，他一定會嚇到我。另外，還有一件事。」

阿末停頓片刻，說話漸有緩急之分。

「伯父告訴我們，他不時會外出。每逢二十四節氣的日子，一定會外出一整天。那些日子不必搭理他。」

連飯都不吃。他總是默默出門，又默默返家，頗令人在意。

「他選在後院的倉庫裡生活，似乎也是考量到可自由進出，不必逐一向家人報備。」

阿近吁一口氣。大概是她表情逗趣，阿末臉上浮現微笑。

「很奇怪吧？不告訴我們原因，卻提出一大堆要求。」

「眞的十分神祕。春一先生提出這些要求時，是怎樣的神情？一臉正經？面帶笑容？有點害怕？還是，像在提防些什麼？」

阿末立刻回答：「一臉正經，而且是非常正經。那神情宛如堅定著什麼信仰。」

語尾剛落，她又急忙搖頭。「不，不是信仰。應該說他心中有種確信。」

阿末咬著牙低語。

「得知實情後，回頭來看，伯父的每一句話都有含意。」

多麼吊人胃口。

「猜得出春一先生去哪裡嗎？」

「不，毫無頭緒。」

「既然是外出，想必是與人見面……或是找人吧。不過，他一定會在二十四節氣的當天外出，又是什麼原因？」

所謂的二十四節氣，是從「立春」到「大寒」，一年的二十四個階段，又稱爲「節日」。不管再便宜的月曆都會記載，連孩童也知道。在不事農耕的市街生活中，有些節日沒特別含意。但寒暑轉換及重要的節慶，都會以節氣的日子區分。

「阿近小姐，關於這件事啊……」

阿末一臉調皮。說故事者像這樣吊聆聽者阿近的胃口，表示她愈說愈起勁，準備向阿近道出一切。

「其實也沒什麼。只不過，事先這麼做，伯父的心情會比較輕鬆。」
阿近不太懂這句話的意思。
「您提到『事先這麼做』，聽起來似乎是一種約定？」
「是的，就是這樣的約定。」
約定嗎……是和誰做了何種約定？「心情會比較輕鬆」，又是指什麼？
擔任聆聽者最忌諱心急，於是阿近保持沉默。接著，阿末往下說：
「那一年，春一伯父來到分店時，剛過『霜降』不久，所以是九月的事。之後，經過『立冬』、『小雪』兩個節氣。那兩天伯父確實都外出，不在倉庫裡。」
出門和返家時，分店裡都沒人瞧見。天未亮就外出，入夜才返回。
「雖然行徑可疑，但伯父沒外出時，就像剛才我說的，和伙計一樣認眞工作，根本無從挑剔。看到伯父的表現，父親露出驚訝又難過的表情，表示想怎麼做就由他去，暫且靜觀其變。」
阿末的父親甚至發牢騷「所謂的寄食，應該更厚臉皮一點吧？這樣我們反倒自在」，眞是個宅心仁厚的人。
「換句話說，伯父隱瞞的事，不像他說的那樣『瞞不了人』。我們不懂他葫蘆裡賣什麼藥，轉眼便過了將近兩個月。」
繼「小雪」之後，「大雪」到來，伯父隱瞞的事眞相大白。
「說到這件事，其實是那天我在習字所，和感情不錯的女同學吵架起的頭。」
阿末憶起往事般，輕輕一笑。

——這不是我的錯。

阿末哭喪著臉，胸前緊抱著裝有習字本和筆硯盒的包袱，快步走在路上。她正在從習字所返家的途中。

今天一早，阿末一起床就打了幾個噴嚏，微微流鼻水。母親看她似乎感冒了，十分擔心，便拿身上的漂亮圍巾給她。

阿末圍著圍巾前往習字所，不久就和平常要好的阿密發生爭吵。

可是，這件事根本是阿密不對。當時阿密說：「好漂亮的圍巾啊，借我瞧瞧。」到此爲止都還好，但她一直央求：「我也想圍圍看，借我嘛。」阿末回一句：「這是我娘的，不能借妳。」於是，阿密就生氣了，硬是一把搶走，丟出一句：「我很喜歡這條圍巾，不還妳了。」阿末不禁發怒。

阿密常會突然不高興，找阿末碴。阿密伶牙利嘴，人又機靈，阿末總鬥不過她。

有一次，阿末向母親提起阿密，母親對她說：

——阿密想必非常孤單。

——因爲阿密的爹娘都不在了，獨自住在姑姑家中，肯定受不少委屈。

所以，阿末聽從母親的囑咐，會盡量多讓阿密一些，但圍巾的事在太過分，不能原諒。阿末好不容易搶回圍巾，阿密不甘心，將滿壺墨汁潑向阿末。阿末洗掉臉上的墨汁，衣服和圍巾卻沾滿墨漬。

老師責罵兩人，命她們在外頭罰站，但阿末趁老師不注意溜出來。因爲挨了老師罵，阿密還橫眉豎眼地堅稱「是阿末小氣，是她不對」。阿末無法忍受和這樣的人一起罰站，更重要的是，天氣太冷了。

換作是平常的阿末，吃完早飯便會前往習字所，中午回家一趟，再去習字所，未時才返家。然而，現在還不到中午，如果回到家中，娘一定會問發生何事，免不了又是一頓責罵。要不是衣服都染黑了，應該可推說是感冒、不舒服，所以提早回來。眼下這副德行，肯定行不通。這點連九歲的小女孩也知道。

先偷偷回家，換掉這身衣服吧。阿末吸著鼻涕，伸手往臉上用力擦拭。

「丸天」的店面，四周圍著木板牆，但屋子後院只設柵欄。由於柵欄不高，輕盈的阿末可輕鬆翻越，其實她已爬過不少次。柵欄就位在鄰近茅廁與倉庫的北側，應該不容易被發現，只要小心上茅廁的人就好。

阿末躡手躡腳繞到後院，像猴子般靈巧地翻越柵欄。躍進後院，她先躲在樹蔭下，豎耳傾聽屋內的動靜。

喀噠喀噠，某處傳來打開木門的聲響。

——啊，是春一伯父。

眞是太大意了，沒考慮到伯父住在倉庫。日常生活中，阿末和伯父幾乎沒任何交集，只是不時會瞥見他的身影，於是竟然遺忘他的存在。

阿末小心翼翼從樹後探出頭，發現伯父恰恰走出倉庫。一如往常，伯父臉上蒙著手巾，與其說是背對阿末，不如說是屁股正對她。因爲伯父彎著身子。

——好奇怪。

之前看到伯父汲水和砍柴，姿勢端正許多，不會像老頭子般彎腰駝背。

伯父慢吞吞地扭動身軀，邁出步伐，雙腳在地上拖行。是要上茅廁嗎？

阿末緊抱著樹木，一臉驚訝。

伯父渾身是血。

衣袖濺滿血花。仔細一瞧，他撩起下襬露出的小腿，以及手臂，也都沾滿血。

或許是察覺到阿末的氣息，伯父抬起頭，望向她的藏身處。阿末發現伯父的正面一樣滿是鮮血。

——伯父受傷了。

所以，他才會這樣走路。由於渾身疼痛，雖然勉強能行走，隨時可能昏倒。

阿末忘了一切，衝出樹後。伯父嚇一跳，腳下一個踩空，一屁股跌坐在地。

「伯父，您身上的傷……」

是怎麼回事——阿末問到一半，硬生生又吞回肚裡。

這個人不是伯父。

即使他臉上蒙著手巾，但在近距離下，眼睛、鼻子、嘴巴全看得出來。眼前跌坐在地的男子，與阿末認識的春一伯父長得不一樣。

之前，阿末只向伯父問安過一次（而且是被迫）。不過，伯父和爹很像，阿末怎樣都忘不了。

爹自己說過，儘管是兄弟，但長得這麼像十分罕見。加上連身高體型也很相似，幾乎是一模一樣。

「你是誰？」

阿末質問。還是孩子的她，自認語氣嚴厲，實際上只發出顫抖的微弱聲音。

聽到阿末的話聲，男子清醒過來，坐起身。雖然慢了一步，他仍拉起手巾想蒙住臉。阿末注意到他的手背有擦傷。

「別問那麼多，到一邊去，別管我。」

聲音也不同。這不是春一伯父的聲音，阿末怕得僵在原地。此時，男子突然眨眨眼。

「阿末，妳怎麼這副模樣？難不成是打翻墨壺？」

阿末渾身墨漬。

「連臉都沾到了。喏，在額頭一帶。」

阿末抬起手，摸向額頭。

哦——男子應一聲。他滿身是傷，似乎連動嘴巴都會痛，臉上卻帶著笑意。

「妳是在習字所跟同學吵架，才會這麼早回家吧。」

被說中了。

「要是妳娘發現就麻煩了。我會替妳保密，趕緊進屋。」

男子撐著地面，忍不住發出呻吟，站起身。

「可是……」阿末的話聲抖得更厲害，「你傷得很重……」

「不必管我。」

快去、快去，春一揮手趕阿末走。

「你到底是不是我伯父？」

阿末連膝蓋都顫抖起來。雖然害怕，但她不清楚自己在害怕什麼。是對陌生男子感到害怕？對他渾身是傷感到害怕？還是……

——這個人認得我。明明不是伯父，卻像伯父一樣喚我「阿末」。

「你是什麼人？」

得叫人來才行。可是阿末無法動彈，也喊不出聲。

男子想打開倉庫的拉門。然而，拉門喀嗟作響，卻始終打不開。

「妳不用管我。我什麼都沒看到，妳也什麼都沒看到。」

男子上氣不接下氣，似乎非常痛苦，但仍像在逗阿末開心，笑著說道。

「抱歉，我不該隨便跑出來。」

阿末不自主地扶著男子的手，幫他打開拉門。門「霍啦」一聲開啟，出現倉庫內狹小的空間。阿末差點尖叫，急忙摀住嘴。倉庫的地面架起竹板，鋪著一床簡陋的棉被。棉被上血跡斑斑。

「謝謝。這樣就行了，妳走吧。」

男子勉強走近棉被，跪坐在上面。

「才不行！你受傷了，放著不管會沒命。我去叫娘過來。」

「妳會挨罵。」

「挨罵也沒關係！」

阿末哭喪著臉應道。男子抬頭望向她，緩緩取下手巾，露出整張臉。果然不是春一伯父。

「妳眞善良。」

阿末不愧是三藏的女兒——男子稱讚道。

「個性眞像。不過，妳很活潑，這一點和妳爹不大一樣。」

三藏以前是個聽話的孩子——男子說到一半，可能是暈了過去，倒臥在棉被上。

「我大聲尖叫，呼喚著爹娘，跑進家中。」

當初那善良的野丫頭，已成爲一臉富態的中年婦人，回憶著過往，講述這段故事。

「事隔多年後，父親仍不時會苦笑著說：當時妳的舉止實在怪異。不光是看起來像發瘋，也頗滑稽可笑。」

阿末接連喊著：「伯父不好了。」「有個明明不是伯父，說話卻又像伯父的人在倉庫裡。」「有個像伯父，卻又不是伯父的人受重傷。」雖然表達出她的意思，但神情無比激動。

「儘管如此，爹娘只聽我提到『伯父』，似乎就猜出是怎麼回事，也不找伙計幫忙，直接趕到倉庫。」

看到昏厥在倉庫裡的棉被上，渾身是血的男子，阿末的父母大吃一驚，慌亂起來。這人是從哪裡來的，怎麼會傷成這樣？春哥去哪裡？阿末，他對妳做了什麼？快說，到底發生什麼事？

「其實爹娘沒資格笑我。說到可笑，沒有比他們當時的反應更可笑的了。」

約莫是周遭太過吵鬧，昏厥的男子醒來。接著，他出聲安撫亂成一團的阿末一家。

——你們冷靜點。把門關上，先坐下來。我是春一。

雖然長相不同，但確實是三藏的大哥春一。

——今天不是「大雪」嗎？是二十四節氣之一。每到節氣的日子，我就會變一張臉。只有在這種日子裡，會換成別人的臉，連聲音都會改變。

這番話實在教人難以置信。只見男子捲起衣襬，露出左膝窩一文錢大的胎記。三藏臉色驟變。

「春一伯父有相同的胎記。」

——你眞的是春哥？

阿末的父母牽著手，癱坐在地，阿末則是緊抱著父親的背。明明是春一，卻有著和春一不同長相的男子，渾身是傷，鮮血淋淋，令人不忍卒睹。儘管他不住喘息，不時痛苦得說不出話，臉皺成一團，卻還是平靜地解釋一切。

「春一伯父說，怪事發生在那年五月，節氣『夏至』的前一天。」

當時春一的生活是說不出的悲慘，用落魄還不足以形容。

「浪蕩人過日子，表面上輕鬆，其實和船夫一樣。隔著一塊木板，底下就是地獄。一旦運氣用光，便沒有立足之地。加上春一伯父染上肺病，早晚都咳得很凶。」

自甘墮落的生活開始反撲。

「他賭博輸錢不甘心，於是藉酒解悶，導致直覺變得遲鈍，愈賭愈輸。原本他以情夫的身分，與一名教常磐津節（註）的師傅同居將近兩年，後來賭博成癮，被掃地出門，落得無家可歸。」

春一請當伙計的賭場同伴幫忙租一間裡長屋，卻連房租都籌不出。管理人見面總會嘮叨幾句，加上討債的人不時找上門，所以，不是蒙上棉被裝睡就行得通。白天他透過各種管道籌錢，在江戶市內四處遊蕩，每天都過這樣的日子。

「好不容易湊了些錢，他立即上賭場翻本。」

最後又輸個精光。春一擁有的，只有空空的錢包和纏人的咳嗽。

「相同的情況惡性循環，我在賭場逐漸債台高築。」

熟識的賭場老大盯上春一，恐嚇若不在一個月內償還積欠的一半賭債，就要他拿命來還。

——在那種地方，賭場老大極少威脅要取客人性命。如果殺了客人，形同眼睜睜看著肥羊沒了。

「所以，當賭場老大說要殺人，那就不只是威脅，而是認眞的。」

「意思是，逢賭必輸的春一先生，在賭場老大眼中，不再是有利可圖的客人，即使殺了他也無所謂嗎？」

面對阿近的詢問，阿末頷首。

「據說，當時從伯父的臉上，看得出他的運氣早用盡。」

——連我自己都感覺得出，賭場老大自然是一眼看穿。

「伯父不僅運氣用盡，連對賭博的執著也轉爲淡薄。」

是逢賭必輸，開始討厭賭博？還是運氣用盡，才不再那麼執著？或者相反，是恰巧全湊在一

註：三味線音樂的一種。

起，落在他身上？

「不管怎樣，再怎麼喜歡賭博的人，都會遇上這種情況。該來的總會來，只能束手無策。」

縱情玩樂的生活，也有不少樂趣。運勢好的時候，能得到那些一本正經的商人一輩子體會不到的奢華。

——但一切都結束了。

報應到來。春一隱隱有預感，人生已走到盡頭。

「如果是賭博欠債被逼上絕路，寧可自我了斷。該挑什麼地方，採取什麼死法？伯父迷茫地想著，在町內遊蕩，撞見喪禮現場。」

那是赤坂裡町一隅，武家宅邸之間的狹窄土地，坐落著小小的商家。

「阿近小姐，您知道嗎？賭場往往開在武家宅邸的中間部屋裡，所以伯父常去赤坂一帶，算是熟門熟路。不過，他是第一次誤闖那個地方。」

在完全陌生的地方，春一轉過街角，突然碰上出殯的隊伍，正搬出裝著遺體的桶棺。

那是一場簡樸的喪禮，除了桶棺外，沒其他道具儀式。只有像是亡者親屬的人及附近的住戶，手執鑼鼓，靜靜聚在一起。

春一停下腳步，像被釘在原地。一名上了年紀的婦人在一旁哭泣，兩名孩子雙手合十，傳來低低誦經聲。

正值五月炎熱的午後，陽光耀眼，地上形成濃濃陰影。徐風吹動浮雲，太陽被遮蔽，旋即再度露臉，出殯的景象忽明忽暗。注視著這一幕的春一，眼中隨之忽明忽暗。

——過沒多久，不知爲何，我突然覺得想哭。

出殯的隊伍開始移動。春一雙手合十，低垂著頭。一股強烈的激動，從內心深處湧現。春一爲素昧平生的人弔唁。與死者非親非故，春一卻不知不覺放聲大哭。他雙肩垂落，合掌的手鬆開，一個勁地哭，眞的是號啕大哭。

腦袋無法思考，淚水源源不絕流下。

他哭了好半晌，一回過神，出殯隊伍已消失無蹤。路上的商家大門緊閉，空無一人，只有春一獨自站在路旁。

初夏的陽光剛灑落，旋即又被浮雲遮蔽。

盡情哭過後，春一突然有所感觸。

——啊，我眞是不孝子。

他踩著自己的黑影，默默想著。

——我一直恣意玩樂，過著放蕩的生活，甚至沒爲父母送終。

說到這裡，阿末突然眨了眨眼，望向阿近。

「春一伯父被趕出家門後，得知雙親亡故的消息。」

「他知道這個消息，表示多少會關心家裡的情況吧？」

阿末頷首，略顯落寞地微笑。

「春一伯父說過，不見得每個浪蕩子都是如此，不過，和家裡斷絕關係的人，往往相當關心親人的狀況。如果家業興隆，會感到既高興又不悅；如果家道中落，會很不甘心，也多一分擔憂。」

斷絕與家中的關係後，還是有人擔心春一，想居中調解。

「所以，伯父並未完全和老家斷絕關係。只是在這之前，他不曾留意隱隱維繫雙方關係的緣分。」

直到他巧遇這場日正當中的喪禮，突然回顧起過往的人生。

——或許是我曾想尋死的緣故。

春一暗暗思忖，恐怕是想到離死不遠，心境才有所轉變。

「話雖如此，伯父不可能直接回到店裡，他沒臉回去。」

春一擦乾眼淚，再度邁開腳步。他囊空如洗，外加飢腸轆轆，幸好還走得動。爲了找尋自己的命終之所，不斷往前走。

「四周連個孩子也沒瞧見。」

春一低著頭走過商家，走在沿武家宅邸的圍牆與草叢綿延的窄細坡道。

忽然，頸後傳來一陣寒意。

他確實感覺到一陣風吹過，但四周的草叢並未沙沙作響，唯有浮雲籠罩頭頂，遮蔽陽光。

——喂，前面的先生。

春一聽到一個聲音，抬起眼。

——我在叫你啊。

背後有人叫喚，春一詫異地轉身。只見一名男子站在一旁，兩人的衣袖幾乎快碰在一起。由於雙方距離太近，春一忍不住後仰，踉蹌倒退一步。

他是何時出現？不像是恰巧擦身而過。是從後方追上的嗎？即使如此，好歹會感覺到他的氣息才對。

——害你受到驚嚇，眞是抱歉。

男子的話聲宏亮。

——不過，我還是想告訴你一件事。

你剛才的反應啊。

就是你爲素昧平生的亡者號啕大哭的事。

——那叫做發心。

由於太過驚訝，春一無言以對，呆立原地。那名陌生男子瞄準機會靠近他，一副熟絡的模樣。

——這得來不易的發心，你不想白白浪費吧？這是最值得深思的問題。

男子如此低語。

阿末的敘述口吻，帶有一股冷峻的力道，阿近不由得緊緊握拳。

「那名陌生男子又瘦又小，兩鬢花白。他穿青梅條紋衣，踩著雪屐，看起來不像窮人，似乎是哪裡的管理人，或商家的店主。」

之前，春一提到這件事情時，說了一句奇怪的話。

——明明在幾乎快碰到鼻子的近距離下，仔細看過對方的臉，但一段時間後，完全想不起那名男子的外貌。

「伯父說，雖然提到那名陌生男子，卻印象模糊。雖然形容他又瘦又小，但他也可能又瘦又高。有時覺得他鼻子尖挺，有時覺得他似乎有對小耳朵。每次一想到他，腦中便一片混亂。」

唯獨對方的聲音深深烙印在腦海，想忘也忘不掉。那是溫和有禮的宏亮嗓音。嘴巴幾乎沒動，卻能清楚聽見對方說的話。

對方接著以那特殊的嗓音問：

——你不會想做些好事嗎？

「做好事？」

阿近低聲反問。

「是的，做好事。意思應該是指，對人們有益的事。」

此時，超乎驚詫的程度，春一愣在原地。男子湊向他耳邊催促：

——說聲「好」吧。

來，快說「好」。

春一聲若細蚊地吐出一聲「好」，根本無法抗拒，像木偶般遭人操控。

那名穿青梅條紋衣，模樣像管理人，又像商人，有著好嗓音的男子，露出開朗的笑。

——說得好，那我就請來你工作吧。

——工作？

——放心，不是多困難的工作，甚至不必流汗。

這工作簡單極了。

——我會借你的臉一用。

那宏亮的聲音，像在舔舐春一的耳垂般，在極近的距離響起。

——如果不決定日期，你也會感到不便，無法保持冷靜，這樣可不行。有了，我借用你臉的日子，就選在節氣日吧。

恰巧明天就是「夏至」，早點把事談妥才好安排——男子自顧自道。

——如果能先來一張容易辨識的臉就好了。

男子像在哼歌般低語，從懷中取出錢包。那是個與他的穿著很不相襯的舊錢包，一邊甚至裂開口。

——要是開始工作前你倒下，可就傷腦筋了。這是我僱用你的訂金。

男子拿出與破舊錢包不相襯的三枚黃澄澄金幣，讓春一握在手上。

——這三兩要怎麼用，是你的自由。不過，即使你現在手頭有錢，以前那個賭鬼也不會再上你的身。

男子接著說一句話，聽在春一耳中，十分不舒服。

——因爲已有別的東西附在你身上。

男子旋即轉身，青梅條紋衣襬發出一聲清響。而後，他邁步離去。

春一打了個哆嗦，努力維持鎮定，喚住男子：

——你到底是何方神聖？

男子背對著春一停下腳步，僅僅回頭望向他。

他凝視著春一，回答：

——我是個商人。

賣東西給想買的顧客，誰擁有我想賣的物品，就向他採購。

——不好意思，我沒有店面。因為各地皆有我的客人，我得四處奔波。

此時，春一注意到一件事。

這名男子沒有影子。

這傢伙不是陽世之人。

又一陣冷風吹來。春一馬上抬手遮眼，待他放下手，男子已消失無蹤。

阿近放在膝上的雙手緊握成拳。

往事鮮明地浮現腦海。

阿近知道那名自稱「商人」的男子。男子對春一說的那句話，她也聽過。

阿近知道那名男子是誰。

剛開始主持奇異百物語時，她聽過一個「凶宅」的故事。那是一座會引誘人，將人囚禁其中，並吞噬靈魂的宅邸。那名男子就出現在宅邸中，同樣是一副管理人或掌櫃的模樣。

後來，阿近為了解救困在凶宅裡的人，親自前往那座不存在於現世，也不存在於彼岸的宅邸，與管理人模樣的男子對峙。當時，男子告訴她：

——我是個商人。

在連接兩地的路上招呼客人。

「阿近小姐。」

聽到阿末的呼喚，阿近赫然回神。只見阿末擔心地挨近她。

「您怎麼了？臉色好蒼白啊。」

阿近冷汗直冒。

「抱歉，我不要緊。」

現在透露自己的故事還太早，得先讓阿末說完故事。

「茶涼了吧？我幫您換一杯。」

阿近自然地回以一笑，忙著沏茶，內心的慌亂逐漸平靜。從鐵壺口冒出的熱氣，感覺十分舒服。

「後來春一先生怎麼了呢？」

阿末仍有些擔心，不過阿近遞出的熱茶，散發著芬芳的茶香，似乎令她平靜下來。

「聽伯父說，那是個天寒地凍的日子。」

男子的叮囑縈繞耳畔，即使不是如此，他也沒興致拿著三兩金幣去賭場。只要回到長屋，給管理人一兩，就能住下。但剩下的二兩，還是不夠償還賭債。

「伯父心情惡劣，想盡可能離得遠遠的，於是越過大川。他在深川找一間便宜客棧，暫時棲身。」

春一空著手出門，身上沒帶米。他給了態度冷淡的女侍一筆錢，託她代爲採買些物品，便縮著身子躺在床上。

他想不透是怎麼回事。難不成是遭狐狸或狸貓耍弄？果眞如此，黃澄澄的金幣不會變成樹葉吧？他試著咬一口，感覺十分堅硬，採買回來的女侍，也沒告知任何異狀。雖然給了女侍跑腿費，她還是一樣冷漠。

「那天晚上，伯父完全沒咳，一夜好眠。」

——像睡死了一樣。

春一露出虛弱的微笑，向阿末他們描述。

「夏天的清晨一向來得早，伯父在天亮之際睡醒，去了一趟茅廁。」

客棧的茅廁位於後院，與客房有段距離。春一住的房間位於二樓深處，他踩著嘎吱作響的階梯下樓。

「那時他就覺得有點不對勁。」

春一不經意摸向自己的臉，感覺不太舒服。

「才一晚，伯父的鬍子就長長許多。鬍子的事倒還好，重要的是鼻子和下巴的形狀不像是自己的。」

話雖如此，人們平日不會刻意撫摸自己的臉。人們會洗臉、漱口，如果是男人，還會摸摸鬍子。不過，頂多只有在這時候摸摸鬍子罷了，而且也不會每次都確認是不是自己的臉。春一也不例外，所以他不太確定。

「上完茅廁，他朝略嫌骯髒的洗手缽蹲下時……」

清晨陽光下，水面映出春一的臉。

不，是映出某個男人的臉。春一不認識的臉，不是春一的一張男人臉。眉毛不同、鼻子不同、唇形不同，下巴往外突出的幅度不同。

春一忍不住大叫，一下在臉上又拉又揉，一下用力拍打。不管他怎麼做，映在水面的那張臉還是沒變。

——這究竟是怎麼回事？

大吼一聲後，他益發驚訝，接著轉爲尖叫。

「因爲連聲音都變了。」

不過，那終究是一張臉，男人的臉。仔細一瞧，那張臉比春一年輕。右側鼻翼旁有個小黑痣，眼角下垂，看起來像個好人。

「幸好不是變成怪物。即使一直維持這張臉，也沒有太大困擾。」

昨天投宿客棧的春一，一早醒來變了張臉，客棧伙計會以爲他是另一個人吧。實際上，春一慌亂地站在茅廁旁時，那名態度冷漠的女侍恰恰抱著薪柴經過，劈頭就問：

——您是店裡的客人嗎？這樣擅自闖進來，會造成我們的困擾。

向對方解釋「不，我是昨天住進來的客人，只是變了張臉」，反倒會讓事情更複雜。春一決定佯裝成是新來的客人，當場付訂金。幸好他將錢包收在肚圍裡。

「準備拿錢出來時，伯父嚇一大跳。」

黃澄澄的三兩金幣放在錢包裡。

錢沒減少。

——這是我僱用你的訂金。

春一再次不寒而慄。

「當時，伯父打算去找昨天那名男子，一定要再見他一面。」

我沒接受這樣的約定。竟然擅自替我作主，把錢塞到我手中，還改變我的長相。

——那個傢伙。

即使他不是這世上的人又如何？不管怎樣，我是一度想尋死的人，而且我染患肺病，恐怕已不久人世。即使最後被他殺害也無妨，我反倒省事。

「伯父滿腦子都是這個念頭，步出客棧，往赤坂走去。他越過大川，穿過兩國廣小路，順著神田川而行。」

和泉橋出現在眼前時，春一聽見身後頻頻有人叫喚。那是尖細的女聲。

「當時行人來來往往，伯父完全沒想到對方是在叫他。」

而且，那聲音喊著：「俊吉、俊吉。」

春一沒回頭，往赤坂疾行。最後那聲音的主人追上來，猛然從背後抓住他的胳臂。

——俊吉！

他驚訝地回頭，只見一名用束衣帶綁住衣袖的年輕女子，捲起衣襬，滿面通紅，跑得上氣不接下氣。不知爲何，女子單手拿著搧火用的圓扇。

——俊吉！你該不會是俊吉吧？

果然是你——女子拋下圓扇，雙手摸向春一的臉，眼看就要抱過來。

喂，等一下。春一不光感到慌張，也覺得可怕，抬起手想趕走女子。不料，女子抱得更緊，臉頰還貼上來，鼻尖幾乎抵到春一。

——你是俊吉吧？

她尖聲質問，血色倏然從臉上抽離。

——啊，你不是嗎？你不是俊吉，只是長得像他吧？

可是，居然長得這麼像……

「倒也難怪，年輕女子說著，垂落雙肩，癱坐在原地大哭。」

——也對。俊吉早就死了，不可能回來。

春一呆立在抽抽噎噎的女子身旁，像被賞了一耳光，恍然大悟。

——是這張臉的緣故。

阿近也看出故事的走向。

「春一先生的臉，變成那名女子口中的俊吉吧？」

阿末緩緩點頭。

「是的，那名女子的丈夫是木匠，三十歲。約莫五天前，他不小心失足從鷹架上跌落。」

留女子獨自一人在世上。她看到亡夫從町內走過，雖然想著「死人不可能重回陽間」，還是忍不住一路追上來。

「那名女子叫阿文，在淺草御門旁的田樂屋（註）工作。手持搧火的圓扇，也是這個緣故。」

頂著俊吉那張臉的春一，剛好從田樂屋前走過。看到這幕景象，女子當然會失去理智判斷，朝他追去。

——我會借你的臉一用。

那名穿青梅條紋衣，有一副好嗓音的男子所言不假。不過，正確來說，不是要借用春一的臉，而是要借用他的「臉部」。

春一整天都會頂著亡者的臉。亡者借用春一的臉部，重返人世，就是這樣的規則。

沒錯，這樣才說得通。阿近已想明白是怎麼回事。

對方就是阿近見過的那名男子，絕不會錯。春一遇見的是同一個人。當時，男子不慌不忙地自稱是「在連接兩地的路上招呼客人」，意即以生者和亡者雙方爲客人，買賣他們想要的物品。

因此，男子口中的「兩地」，指的是彼岸與現世。

「伯父和阿文小姐度過一整天。」

還和好幾個認識俊吉的人見面。大夥都非常驚訝，直說感覺就像俊吉又活過來。有人高興不已，有人眼中噙著淚水。

「伯父與那名男子之間的約定，不能隨便告訴別人。所以，他始終堅稱是恰巧長得像。」

儘管如此，在捨不得俊吉的人眼中——尤其是阿文，便已足夠。

「俊吉是突然意外死亡。早上兩人互道『我出門了』、『路上小心』後，阿文送他出門，卻從此天人永隔。阿文心中仍留有俊吉的影子，尚未完全放棄。」

所以，阿文才不會毫不考慮前因後果，朝春一追來。

春一以俊吉的臉微笑，安慰不停落淚的阿文，聆聽她與俊吉之間的故事，詢問俊吉的爲人。阿文怎麼說都不膩，一會兒哭，一會兒想到有趣的事又破涕爲笑。每一件事都成爲塡補阿文內心空洞的安慰。在互動的過程中，春一的心靈也獲得滿足。和阿文感覺不似第一次相遇，而是重逢。由於臉變成俊吉，春一有一部分的內心與俊吉相通，與他共享彼此的情感。

——我們有多像？

——一模一樣，眞的是一模一樣。

「當時阿文笑著說，雖然體型不同，但眞的很不可思議。」

——不過，連聲音都像。

——約莫是臉長得像，連聲音也跟著像。

最後，春一沒前往赤坂。他和阿文共享一頓簡單的晚餐，想著這也算是難得的緣分，於是要了一條俊吉的腰帶當紀念，拖著沉重的步伐，走夜路返回位於深川的廉價客棧。

「當時有種滿足感，伯父恍然大悟。」

——你不會想做些好事嗎？

原來這就是那名無影男指派給我的工作。

也不壞嘛——春一暗想。

「接著，伯父發現一件事。今天一整天，他都沒咳嗽。」

註：田樂是將豆腐、茄子、魚等刺成一串，塗上味噌，放在火上燒烤的料理。

隔天一早醒來，春一和昨天一樣走下樓梯。這次他在窺望洗手缽前，先去上茅廁。然後，他與那名勤奮早起的冷淡女侍不期而遇，女侍出聲問：

——客官，昨天您去哪裡？

因爲春一已恢復原貌。

「伯父年輕時是浪蕩子，不學無術。不過，他曾因賭博風光一時，膽識過人，直覺敏銳。」

經歷過「夏至」那一整天發生的事，春一已明白這究竟是怎樣的「約定」。他毫不慌亂地接受安排，決定持續下去。那麼，接下來該怎麼辦？此事著實詭異，最好別讓不相關的人知道。要巧妙隱瞞，避開世人耳目，但每到節氣日，一定得到外頭去，找尋是否有人認得他身上這張亡者的臉。

「伯父手上有怎麼用都不會減少的三兩工資，生活無虞。」

爲了不引起懷疑，春一掌握在廉價客棧裡度日的訣竅。

「『夏至』的下一個節氣是『小暑』，再來是『大暑』。」

不論是哪個節氣，春一都會變臉。「小暑」時是老人的臉，「大暑」時是病人憔悴的臉。

「遺憾的是，後來不像先前與阿文見面時那樣順利。『小暑』和『大暑』那兩天，沒能遇見認識亡者面容的人。」

春一整天在街上徘徊，可惜徒勞無功。

「他有沒有再去遇見那名無影男的赤坂？」

阿近一問，阿末搖搖頭。

「不管伯父怎麼走，都找不到那個地方。」

我想也是，阿近暗暗點頭。那名男子不是說找就找得到。

「關於這一點，伯父早就看開，倒是很積極尋找認識亡者面容的人，或是相關親友。」

春一稱讚弟弟，「丸天」分店的老闆三藏「善良」，也溫柔地注視弟弟的女兒阿末，說相同的話。他自己不也很善良嗎？

「那麼，每遇上節氣日，他就會在街上遊蕩嘍？」

「是的。」

「立秋」那天在緣分的安排下，春一走在牛込的舊衣街時，一名木戶番（註）喚住他。春一變成的臉，是一個月前病故的管理人。

——雖然體型不一樣……

那名木戶番說道。

——年紀也不同，但臉長得一模一樣，連聲音都很像管理人。

經歷過幾次後，春一發現不少事。附在他臉上的亡者，有時很快就能釐清身分，有時則是無從得知。其中的差異，主要是受當事人死亡的地點影響，而不是死亡的時間。

——看來，附在我身上的亡者，不全是江戶府內的人。

人們常說魂飛千里。當然，亡者的靈魂不可能從千里之外飛進春一體內。不過，要亡者生前都

註：「木戶」是江戶時代在町內的各個要處或邊界處設置的門，而擔任警衛的人稱為「木戶番」。

住在雙腳一天就能走到的範圍，也不太可能。在這種情況下，就無法遇見認識亡者的人，實在遺憾。

亡者附身的臉常會催促春一，讓他渴望前往某處，看某種景致。一般而言，只要往眼睛想看的方向走，便能遇見亡者的親友。若沒能遇見任何人，受到催促的感覺就會消失。

「伯父十分熱中這項工作。有過幾次經驗後，他變得更加投入。」

連不是節氣的日子，春一也會去觀察之前遇過的那些家屬（像是阿文這樣的遺族）的後續情況。若是方便，他會找個適當的藉口，佯裝成亡者的朋友，以春一原本的面目和他們交談。

「當初伯父告訴我們，他不時會外出，而且節氣日一定會外出一整天，原因就在此。」

春一帶著亡者的臉四處找尋其親友，全力投入短短一天的重逢。從去年「夏天」展開的奇異「工作」，重新賜予他人生意義。

「伯父很慶幸自己當時沒死。」

侵蝕春一的肺病，及久咳不止的症狀，突然消失無蹤。

「伯父說，約定成立時，爲了讓他專心工作，那名男子把他的病拿掉。」

雖然他像死神般陰森可怕，在我眼中卻是活菩薩。

「不過，由於是這種詭異的情況，遇上的不全是好事。」

阿末的眼神蒙上些許陰影。

「有時，亡者親友一看到伯父的臉，便明顯流露厭惡之色，或害怕不已。」

約莫是亡者與親友曾有過節吧。那個麻煩的傢伙死了，好不容易才清靜些，卻冒出長得和他一模一樣的男人，教人渾身不舒服。
「有人向他灑鹽，有人大聲嚷嚷著有鬼，有人則是拿掃把將他轟出去……」
「這倒是不難想像。」
不過，不是任何亡者上身，春一都能呈現他們的臉。
「首先，女人不行。」
這是理所當然。即使附在他身上，看起來也不像樣。
「只限男性。體格的差異和年紀，不會造成太大妨礙。不過，對方不能是孩童。」
有一次發生在節氣「白露」當天，是春一到分店之前的事。他變成一張少年的臉，似乎出身武士之家，長相頗有英氣，感覺十分聰穎。
「對方剛行過冠禮，與伯父的年紀相比，實在過於年輕。」
附身的那張臉，與春一年過三旬的身體極不協調，他連要起床都有困難，無法在街上恣意行走。
「隔天早上，伯父恢復原貌時，朝西方雙手合十，向那名亡者致歉。」
阿末眼眶泛淚。阿近能體會她的心情，於是保持沉默。
「總之，我們理解伯父的狀況。」
阿末的父母雖然手牽著手癱坐在地，終究還是接受事實。
「尤其是父親，聆聽伯父說明的過程中，應該是真切感受到，儘管長相和聲音不同，但確實是春一大哥。」

這就是所謂的手足情深。

「最令人納悶的是伯父的傷。我問伯父，爲什麼會傷成這副德行？」

春一爲難地苦笑搔頭。

——我一時大意，不，只能說是飛來橫禍。

「那天，附在伯父身上的亡者面容，年約三十，與他的身形滿合得來。但那張臉……仔細端詳後，連我都發現，正是所謂的掃把眉。」

而且是眼白較多的三白眼。講直一點，就是面相欠佳。

「該不會是罪犯吧？」

阿近反問，阿末莞爾一笑。

「起初我也這麼想，其實不然。對方是位於平川天神旁一家料理店的廚師。」

甫一起床，亡者的眼睛便不斷催促，於是春一遵循眼睛的引導，順利來到目的地。春一看得目瞪口呆，那是一家規模氣派，價格不菲的店家。

但接下來發生的事，可就慘不忍睹了。

「在店門前打掃的童工，一見到伯父，便大呼小叫地跑走，一大群人旋即蜂擁而出。」

現場頓時陷入劍拔弩張的局面。

——權次郎，你居然還活著！

——眞是難纏的傢伙。莫非你是從陰間返回陽世的亡靈？

那群面無血色，步步逼近的男人，不光生氣，還明顯流露怯色。

「伯父極力向他們解釋：『請等一下，雖然不清楚是怎麼回事，但你們認錯人了。』對方置若罔聞，一擁而上，將他拖到店後方拳打腳踢。」

他們似乎都是廚師或僕傭，個個孔武有力。可能是氣得失去理智，下手毫不留情。春一慘遭圍毆之際，揮拳的那些男人，不斷痛罵這張臉的主人權次郎，聽起來就像悲鳴。

「一陣喧鬧後，老闆和老闆娘趕到。但兩人一看到伯父的臉，都嚇得腿軟。」

老闆面如白蠟，僵立原地，老闆娘則是縮起身子，簌簌發抖，念起阿彌陀佛。對不起，權次郎。對不起、對不起，我求你了，請你安心成佛吧。

這道聲音破壞現場的氛圍，那些男子頓時失去氣勢，春一終於能喘口氣。他被打得眼皮破裂，鮮血直流，看不清眼前景物，連站都站不穩。

——儘管不曉得緣由，但你們弄錯人了。我不認識權次郎。

我只是長得像他，春一僅能如此解釋。

——你真的不是權次郎？

——這裡是料理店，你們是廚師吧？權次郎可能也是廚師，但我打出生到現在，連一根白蘿蔔都沒切過。我沒騙人，不信的話，我拿菜刀給你們看。我是完完全全的門外漢。

那些男子不禁怯縮，面面相覷。臉色慘白的老闆走上前，蹲在春一身邊。他雙眼隱隱生輝，對春一說道：

——的確，雖然長得很像，但他不是權次郎。你們看他的手。

「此時，伯父感到氣血直衝面門。」

之前從沒發生這種情況，但春一馬上明白不太妙。

——就當一切沒發生過吧，我不會再踏進這裡半步。

春一硬撐起搖搖欲墜的身軀，想邁步離去，雙膝卻發軟。

——不好意思，借我扶一下。我想到外面，請讓我離開吧。

春一的額頭冒汗，摻雜著血水流下。他冒的是冷汗，但臉部發燙，全身熾熱猶如火燒。他差點就要握緊拳頭，仍極力忍住。

「大概是伯父的舉止帶著一股不尋常的氣氛，儘管是一時衝動，那些男人還是對自己的作為感到害怕。於是，他們讓伯父扶著肩膀，半攙半拖地將他帶出店外。」

——這樣就行了。你們不用管我，我會自行離開。不過，我可以向你們保證，權次郎確實已死，用不著擔心。

春一臨走前留下的話著實怪異，卻對料理店的男人發揮了效用。他們個個都像附身的惡靈退散，爭先離開。

——然後，我就踉踉蹌蹌地回來。

「好不容易才逃離那裡呢。」

「是啊，的確逃離了。不過，伯父並不是逃離料理店的那群男人。」

而是逃離亡者的憤怒。

「遭到拳打腳踢及辱罵時，伯父感受到亡者權次郎的憤怒。被附身的臉歪曲，那股恨意傳遍他全身。」

料理店老闆靠近時，那股恨意像一陣大浪，緊緊包覆春一。甚至有種衝動，想伸手掐住老闆的脖子，一把扭斷。

先前提到「這樣不行」，指的是這個意思。

原來如此，阿近聽得直眨眼。

「名叫權次郎的亡者，想向殺害他的料理店那群人報仇。所以，春一一早起床，便不斷受到他的催促。」

眞是嚇壞我了——春一搔頭苦笑。

「伯父一本正經地說，死人也會想報復，這一點得牢記在心。」

三藏要請大夫來，遭到春一攔阻。他僅用止血藥和貼布療傷。幸好沒骨折，但整整花了十天才得以正常行走。

「儘管如此，他仍堅持不肯離開倉庫。我父母一再勸他，至少鋪一床舒適些的棉被、添一個火盆吧，他始終不肯點頭。」

後來是阿末哭著懇求，他勉強接受。

——之前讓妳看到可怕的景象，我對妳有虧欠。

之後，阿末便常到倉庫探望伯父。

「我當然也覺得可怕，但又覺得伯父可憐……不，應該說我明明只是個小鬼，卻自以爲是。」

受傷變得虛弱，或許是件好事。春一嘴上還是會說難聽話，像是「別來這裡」、「我討厭小孩」之類，其實不是眞的想趕阿末走。

約莫是感受到阿末的擔心，在春一療傷時，兩人稍稍敞開心房。

「大雪」的下一個節氣日是「冬至」。可能是剛受過重傷，這天阿末起了個早，到倉庫去探望春一時，他還在倉庫裡。

「伯父滿臉皺紋，變成氣質出眾的老先生。」

——伯父，今天也要外出嗎？

春一撫摸自己的臉，側著頭問道：

——我現在是什麼臉？

——老爺爺的臉。

——樣子可怕嗎？

——不，一點都不會。

這樣啊——春一低語，往前挺出下巴，笑著說這是個馬面爺爺。這個老爺爺的臉，下巴特別長。

——老爺爺想去哪裡？

——這個嘛，還不知道。

——老爺爺，今天是冬至，得吃燉南瓜、泡柚子澡。您就別出去，待在屋裡吧。

——這怎麼行，我沒時間再磨蹭下去。

阿末心想，伯父的話眞奇怪。明明他的肺病痊癒，身上的重傷也都治好了啊。

——爲什麼？

春一沒回答。

——不管怎樣，我想先去之前那家料理店瞧瞧。那裡到底發生過什麼事，爲何那個叫權次郎的男人會死？

可能是店裡的人合力殺害他。

——我想多瞭解一下内幕。白白挨揍，我心裡挺不是滋味。如果能知道詳情，也算得上是對死者的供養。

「伯父就這樣出門去了。望著他的背影時，該怎麼說……」

感覺他像風一吹就會被吹跑。

「他重傷初癒，神色憔悴，實在教人擔心。」

不知是以前完全不當一回事，還是不曾想過，所以無從比較。

「不過，從那之後，我不時會看到伯父在家中工作，或坐在緣廊休息。我總會想，他果然並未完全康復，面容依舊憔悴，沒能恢復原貌。」

阿末描述的口吻，像在猶豫該如何安排故事的先後順序，略帶停頓。

「當時的我，不懂怎麼清楚表達心中的感受。」

阿近默默頷首。

「此事暫且不提。『冬至』那天，伯父在傍晚前回到倉庫。」

阿末詢問他情況。

——兩邊都白忙一場。

春一笑著應道。今天老爺爺的親人沒見著，而權次郎的死亡經過也沒查出。

——權次郎先生不是和同伴打架嗎？

——瞧妳說得好像很清楚內情。

不過，應該沒錯——春一回道。

——恐怕是發生過內鬨。權次郎不是長得不討喜嗎？

——嗯，感覺心腸不太好。

——大概是做了什麼惡劣或卑鄙的事，惹惱同伴，演變成再也無法饒恕的情況。

就像上次春一遭受的對待，權次郎應該也曾遭他們圍毆。那些拳打腳踢的男人，想必不是一開始就打算致他於死。約莫是怒火中燒，情緒受到煽動，在教訓權次郎的過程中，發現他不幸喪命。

權次郎的遺骸不是藏在某處，就是遭到棄屍。此時，一名長得一模一樣的男人突然出現，料理店這些心存愧疚的男人大吃一驚。

「伯父說，或許他連身材都和權次郎很像。」

「所以，對方在檢查他的手前，根本分不清眞假。」

「沒錯，應該就是這樣。記得伯父當時補上一句話，聽在我耳裡，覺得有點可怕。」

——權次郎可能仍懷著恨意，在陽間徘徊不去。

希望權次郎快點到該去的地方。

春一向阿末他們坦白眞相後，他在分店裡的生活還是和以前一樣。三藏多次勸春一搬離倉庫，春一始終不肯配合。考慮到他每逢節氣日就會變臉的怪異習性，如果讓店內伙計知道，恐怕會惹來不必要的風波，三藏沒太堅持。

阿末像是爲了彌補缺憾，與春一格外親近。以前春一不曾與孩童相處，但不知爲何，特別會做竹蜻蜓。所以，阿末常來找他玩，要他做竹蜻蜓。

每逢節氣日，春一總會變成另一張臉，並持續造訪認得這張臉的人。原本阿末提心吊膽，擔憂會發生像平川天神料理店那樣的意外，幸好後來都平安無事。

這項工作有時順利，有時沒有結果。不過，每當春一高興地返家說「這次很成功」，阿末也會跟著喜上眉梢。

「自從我開始爲伯父等門，他都會早點回家。那次是隔年的立春吧，他帶回一大包東西交給我。」

——打開瞧瞧，我得到好東西。

「那是好幾個仍有餘溫的紅豆麻糬。」

當天春一是一張年輕人的臉，比他原本的臉豐腴。

——今天我見到亡者的母親，她說這是兒子生前最愛吃的點心。

春一指著那張豐腴的臉笑道。爲了再吃一次母親的紅豆麻糬重返人世的亡者，那張臉同樣滿是笑意。

「伯父和我一起吃著紅豆麻糬，突然想到似地問我。」

——對了，忘了問妳。去年「大雪」時，妳爲什麼被墨汁淋得一身黑啊？

「我坦白告訴伯父和好友阿密吵架的經過，並將母親曾說阿密身世可憐，要我多讓她一點的事，一併告訴他。」

春一點點頭。

——那麼，妳們和好了嗎？

我們始終沒和好。

「我也有我的固執。明明是阿密不對，只要她一天不主動向我道歉，我就不原諒她，所以一直避著她。」

這樣怎麼行——春一訓斥道。

——阿密的父母是怎麼去世的？

——死於火災。阿密在姑姑收留她之前，原本住在兩國橋對面。聽說她爹拉著二八蕎麥麵（註）的麵攤叫賣。

離這裡不遠嘛——春一說。

——他們夫婦歸西，就留下這孩子一個人，想必十分思念她。

「接著，伯父問我許多問題，比方阿密長什麼樣子、她覺得自己長得像爹還是像娘、阿密記不記得父母的聲音之類，全是一些我不清楚的事。」

——傷腦筋，年紀應該和三藏差不多。

春一盤起雙臂說道。如果是阿密她娘，就沒辦法。但如果是她爹，或許臉可以附在我身上。

——下次要是有和三藏差不多年紀的男人臉上身，妳安排我和阿密見面。阿密應該認得出她爹的臉。

阿近聽得入神，心底湧起一股暖意。

「眞是好主意。」

阿末點點頭，莞爾一笑。

「是的，當時我也覺得，要是能順利進行就好了。」

見到父親的臉，阿密心中的落寞或許能稍稍獲得安慰。

接下來的「雨水」以及「驚蟄」，出現的都是老人的臉，不像阿密她爹，反倒像是她爺爺。

「春分」過後，終於等到一張中年男子的臉，年紀與阿密她爹相近。

「那對樹果般的瞳眸，與阿密如出一轍。」

阿末與春一事先講好，中午一到，便牽著春一的手，躲在路旁的消防水桶後，等候從習字所返回的阿密。

「阿密與我鬧翻後，一直沒交到好朋友，所以她一個人無精打采地走來。」

儘管在春天柔和的陽光照耀下，阿密的表情依然陰沉。

——阿密。

聽到阿末的叫喚，阿密詫異地抬起頭。阿末以爲這張臉眞的是她爹，與春一互望一眼，十分開

註：一說是指以兩成麵粉配八成蕎麥粉製成的蕎麥麵，或是八成麵粉配兩成蕎麥粉製成的下等蕎麥麵。另一說是指一碗十六文錢（二乘八等於十六）的便宜蕎麥麵。

心。

不料，阿密露出孩童不該有的凶惡眼神，噘起嘴問：

——阿末，妳在那裡做什麼？

阿密朝換了張臉的春一喊道：

——你不是「丸天」的人，該不會是想帶阿末去哪裡吧？

阿末一陣驚慌，急忙鬆開春一的手。

「我猜錯了。阿密個性強悍，看我和一名陌生男牽著手，以爲是誘拐孩童的壞蛋。」

我要大叫嘍，你快走！阿末，來我這邊！震懾於阿密的凶悍，春一落荒而逃。

阿末講述來龍去脈時，忍不住咯咯笑，接著突然拿衣袖按向眉間。

「伯父逃走後，阿末狠狠訓我一頓。她說，阿末妳眞是的，怎麼在發呆？這世上有許多可怕的人，妳不知道嗎？」

——嗯，我明白了。

——明白就好。

——阿密。

——什麼事。

——對不起。

——幹嘛對不起。

阿密擺出生氣的表情，故意轉向一旁，悄聲道：

——對不起。

兩人手牽著手回家。

「我們雖然還只是孩子，但心中的芥蒂化解，我眞的非常高興。」

回家的路上，阿密提到一件令人在意的事。

——剛才那個奇怪的男人影子好淡。

阿末頓時一怔。自從與伯父敞開心房後，阿末總覺得伯父很教人擔憂，那模樣像風一吹就會被吹跑。如今阿密這句話，用來形容他再貼切不過。

阿密只看一眼就有這種感覺。

——像繪本上畫的妖怪一樣，感覺好單薄。

阿密又不客氣地補上一句。

——起初我還以爲妳是被亡靈抓住。

實在太可怕了——阿密說。

半晌，阿近靜靜出聲：

「您跟春一先生說過此事嗎？」

阿末沒馬上回答。不久，當她重新開口時，聲音略顯小了點。

「當時我試著思索，那天伯父確實有亡靈……有死者的臉附在他身上，看在不知情的阿密眼中，才會有那種感覺吧。」

之前不曾從春一口中聽聞這樣的事，阿末心神不寧，回家後馬上直奔春一所在的倉庫。

——今天不太順利。

沒關係，還有下次。春一想安慰阿末，但阿末打斷他，告訴他阿密的話。

春一聞言，那張別人的臉蒙上一層陰影。

——這樣啊。

他如此低語，落寞地望向不知名的遠方。

——今天這張臉不方便詳談，而且待會兒我想去找認得這張臉的人，所以明天再說吧。

阿末，不好意思，我有重要的事想和妳爹娘商量。明天吃完晚飯，請他們到倉庫來一趟好嗎？

——妳可以不用來。

——爲什麼？如果是要談重要的事，人家也想聽。

——可是我不想說給妳聽。

這是他不願讓好不容易敞開心房的可愛姪女知道的事。

「隔天吃完晚飯，我們三人來到倉庫時，伯父早端坐在被墊上。」

他從前一天發生的事談起，和第一次提到這詭異的「工作」時一樣，語氣平靜。

——我就不拐彎抹角了，坦白說，我似乎來日無多。

春一告訴阿末，阿密見過他後，會說他「影子好淡」是理所當然。她是機靈又早熟的孩子。

——我最近影子眞的很淡。

春一抬手擋在瓦燈前，揮一揮手。

——三藏，你也試試。你會發現，你的影子和我的完全不同。

的確，阿末父親的手遮住瓦燈的亮光，在地上留下濃濃暗影。春一的影子卻薄得像淡墨。

——最近我的臉，甚至無法映照在水灘或洗手缽的水面。

約莫從三個月前起，這種情況愈來愈明顯。不過，春一更早以前便發現自己的影子愈來愈淡薄。

——那是我與那名男子達成約定，經過約五個節氣後的事。當時發生許多令我驚訝的情況。

春一身體變得莫名輕盈，腦中不時一片茫然，視線模糊。

阿末的父母一陣驚慌，直問那是什麼病，緊張萬分。春一笑著安慰他們：

——用不著擔心，那不是病。坦白講，我覺得這並不表示會死。

只是春一在人世的身體逐漸稀薄。

——每個節氣日到來，亡者的臉就會附在我身上，我得奉陪一整天。這樣的情形一再反覆，會有此一結果，也是無可奈何。

——該不會是附在你臉上的亡者，吸走你的生氣吧？

不不不，不是這樣——春一冷靜應道。

——應該說，是我被帶走了。

帶往另一個世界。

——之前一直沒告訴你們，是我不對，其實把臉借給死者期間，我的臉去了另一個世界。

另一個世界。陰間。彼岸。

——我目睹難得一見的景象。

所謂的忘川，是看不到對岸的大河。

——那地方並不可怕，只是有點冷清。

我益發習慣那樣的景色，甚至有些著迷，等不及節氣日的到來。

——我已明白是這麼回事，暗忖留在人世的時間大概只剩一年左右，才回來老家。

不論是總店或分店，想回到當初親手捨棄，同時也被放棄的家人身邊。

——最重要的是，我能靜心投入「工作」，搞不好哪天爹的臉會附在我身上。三藏，到時我就能讓爹和你見面，也能從你口中聽到，我不曾從爹娘那裡聽過的話。即使是對我的怨言，或者挨罵都沒關係。

但他們兄弟的父親，上一代「丸天」店主的臉，始終沒上他的身。

——爹並未在人間徘徊。他沒有回到這裡的遺願。這樣也好，我反倒鬆一口氣。

自從得知春一離奇的「工作」，阿末和她爹娘自然地接受一切，所以沒發現這一點。但阿密站在旁觀者的立場，一眼就看出每經歷一次節氣，春一與另一個世界的連繫更緊密，甚至產生變化。

——不管變胖或變瘦，每天待在身邊的人往往不會察覺。這是相同的道理。

阿末很想說，其實她也發現了，卻沒機會表明。

即將曲終人散了。春一有些感慨。就像之前他爲欠債所苦，走投無路，四處找尋命終之所時一樣。

——縱使那個時刻到來，我一點都不害怕，也不會難過。

畢竟就是這樣的約定。這是「工作」，不是懲罰。

——之前給你的三兩，後來你怎麼處理？

春一詢問，三藏回答，那筆錢其實完全沒動。之前在聽過緣由後，他便覺得不能用那筆錢，因此小心包好，收藏起來。

春一笑著說，眞像是三藏的作風。

——既然如此，就用那筆錢替我安葬吧。

要是能撐到下次「霜降」到來就好了。春一顯得一派輕鬆，彷彿在說「明天是晴天就好了」，眼神清明開朗。

他的影子確實變得很淡薄，不是一時眼花看錯。

「一切如同伯父的期待，他的身體一直撐到『霜降』那天。」

那是他最後的日子。當天早上，春一沒起床。阿末前去探望他，發現他仰躺在床上，一動也不動。

——我的身體終於挺不住。

春一沒變臉，仍是本來的面目，表示他已無法勝任這項「工作」。

三藏急忙喚來店內伙計，將春一移往屋內房間，悉心看顧。

「這不是病。伯父不覺得痛苦，沒發燒，也沒哪裡疼痛，只是昏昏欲睡。」

阿末習字所的課暫停一天，陪在春一床畔。她擔心一移開視線，春一就會像枯葉被風捲走般，消失無蹤。

看顧一整天，待秋日落向西山時，阿末起身如廁，回來時大吃一驚。她發不出聲音，當場腿軟。

春一的臉不見了。

「眼、鼻、口，全不見了，變成無臉男。」

半晌後，阿末才回過神，但仍發不出聲，無法站立。她只好匍匐前去叫雙親，三個人一起來看春一。

「當時，伯父又恢復本來的面目。」

春一從睡眠中醒來，睜開雙眼，望見阿末他們後，露出開朗的笑容。

——剛剛那名男子來過。

兩人之間的約定結束，春一工期屆滿。

——一直到剛才爲止，他都坐在我腳邊。

這麼一提，阿末他們紛紛從春一腳下的位置跳開。

「我發現榻榻米微溼。」

——今天一樣穿得很氣派，但不知爲何，他竟然光著腳。

春一的口吻平靜祥和。

——他說，這工資的尾款，即使付你錢，你也不需要了吧。你想要什麼？

春一回答，他想借別人的臉一用。

——我人沒去，只派這張臉去。去見我覺得相處尷尬的人，向對方道歉。

——啊，舒坦多了。

春一說著，不禁深呼吸。

「然後嚥了氣。」

儘管對這樣的結果感到錯愕，三藏仍依照大哥的吩咐安葬。阿末哭著爲春一送終。

春一入殮用的桶棺，輕得令扛棺的人都吃驚。

「故事就到此爲止。」

阿末靜靜吁一口氣，向阿近行一禮。

「伯父逝世後，我父母一直惦記著他臨死前的話。伯父想借別人的臉，和某人見面，那個人究竟是誰？」

「令尊令堂怎麼想？」

「母親說，對方應該是女人吧。曾經和他交往，後來冷淡與他分手的女人。他在臨終前，去見對方最後一面。」

三藏有不同見解。如果對方是女人，春哥在身體狀況還好時，應該會找個藉口，親自去見對方一面。

「父親認爲，男人就是會對女人撒嬌。不管女方再怎麼無情，還是能厚著臉皮去找她。」

所以，對方不是女人，恐怕是春哥覺得虧欠的男人。除了爲他難過流淚的父母外，還有一個這樣的人，春哥心裡肯定很痛苦。

「父親說，春哥最後能彌補心頭的遺憾，眞是太好了。」

充分感受到這句話中的溫情後，阿近重新端坐，注視著阿末。

「老闆娘，其實我也知道那名自稱商人的男子。」

穿著氣派，嗓音宏亮的男子。

阿末發出「哎呀」一聲，雙目圓睜。

「在這裡聆聽的故事中，出現過這個人物。」

阿近格外謹愼措詞。我曾當面和那個人交談——這件事最好別告訴對方。不，其實是不想說。

「那故事和我伯父的情況類似嗎？」

「不，故事內容完全不同，發生的事也不一樣。」

不過，共通點是那名男子。

「在我聽聞的故事裡，那名男子像是管理人，或頗有身分地位的商人。奇怪的是，他身上的衣服和腰帶明明都價格不菲，唯獨那雙腳連白布襪也沒穿，打著赤腳，模樣既詭異又可怕。」

這樣啊，打著赤腳——阿末低喃，側著頭尋思，接著眼睛一亮。

「父親也提過此事。」

當時春一說「直到剛才爲止，他都坐在那裡」，而他腳下床邊的位置，確實微帶溼氣，十分不可思議。

「交給伯父這項『工作』的男子，雖然自稱是商人，但做的事比較像仲介商。」

在亡者與生者之間往來，給予彼此追求的事物。

「父親認為，像他那樣的人，或許可在彼岸與現世之間自由來去。」

「是的，我也有同感。」

「果真如此，那名男子應該不需要渡船人的幫忙，也能憑自己的雙腳渡過忘川吧。所以，他才會打赤腳，而且雙腳濡溼。」

咚一聲，這個解釋落入阿近心中。脫去屐鞋和白布襪，今天到此岸，明天去彼岸。

形容那個人是「仲介商」，果然很貼切。

「阿近小姐。」

仔細一瞧，阿末眸中再度泛淚。

「我沒有一天忘記春一伯父的事。原本我不認為那樣的結局算是幸福，甚至覺得他被不幸之物附身，深深同情，每次想到他內心就隱隱作痛。」

幾年前，送丈夫走完人生最後一程，我的想法逐漸改變。

「這世上……」阿末的目光在空中游移，神色悲戚。「還有其他像伯父那樣的人。」

會與那名「商人」訂下約定。

「把臉借給亡者，現今可能還有這種事。不，如果有就好了。」

這麼一來，或許哪天阿末也能與思念的丈夫面容不期而遇。

「若真有那麼一天，我會悉心款待擁有丈夫那張臉的人，告訴他丈夫以前的事。」

雖然這樣有點任性。

「這麼一想，我便覺得春一伯父確實是在做『善事』。」

他為阿文帶來驚喜，還讓早雙親一步離世的兒子，再次嘗到母親做的紅豆麻糬。

「既然如此，伯父或許十分滿足。那名『商人』行徑詭異，但可能不是邪惡之人。」

要是他還在就好了……

阿末的表情沒有一絲歉疚，只浮現深深的思念。

當天晚上，三島屋的飯桌上有些安靜。

分享從阿末那裡聽到的故事後，阿近若有所思。伊兵衛和阿民沒多說什麼，但夫婦倆頻頻交談。

「那名自稱『商人』的男子，曾對春一先生說『你發心了』吧？」

「嗯，好像是的。」

「提到發心，不就表示皈依佛道嗎？意思是起了菩提心。若是這樣，他不等於是佛祖的使者嗎？」

阿民瞪大雙眼，「你在說些什麼啊。慈悲的佛祖使者，怎麼可能做出那種詭異的行徑？況且，佛祖不會像在換棋子，讓亡者回到陽世。」

「哦，妳提到換棋子。所以我才說，不懂圍棋的人真的很傷腦筋。這可沒那麼簡單。」

伊兵衛喜歡圍棋，並沉溺此道。「黑白之間」原本是為了邀棋友對弈設置的房間。

夫婦倆你一言、我一語，一旁的阿近陷入沉思。

回到自己的房間後，阿近仍懷著相同的思緒，久久無法成眠。不光是睡不著，甚至覺得獨處無比難受，不禁想念起那些留有人氣的地方，即使是些許殘存的氣息也好。於是，她走到寂靜的廚房，孤伶伶地跪坐。爐灶已不再溫熱，不過無妨。

不久，可能是注意到廚房有亮光，阿勝躡著腳走來。

「大小姐。」

這樣會感冒——阿勝替她披上半纏，靜靜坐在她身旁。

「阿島姊說今天客人回去後，您一直愁眉不展，十分擔心。」

對不起——阿近悄聲道。

「喝茶更不容易入眠，來杯白開水如何？」

阿勝拿來沒燒完的木炭，動手燒開水。

「阿勝姊……」

阿近注視著土間，喚道。

「什麼事？」

「妳怎麼想？」

「今天那個故事嗎？」

擔任守護者的阿勝，也在拉門外聆聽故事。

「我原本……」沒等阿勝回答，阿近接著道：「一直以爲那名自稱『商人』的男子是惡人。」

在連接陰陽兩地的路上，針對雙方的需求進行採買與販售。

「我一直以爲那是很邪惡、很不應該的事。」

現在我愈來愈糊塗。

「要是擅自將那名男子當惡人，人們在心中許下的願望，便都成爲壞事。」

希望再次和死去的人見面。希望再度重返人世。

「如同阿末夫人說的，或許和春一先生一樣，現在也有借臉給亡者的人。」

只要能成爲交易，那名「商人」就不會放棄這樣的生意。

「那麼，我也可能會遇見良助的臉吧。」

良助是阿近已故的未婚夫。

阿近這番話，既像在發問，又像自言自語，阿勝遲遲沒答話。

「大小姐，您會害怕嗎？」

是想見良助，還是不想見？

今天阿末問阿近時，她沒能答覆。

「我不知道。」

阿近如此回答。小小的油燈下，阿勝修長的倩影微微頷首。

「我認爲不知道也無妨。不過，大小姐，我倒是知道一件事。」

阿近抬起臉，望向阿勝。阿勝猶如柔和的燈火，微微一笑。

「總有一天，您會再遇見那名『商人』。對方想必會主動來找您。」

他不是說找就找得到的人，往往飄然出現在望著彼岸與現世之間的人面前。

「也對。」阿近頷首。

「不過，沒什麼好怕的。」

阿勝的語氣難得有些粗魯。

「一旦遇見，就仔細問清楚。你到底是善是惡？你要的是什麼？」

「我辦得到嗎？」

阿勝毫不猶豫地回答：「當然沒問題。」

她的眼神非常堅定。

「因爲大小姐已不是去年的您了。」

您不會輸的。

走廊上似乎有人，原來是阿島。這個性情善良的女侍不若阿勝優雅，這麼晚了，還踩著重重的步伐過來。

「在這種地方講悄悄話啊？」

「是啊。看在阿島姊的面子上，可以讓妳加入喔。」

阿勝笑著說，阿島也笑了。三人之間飄過白色的熱氣。

「我正想吃甜食。」

「哎呀，不行。小心蛀牙。」

三島屋的廚房，包圍著三個親暱悄聲交談的女人。春分的夜晚，夜色漸濃。

（全文完）

※本文涉及故事情節，未讀正文者請慎入

解說 陳栢青

說怪談的方法

所謂的「經驗」是指什麼呢？或許可以說，是「過去發生的事情，未來必定會在發生」。所以經驗必須被傳承，透過經驗的累積，過去曾發生的問題，未來得以依靠經驗解決。而此前發生的錯誤，將來希望不會再犯。所謂的「文明」，就是經驗的累積。

在過去，經驗隱藏在故事裡。本雅明〈說故事的人〉一文中提到，說故事，其實是把經驗傳承下去。如果從這樣的觀點來解讀怪談，就會發現怪談之「怪」。畢竟怪談往往是超出常理，違背經驗法則的故事，過去不曾遇見，而未來不知會否再次發生，就算遭遇，也無法輕易將它歸類，更沒有足夠知識去處理。這樣看來，怪談是奇異的故事，也是歧異的故事。此所以稱之爲「怪」。

可怪談總吸引我們，無論是百物語之夜吹熄蠟燭的遊戲，或以前看有線電視節目如《USO！JAPAN！》或是《怪談新耳袋》之類把怪談拍成靈異特輯，凸顯的是背後追蹤的腳步、推開門咿呀呀的瞬間、頭轉回來才出現眼前的身影……這類怪談故事強調是「體驗」，召喚的是「當下性」——放大那些感受的細節，要聆聽者或觀看者的感官跟著同步，心臟因此劇烈搏動，脖頸上的毛細孔都張開了，時間忽然水銀一樣拉長，它透過遽然臨之的震顫跳過理智進入意識更深層，挑動人類對未知直接的恐懼。

但怪談又不只是如此而已，很多流傳下來的經典怪談，在帶入「體驗」之外，更濃縮了諸多人類的「經驗」。背後有想傳達的智慧與情感，所以好看的怪談是既「當下」又「永恆」的，既能「體驗」又能「經驗」的，如此矛盾的和諧，毋寧是比怪更怪的事情。

宮部美幸自然是寫怪談的能手。我們終於迎來了「三島屋奇異百物語」第三部。原作於二〇一三年發行。在這個怪談迎進送出的「黑白之間」裡，我們跟著阿近一起聆聽的，又豈止「當下發生什麼」，小說家不滿足於「體驗」，進入一個傳遞經驗的層次。宮部美幸式怪談打動你的，不是因為故事很恐怖，相反的，是因為，故事有點可悲，或是可憐，乃至，有點幸福，竟想要哭。那個怪，多不正常，又多恆常。

故事傳達經驗，但有些經驗，卻只有故事可以說出。

怪談正在靠近你

阿近也要出外景，這回她去觀摩了井筒屋老爺的百物語會，〈細雪飄降之日的怪談〉一篇是怪談的痛快連發，一個故事裡包含許多小故事，但說到底，這是一個「已經完成」的怪談——都是聽別人說故事，再恐怖，那和阿近是沒有關係的。可這個「過去完成式」，在宮部美幸說故事的巧藝之下，又變成「現在進行式」——透過小說頭尾的包夾。小說開始時，阿近在兩國橋上遭遇異事：「耳邊聽見細微的叫喚」，出聲的是誰呢？這留下一個謎，而到小說結尾時「轎子底下現出一雙草鞋」、草鞋主人原來和三島屋新來的見習女侍有關，於是這則「前往聆聽過去故事」的怪談變成「正在發生」的怪談：「來了」、「有什麼要出現了」，女孩阿近由聽故事的人變成故事中的人——她回家後告訴三島屋新來的阿榮：「小法師一直守護著妳」，故鄉的石像穿山越嶺而來。就算井筒屋老爺的怪談會上有人被氣跑了，故事變成5－1，但阿近本身遭遇的怪事又讓故事＋1。這一加，增加的不只是故事的總量，更生出了一股生氣，來了來了，怪談被宮部美幸處理得像活物，隨著情節推進，有什麼在發生，「怪談在靠近你」。

「怪談在靠近你」意味什麼？從這裡可以看見宮部美幸的技術力所在，小說家如何想方設法，讓百物語中每則故事都不只是單純的「我在聽一個人轉述他的故事」而已。她讓故事不只是用「聽」的，而是必須參與的，說出的故事和聆聽者當下時空息息相關。這個時候，怪談便不只是「恐怖」、「驚嚇」，它本身是謎題，也是解答。說故事的本身，就傳遞某些訊息，在那時，經驗浮出恐怖的黑色水面，它富含意義。

例如〈勾魂池〉的開端是女孩阿文來找阿近說故事，「其實原本是不能告訴別人的。」阿文這樣開始描述自己的故事，但她要說的故事，卻是阿文媽媽告訴女兒的：「原本這件事我想永遠藏在心中，不向任何人透露，但現在我就說給妳聽吧。」眞奇怪，如果只是要凸顯「勾魂池」這個故事本身，爲何不直接讓故事就發生在阿文身上，或是讓阿文的媽媽直接來告訴阿近就好，卻要透過「媽媽告訴我」而「我又告訴你」這樣累贅的方式說明呢？我想那是因爲，〈勾魂池〉不只是「說一個怪談」這麼簡單，重點當然在「怪談」，但重點更在那個「說」。女孩阿文說出媽媽的故事，其實像是一種宣告：「日後要是愛吃醋的毛病作怪，我就能說服自己忍住。」阿文說故事的對象，又豈是一旁的阿近，其實她更多是說給自己聽，在轉述的過程，和自己約定。「怪談在靠近你」，經驗因此傳承。阿文顯然在媽媽的故事中體會到了什麼，她藉由說出這則故事，更靠近內心那個想要成爲的女人一點，而聆聽的我們則透過阿文的敘述，更靠近人心一點。

同樣的，在〈雞冠山莊〉這個故事中，老先生長治郎述說幼時住宿機關山莊的神祕體驗。但在小說開端，卻不是由長治郎直接找上阿近，而先安排長治郎老伴阿陸來拜訪，提出於紙門後聆聽的要求，接著才讓老先生登場。「怪談在靠近你」，發生在機關山莊的怪談也是長治郎一生的心結所在，小說家安排讓老先生說出來，紙門便在這時被推開，長治郎和阿陸兩夫妻一生最遙遠卻又最近的距離，同床和異夢，都在這一刻接軌——「不久，夫妻倆重新手牽手。」這一瞬間，怪談躍升爲經驗，它不只是問題所在，它本身成爲開啓解答的契機。

故事，或是經驗的格式

我們都說宮部美幸善寫人情，而我想，她透澈的，不只是人世，還包括，故事的結構。結構學或是敘事學學者會將眾多民俗傳說、怪談進行比對，從中抽取出類同的情節與走勢，這便成傳說與怪談的格式，你可以依靠這些格式或者模組重新生出許多故事來。當然，我不覺得宮部美幸會特意去參考這些學者的論述，但我相信怪談或者傳說的結構已內化，成爲宮部美幸創造的一部分。

在「百物語」系列中，我們可以看到很多怪談與民間傳說的格式，例如〈勾魂池〉一文中，池子有異力，相愛的人去實驗池子詛咒的眞假，不相愛的人也會去實驗。這就像民間故事裡，好心的老先生去找被剪掉舌頭的麻雀，貪心的老太太也去找麻雀。再看〈細雪飄降之日的怪談〉，試想，如果阿近要轎子停下來，微微掀起簾子，卻不是出現小法師的一雙腳，而是某個人的紅色眼球，正好也和阿近對看，那畫面會有多恐怖，這正類似晚近鬼片常出現的橋段：「躲在床底下，瞥見一雙紅色的眼珠正和你對看」、「望向鑰匙孔，有一雙眼也望著你」。

或者〈雞冠山莊〉裡長治郎夢見死者來找他玩捉迷藏，找出一個兩個三個。有一天，發現輪到自己被找了——這種被找到就會死的規則，換過來運用在自己身上，可不是鬼故事中的常見橋段嗎？「輪到你嘍」，小說家知道這個恐怖片的格式，她完全懂怎麼可以讓故事變得恐怖，但到了最後，卻大出讀者意料：「長治郎希望朋友帶走他」。

時間過去這麼久。

經過了很多的傷。

愛的人都一一離開。但過去想念的人，很久以後，還像當年的模樣，他們回來看我。

欸，帶走我吧。

然後那些還是當年模樣的鬼魂們說，你要留下來喔。「不然活著的人太可憐了。」

這背後有多少的溫情在。體諒。牽絆。人對鬼不能忘情，而鬼魂可以對人如此有情。但人是有情人，鬼是多情鬼，沒有人再死去，明明都是好事，為什麼聽起來卻這麼傷心？可這麼傷心，又很美好，很讓人捨不得。

多透澈人性，那終究只是一句讚美而已。要如何表現人性，那就要透過一個好的故事。宮部美幸沒在故事裡說任何道理，不附加解釋，但該知道的，你都知道，該領會的，你比誰都痛在心底。

所以在〈細雪飄降之日的怪談〉中，輪到捕快半吉說故事，在他的故事裡，那個壞事做盡的捕快被怨魂纏身，可帶他走最後一程的，卻是他的女兒。誰能想到這樣的編排？多愕然，可是多合理。意料之外，情理之中。宮部美幸自己就是雞冠，不，機關大師，她知道這一切竅門，怪談有它的經典格式，有自己的身體，但故事不操縱人喔，反而是，說故事的人擁有大能，可以把想說的話，眞正的經驗——那也許是一種感情、一種對人間世的理解，例如長治郎的愧疚、爲神明縫補一雙鞋中所寄寓小小的無私的善意……終究，怪談是恐怖的，但有東西又超越恐怖存在。

要把它說出來才行。

超自然的自然

隨著「三島屋奇異百物語」來到第三部，故事調性重了許多，〈哭泣童子〉中悲苦殺嬰、讓罪孽實體化以「日日聆聽哭聲」作爲活人的懲罰，活著竟然比死還痛苦，或者〈瑪古魯笛〉中「怪獸自己吃掉自己」，在視覺上無比震撼，宮部美幸還是製造恐怖的一把手，但透過第三部，我們應該更清楚看到宮部美幸式怪談的核心。確實，這個世界上有怪的存在，總有那些超異常，無法解釋但自成道理的事情，不然這世界也太無聊了。但他們都只是存在著而已，例如「勾魂池」並不會主動吸引別人靠近，池子只是靜處一方，是有心人自己去嘗試其力。就算是哭泣童子，他的異能也不是專爲了抓出世間醜惡才誕生，而是他天生如此，那只是能力，卻不是責任。百物語中大部分發生的一切，異能怪誕，這一切沒什麼道理，可這正是它唯一的道理。

那僅僅是怪，但爲什麼成爲怪談，變成一則故事？那是當能拆散世間男女的池子碰上「眞的想被拆散的人」時，那是當「能察覺世間醜惡」的孩子剛好被養在「將出現壞事」的家中。

故事是一種巧，果然無巧不成書吧，但爲什麼是這些元素湊在一起呢？怪談可以用最科學的方式解釋，那就是，兩個原本不相近的東西碰在一起，引起某種力學或化學反應。彼此相激化、相排斥或異端融合而誕生第三種全新的作用力……故事的情節有格式，可故事又總能創新，怪談是說不完的，因爲人類總是有種種愚行和異想。有人類，就會有怪談，怪談就是人類的心，只是用故事的形狀，把它盛裝起來而已。而眞正懂人情的，才能說鬼話。

作者簡介

陳栢青

台灣大學台灣文學研究所畢業。曾獲全球華文青年文學獎、時報文學獎、台灣文學獎等。以閱讀爲終生職，期待台灣推理的黃金世代降臨。

宮部美幸

作品集／55
Miyabe Miyuki

哭泣童子

國家圖書館出版品預行編目資料

哭泣童子——三島屋奇異百物語參／宮部美幸著；高詹燦譯. -初版.- 臺北市：獨步文化：家庭傳媒城邦分公司發行, 民 105.9
面； 公分. --（宮部美幸作品集：55）
譯自：泣き童子——三島屋変調百物語参之続
ISBN 978-986-5651-68-8（平裝）

861.57　　105014214

原著書名／泣き童子——三島屋変調百物語参之続・原出版者／文藝春秋・作者／宮部美幸・翻譯／高詹燦・責任編輯／陳盈竹・編輯總監／劉麗眞・總經理／陳逸瑛・榮譽社長／詹宏志・發行人／凃玉雲・出版／獨步文化 城邦文化事業股份有限公司 台北市中山區104民生東路二段 141 號 5 樓 電話／(02) 2500-7696 傳眞／(02) 2500-1966; 2500-1967・發行／英屬蓋曼群島商家庭傳媒股份有限公司城邦分公司 台北市中山區民生東路二段 141 號 11 樓・讀者服務專線／(02)2500-7718; 2500-7719・服務時間／週一至週五：09：30-12：00、13：30-17：00・24小時傳眞服務／(02)2500-1990; 2500-1991・讀者服務信箱 e-mail／service@readingclub.com.tw・劃撥帳號／19863813 書虫股份有限公司・香港發行所／城邦（香港）出版集團有限公司 香港灣仔駱克道 193 號東超商業中心 1 樓／(852) 25086231 傳眞／(852) 25789337 E-mail／hkcite@biznetvigator.com 馬新發行所／城邦（馬新）出版集團 Cite (M) Sdn. Bhd. 41, Jalan Radin Anum, Bandar Baru Sri Petaling,57000 Kuala Lumpur, Malaysia. 電話／(603) 90578822 傳眞／(603) 90576622・封面題字／京極夏彥・封面插圖／木村桂子・封面設計／張裕民・排版／游淑萍・印刷／中原造像股份有限公司・2016 年 9 月初版・2021 年 5 月 19 日初版六刷・定價／399 元
Printed in Taiwan　ISBN 978-986-5651-68-8

城邦讀書花園
www.cite.com.tw

獨步文化
APEX PRESS

廣告回函
北區郵政管理登記證
台北廣字第000791號
郵資已付，免貼郵票

104台北市民生東路二段 141 號 2 樓

英屬蓋曼群島商家庭傳媒股份有限公司

城邦分公司

請沿虛線對摺，謝謝！

獨步文化
APEX PRESS

書號：1UA055　　**書名**：哭泣童子——三島屋奇異百物語參　**編碼**：

獨步文化 APEX PRESS

讀者回函卡

謝謝您購買我們出版的書籍！

請費心填寫此回函卡，我們將不定期寄上城邦集團最新的出版訊息。

姓名：______________________ 性別：□男 □女

生日：西元__________年__________月__________日

地址：____

聯絡電話：____________________ 傳真：________________

E-mail：____

學歷：□1.小學 □2.國中 □3.高中 □4.大專 □5.研究所以上

職業：□1.學生 □2.軍公教 □3.服務 □4.金融 □5.製造 □6.資訊

□7.傳播 □8.自由業 □9.農漁牧 □10.家管 □11.退休

□12.其他 ______________________________________

您從何種方式得知本書消息？

□1.書店 □2.網路 □3.報紙 □4.雜誌 □5.廣播 □6.電視

□7.親友推薦 □8.其他 ____________________________

您通常以何種方式購書？

□1.書店 □2.網路 □3.傳真訂購 □4.郵局劃撥 □5.其他

您喜歡閱讀哪些類別的書籍？

□1.財經商業 □2.自然科學 □3.歷史 □4.法律 □5.文學

□6.休閒旅遊 □7.小說 □8.人物傳記 □9.生活、勵志 □10.其他

對我們的建議：____

____

____

為提供訂購、行銷、客戶管理或其他合於營業登記項目或章程所定業務需要之目的，家庭傳媒集團（即英屬蓋曼群島商家庭傳媒股份有限公司城邦分公司、城邦文化事業股份有限公司、書虫股份有限公司、墨刻出版股份有限公司、城邦原創股份有限公司），於本集團之營運期間及地區內，將以mail、傳真、電話、簡訊、郵寄或其他公告方式利用您提供之資料（資料類別：C001、C002、C003、C011等）。利用對象除本集團外，亦可能包括相關服務的協力機構。如您有依個資法第三條或其他需服務之處，得洽詢本公司服務信箱cite_apexpress@cite.com.tw請求協助。相關資料不提供亦不影響您的權益。

□我已詳讀權利義務之相關條款，並同意遵守。